夏空白花

須賀しのぶ

ポプラ文庫

夏空白花

第一章　終戦

1

こらあかんなぁ。

ラジオから流れる声を聞いた神住匡(かすみただし)は、真っ先にそう思った。

「シカルニ、コウセンスデニシサイヲケミシ、チンガリクカイショウヘイノユウセン、チンガヒャクリョウユウシノレイセイ……」

あかん。

内容があかんのではない。何を言っているか、聞き取れないのだ。

昭和二十年八月十五日。東の空には入道雲が湧いてはいるが、いまいましいほどの晴天である。風があればましだったのに、朝日新聞(あさひしんぶん)大阪本社の屋上に掲げられた国旗は力なく垂れている。その前では同じように、大阪本社の上野(うえの)社長が、そして約百五十名の社員が頭を垂れて身じろぎもしない。聞き入っているのは、ラジオから流れる玉音だ。

うなじに突き刺さる陽光は、凶器である。帽子を脱いでいるせいで、刈り上げた後頭部から首にかけて今にも燃え上がりそうだ。汗が滝のように流れ落ちていくのを感じ、めまいがした。ラジオから流れる声もろくに耳に入らない。なにせ徹夜明けなのだ。

今日の正午に天皇陛下から重大な発表があるからと、社員は四階建ての本社の屋上に集められた。何もこんな暑い日に屋上に出なくてもいいではないかと思うが、こうして自社でみなで集まれるのは幸運なほうなのだという自覚はある。

昨日の昼過ぎにB29の大軍がやって来て、京橋（きょうばし）駅や中部軍管区司令部のある大阪城に甚大な被害が出た。三月十三日を皮切りに、昨日まで計八回の大きな空襲があったが、中之島（なかのしま）にある朝日新聞本社は幸い無事だ。堂島川（どうじまがわ）と土佐堀川（とさぼりがわ）に挟まれたこの島はもともとは諸藩の蔵屋敷が集中し、明治以降は大阪市庁舎や日本銀行大阪支店が続々建てられた大阪の中枢である。米軍は軍事施設と住宅地は念入りに焼いたが、西洋ふうの堂々たる建物が建ち並ぶこの区域には手をつけなかった。

おかげで新聞社は一日の滞りもなく動いている。とくに昨日から今日にかけては大忙しだった。ここにいる社員の大半は、ほぼ徹夜だろう。

御前会議で、正式に終戦が決定された。情報局から記者団へそう通達があったのは、昨日の昼だ。新聞社に事前に知らされたのは、今日の朝刊に終戦の詔勅（しょうちょく）を掲載するためである。

　詔勅が届いたらすぐに文字に起こさねばならないし、社説も何もかも新たに書き換えねばならない。全社をあげて準備にかかっていただけに、いきなり空襲があったことには心底驚いた。ポツダム宣言受諾の知らせはすでに連合国側に届いているはずなのに、なぜＢ29が来るのかわからなかったが、理不尽に怒りつつも取材には行かねばならなかった。

　もっとも、今日の新聞には空襲のことなど一行も記されてはいない。

もうだいぶ前から全国の新聞社では夕刊が廃止されている上に、朝刊もわずか二面だけと決まっている。中央からのニュースを載せればそれで紙面は尽きてしまうし、情報局からの規制も厳しく、空襲などいつも一、二行で済まされる。被害状況を詳しく書くような「戦意を減退させる」行為はもってのほかだ。

　三月の大空襲の時には同僚がまさにこの屋上に陣取り、燃えさかる大阪の街を描写し続け、夜が明けるなり心斎橋に飛んで凄惨な街並みを取材してきたというのに、部長からあっさりと却下された。地元の被害を書かずしてどうするのかと食ってかかった同僚は、「気持ちはようわかるがな、うちをなくしたいんか？」とため息まじりに問い返され、二の句が継げなくなっていた。

　朝日新聞が主要紙として存続していられるのは、ひとえに軍部の後ろ盾があるからだ。彼らが好む記事を大きく載せ、好まぬ記事はごく短くまとめるか最初から載せないか。これを守らなければ会社は潰れる。

ましてや今日など、終戦という一大ニュースがあるのだから、空襲の記事など入る余地はない。詔勅はまだか、論説はどうすると社内で騒いでいる中で空襲の取材に出向いて記事を書くのは、正直なところ馬鹿げているとしか思えなかった。

終戦の詔勅も空襲の記事も、神住にとっては同じことだ。紙面の配置の問題にすぎない。どうせ新聞は、毎日発行されるのだから。

この放送にも、なんの感慨も湧かない。生まれてはじめて聞く天皇の声は、ラジオの電波が悪いのか途切れ途切れなこともあって、全く頭に入ってこない。詔勅の内容はすでに昨日見てはいたものの、宮中の言葉だからなのだろうが、「軫念」など見たこともない文字が並び、何度もひっかかった。

朝刊はこの放送が終わるまで配布は禁じられているから、国民はいきなり詔勅をこのラジオで聞くことになる。果たして、正しく理解できる者が何人いるか。この暑い中、全く気の毒なことだ。

神住の前では、薄汚れた作業服を着た一団が、うなだれてラジオに聞き入っている。印刷局は昨日最も忙しかった部署だろう。彼らは昨日、「軫」など未見の活字の鋳造から始めねばならなかった。神住の斜め前に立つ初老の男は、さきほどからずっと震えているので倒れないか心配になる。

頽れそうになるほどの悲憤を、少し羨ましく思う。神住の中には、悲しいという感情はない。頭を占めるのは、さてこれからどうしようということだけだ。何を取材し、何を書けばいいのか皆目見当もつかない。おそらく、ここにいる半数近くは、殊勝に聞き入っているように見えて、同じように明日からの紙面に頭を痛めていることだろう。

なにしろ今日まで、社の方針は「新聞を武器として米英殲滅まで戦い抜け」だった。朝日に限らず、新聞はみな思想戦遂行のための武器であり、記者はペンをもって闘う戦士で、新聞社とはこの効果絶大なる紙の武器を大量に生産する一大軍需工場だった。

個々人に疑問があろうが、一億火の玉にならんという時にそのようなことは言っていられない。みな黙々と、今日まで紙の爆弾をつくり続けた。敗戦が色濃くなってからは毎日のように、聖戦貫徹・本土決戦と繰り返した。

昨日の一面の見出しは「帝国・前狼後虎の危局、全員戦勝一途へ継投せよ」だ。さらにソ連軍を猛攻し五百人以上殺傷だの、沖縄で敵水上機母艦を撃沈など、どこまで事実か全く怪しい戦果が仰々しく書き連ねられ、二面の食事の確保についての談話は、大義に殉じた軍人一家の美談で占められた。

それも今日で終わりだ。

まだ配られていない朝刊の一面はもちろん終戦の詔勅である。そして二面には、昨日の知らせを受けて論説委員が急いで書いた記事「若き人々へ」が大きく載っていた。

トップ見出しは、「嵐は強い樹を作る、日本の希望はただ君達」。

中見出しは、「一億手をつなげ、苦しく長い荊(いばら)の道」となった。昨日、へとへとになって空襲の取材から編集局に戻ってきた神住は、論説委員がビール片手に猛然と原稿を書いているところに出くわした。暑さと疲労で朦朧(もうろう)としていた神住が「ビールなんてどこにあったんですか」と尋ねると、相手は今気づいたような顔でコップを見て、「いやな、明日へたしたら紙面に大きなブランクができるかもしれへんゆうて、竹田(たけだ)デスクにとにかく何か書け言われてな」と疲れた顔で笑った。

空襲の記事をおしのけて掲載されたこの記事は、ビールを飲みつつ数時間で書き上げたとは思えぬ、良い内容だったと思う。それでも、見出しを見た時、神住は少し笑いそうになった。

進め一億火の玉だ、から、一億手をつなげ、ときたか。

今、社屋の中で出番を待っている最後の爆弾。人々は、これを読んでなんと思うだろう。そして自分たちはどうすればいいのだろう。

今、国民に真っ先に伝えなければならないこととはなんだ？

そもそも、今まで兵器だったもので、彼らに何を届けろというのか。国民は今日、嘘を知る。大本営も、そして新聞にも、真実など何ひとつなかったのだと、この放送で悟ることだろう。

わずかに伏せた顔から汗が落ちる。せめて眼鏡を外しておくべきだった。今からでも外したいが、みなが神妙に聞き入っている中、動くのも憚られた。

額から落ちる汗が目に入る。途端、痛みに似た衝動が神住を襲った。

頭上の太陽。めまい。汗で霞む視界。からからの口の中。

まわりに人がいるのに、目も思考もすべて白く霞んで、世界でたった一人で立っているような。

もうとっくに忘れていた感覚だ。十年以上も前の光景が、鮮やかに甦る。

ああ、まさに八月のこの時期だった。

神住は勢いよく顔を上げた。それまで粛々と頭を垂れていた同僚たちが、ぎょっとしたようにこちらを見たが、構わなかった。

十一年前のあの日。まだ少年だった自分も、こうして空を見上げた。

頭が真っ白になって、何をしていいかわからなくて、もう空を見上げることしかできなかった。

あの日と同じように、誰も空など見ていない。眼鏡を外した目に映る空は、強すぎる陽光のせいでやはり白く見える。

昭和九年の八月のあの日も、こんな天気だった。入道雲に、突き刺すような日差し。そしてあたりを囲む、人、人、人。

その日、神住少年は甲子園球場にいた。しかもど真ん中、念願のマウンドに立っていた。

　当時、神住匡といえばちょっとは名の知れた投手だった。地区予選では三振の山を築き、朝日の大会展望でも「大会の台風の目となる」と紹介され、地元では万歳三唱で送られた。甲子園の三塁側アルプスには、地元から応援団も大勢詰めかけている。満員の球場で、神住匡ここにありと高らかに宣言し、当然優勝するつもりで乗り込んできた。

　この年の優勝候補は、なんといってもエース沢村栄治（さわむらえいじ）を擁する京都商業。神住も密かに胸中で対抗心を燃やしていた。一観客だった春の選抜大会で、彼が投じた速球が打者の近くで信じられないような伸びを見せ、また懸河（けんが）のごときドロップに驚嘆し、夏にはあれ以上の球を投げて優勝するのだと胸に誓い、猛練習を重ねてきたのだ。

　しかし現実は無情だった。予選ではあれほど唸りをあげていた自慢の豪腕は、このマウンドではまるで役に立たなかった。無茶な投げ込みがたたったのか、予選時から感じていた肩と肘の痛みが前夜から急に増して、痛みのあまりほとんど眠れなかった。いざ登板してもろくに腕が振れず、打たれる打たれない以前に、まずストライクが入らない。右腕だけ、全く別の生き物になってしまったかのようだった。

　期待が萎み、困惑がやがて怒りに変わる。歓声が容赦ない野次となって浴びせられるのを、他の選手よりも一段高い場所に立ち尽くし、ただ受け止めるしかなかった。

四回の表、もう何度めかわからぬ四死球で塁を埋めた後、みごとに走者一掃のタイムリーヒットを喰らう。歓声と怒号が嵐のように押し寄せ、仲間たちももう呆れ果てて誰も寄ってはこない。

この世でたった一人のような気分で、神住は空を見上げた。

「こらあかんなあ」

ぼやきと汗は、土埃の中にかき消える。

こんなはずやなかった。ああ、これからどないしよう。頭を巡るのは、そんな思いばかりだった。

恥も、屈辱も、もう感じない。仲間や学校関係者、応援団への申し訳なさも、すでにどこかへ飛んでいた。とにかく暑くて、そんな思いは噴き出す汗と一緒に地面に吸い込まれてしまったにちがいない。神住はただただ、途方に暮れていた。

これからどないしよう。

予選には、六大学のスカウトも来ていたのに。明治大学への進学もほとんど決まっていたのに、もうこれで駄目になってしまうだろう。憧れの六大学に入れば、将来も安泰だと思っていたのに、また一からやり直しか。

薄い酸素を必死でとり込もうと口を開き、神住は再びぼやいた。

「ああ、面倒くさいなぁ」

気がつけば、声が出ていた。途端に周囲から非難がましい視線が集中する。

幸い、玉音放送は終わっていたらしい。最中にぼやいていたら、さすがに睨まれるだけでは済まないだろう。

そういえば甲子園では、仲間はみな泣いていた。すすり泣きなんてものではない、号泣だった。その中でひとり神住だけ涙ひとつ見せなかったので、監督に殴られたような記憶がある。

泣いている余裕など、神住にはなかった。これからどうするか、それだけで頭がいっぱいだったのだ。

今も同じだ。なぜそんなに泣けるのかと思う。そんなことより明日の紙面をどうするかではないか。

気がつけば、上野社長の訓話が始まっている。神住は顔を伏せ、欠伸を嚙み殺した。徹夜明けにこの日差しは酷だ。せめて室内でやってほしい。

「おう、神住」

ようやく解散となり、とりあえず仮眠でもとるかと階段に向かったところで、後ろから声をかけられた。振り向くと、デスクが立っている。

「なんでしょう」

「市内版になんか書いてくれへんか。一面埋めなあかんのやけど、なんにもないんや」

困ったようにたたく頭は、日に当たってずいぶん赤くなっていた。

「はあ、それやったら昨日の空襲……」

「それ以外や」

ぴしゃりと言われた。

デスクの丸々とした顔には憔悴(しょうすい)の色が濃かったが、悲嘆や困惑は見られない。あ、やはり彼の頭にも紙面をどうやって埋めるかということしかないのだ。

屋上にはまだ、多くの社員が残っている。泣いている者、慰める者、ふてくされたように柵によりかかって煙草をふかす者。この中にも、敗戦のことなど頭から吹き飛んでいる者は少なからずいるのだろう。

空襲も、終戦も、自分たちにとっては、消費する記事でしかない。それぐらいで、ちょうどいいのだ。

＊

戦争が終わっても、ごく当たり前に太陽は昇る。

そして朝刊も当たり前に発行される。

昨日、東京本社のほうで会議があり、今後の新聞の方針が決まったらしい。今まで軍に寄り添い続けてきたものを、戦争に負けたからといっていきなり手のひらを返しては、国民の信頼を失うだけだ。だからしばらくは現状維持として、少しずつ変えていこうということになったらしい。

「現状維持言われてもなあ」

漏れたぼやきは、吐き出した煙の中に溶けていく。「朝日」は不味いが、贅沢は言っていられない。今はあるだけで貴重なのだ。それでも日本産の煙草を吸うたび、昨年夏までいた南洋を懐かしく思う。マラリアが重症化して死にかけるというろくな思い出がない土地だが、マニラ産の葉巻がたやすく手に入るのはよかった。マニラ産はハバナ産のものより安価で味もよく、連日贅沢に吸っていた。

「朝日」はただ苦いばかりで、煙だけは凄まじく、目に沁みる。何度か瞬きをしてやり過ごし周囲を見れば、あたりは同じように濛々（もうもう）と煙がたち込めていた。昼の休憩時間、本社と朝日会館の間にあるこの中庭には、まばらに人の姿があった。陽光は相変わらずだが、建物の影がおちる部分にみな自然と集まっている。中之島の渡（わた）辺橋（なべばし）に面したこの一画は、本社と朝日会館、そして大阪朝日ビルによって占められている。社の業務は大正五年に建てられた本社でまかなわれており、文化施設として十年後に建てられたこの朝日会館は六階建てで、以前は映画や演劇がよく上演されていた。もっとも、ここ数年は戦意高揚の映画が上映されるぐらいで、大阪文化の中核を担うという自負心に充ち満ちていたころの面影はない。

いや、中核は担っていたか。神住は思い直す。たしかに戦時の文化を発信はしていたのだから。今日は当然、なんの映画も上映されてはいない。果たして次は何を上映するのだろう。戦争に負けたことによってお蔵入りするフィルムもあるだろうに。

神住は、しみじみと会館を眺めた。黒い壁に黄金の窓枠。建築当時は革新的だったのであろう洒落た外観は、焼け野原の中ではずいぶんと浮いている。ニューヨークのラジエータービルを参考にしたと聞いているから、米軍がやって来た時にはお気に召すのだろうか。あるいは猿まねだと馬鹿にされるか。昨日まではなんとも思っていなかった外観が、妙に気に障る。そういえば、駐日代表はマッカーサーが有力だと今朝の記事にもあった。ダグラス・マッカーサー。コレヒドール島から無様に逃げ出したあの将軍。スマトラにいた当時は、迫り来る日本軍に恐れをなした卑劣な指揮官だとずいぶんと記事で煽った記憶がある。敵国の、屈辱的な記事を先方が読んでいるとは思えないが、さぞ雪辱に燃えていることだろう。

もしマッカーサーがあの記事に目を留めて、これを書いた記者を捕まえろと言い出したら。そう思いついて、ぞっとした。いや、当時マッカーサーを嗤（わら）った記者は自分だけではない。皆、日本軍の戦果を華々しく飾るのに必死だっただけだ。

「ほんまになぁ。何書いたらええんか、皆目見当つかへんわ」

頭の中につらつらと繰り出される言い訳を止めたのは、かたわらからあがった気弱そうな声だった。三十代半ばの痩身の男がしゃがみ込み、同じように煙草を吸っている。と思いきや、極端に短くなった煙草には火はついていない。もう吸いようのない煙草を未練がましくくわえたまま、彼はぼやいた。

「一面はまあ、内閣総辞職でしばらくもつやろけど、大阪面がなぁ……」

「重野さん、昨日も苦労してましたもんねえ」

「ほんまに。換金を急ぐなとか、今さらなことしか書けへんかったわ」

同じ報道部の重野は、もともとは学芸部に所属していた。昭和十七年に学芸部、運動部、経済部が社会部に吸収されて報道部と名を変えたため、自身の家が燃えた空襲の日も取材に走り回っていた。姿勢が悪い上に、最近はろくに髭もあたっていないようで、周囲からは「眼鏡をかけた原始人」と呼ばれている。しかし煮しめたようなシャツはいちおう洗ってはいるようで、近づくと石鹼の香りがするのがおかしい。最近は質の良い石鹼などめったに手に入らないから、いよいよ謎だ。

「軍高官の自刃も続きそうですね。阿南陸相が先陣切りはったけど、今日あたり東条いきますかね」

神住も気のない声で応じた。今朝の一面は、鈴木内閣総辞職と並び、陸相の阿南惟幾の自刃を伝えている。人情味溢れる人格者であったという陸相の、介錯を拒んでの切腹を伝える記事は同情的だったが、これからこういう記事が続くと思うとうんざりした。

あまり軍部の責任を追及するなとのことなので、今までの戦功を――といっても戦争に負けた以上は輝かしい戦歴を連ねても白けるばかりだから、必然的に人格者としてのエピソードを中心に伝えることになるだろう。軍部全員、素晴らしい人格者揃いになってしまいそうだ。

重野も同じことを考えていたのだろう、「そう気軽にばんばん腹切られても、ネタに困るわ。後始末どないすんねん」と苦々しげに言った。

「それであんま追及せんとこってことなんでしょうね」

神住は短くなった煙草を、地面へ放った。重野がめざとく拾い上げ、目を近づけて確認する。重野がくわえていた煙草よりはよほど長さがあった。重野は、神住がいつも半分程度しか煙草を吸わないことを承知しており、こうしてよく休憩に連れ出す。両切りの煙草ゆえ、吸い口に火をつければ問題なく楽しめるのだ。

「けどまあ、軍人はんはええわなあ。お腰のもんで腹切ったら、責任とったことになるんやから」

「朝日」に火をつけ、満足そうに煙を吸い込む重野を、神住は横目で見た。なぜ石鹸はまともなものを使っているのに、煙草はシケモクを付け狙っているのだろうかと思うが、まあ七歳上の先輩が喜ぶのならいいのだろう。

「まあねえ。ペンじゃ腹切れませんしねえ」

神住が煙のかわりに吸い込んだのは、真昼のなまぬるい風だった。見上げれば、突き抜けるような青い空が見える。昨日見上げたよりは、遠く感じた。

わかっているのだ。政府や軍部の責任をあまり追及しないという方針は、我が身を守るためである。さんざん提灯記事を書いてきたのだ。責めれば責めるほど、刃はおのれの腹に食い込むだけだ。

「辞表でもたたきつけたったらええんやろか」

不穏な言葉に、神住はぎょっとして重野を見た。

「まさか重野さん、辞めるつもりですか」

「辞めたいわけやないけどな。ただ、今までさんざん国民に犠牲を強いる記事書いてきて、今さらしれっと国民の味方やなんちゅう顔でけへんわ」

「いやいや、重野さんとこ、まだお子さん三歳とかそこらでしょ。家も焼けたのにそんなんゆうてる場合ですか」

重野の自宅がある扇町は、空襲で大きな被害を受けた地区のひとつだ。妻と三歳の息子は幸い避難して無事だったそうだが、現在は疎開しており、重野はやもめ長屋に一人で住んでいる。同じような事情で家族と離れて市街で暮らす男たちがすし詰めになっている下宿では気が滅入るからと、重野はほとんど帰っていない。気がつけば報道部の隅に巣をつくっていた。

「ああするしかなかったんやから、しゃあないですわ。真実を伝えるゆうても、発行でけへんかったら終わりやし。戦時中は軍部の顔色うかがって、今はまあどっちつかずで、マッカーサーが来たらひたすらヨイショすればええんです」

神住の言葉に、重野は呆れた顔をした。眼鏡の下のしょぼくれた目が、ますます小さく見える。

「おまえのそういうとこは、羨ましいわ」

「いやあ、会社なくなったら困りますし」

旭区にある神住の自宅は、無事に残っている。中之島からやや距離があることを面倒に思っていたが、中心から離れているおかげで空襲を免れた。

家があり、家族も無事で、会社も健在。現状では、恵まれているほうだ。だからこそ失うわけにはいかない。敗戦となれば、経済は今以上に乱れることは必至。稼ぐ手立てを失えば、家族揃って路頭に迷う。

「近いうちに学芸部も復活しますて。お好きな文芸や舞台についても存分に書けますよ。戦時中の記事なんて気にすることありません」

最後の言葉は、半ば自分に言い聞かせるものだった。

「はは、どうかねえ。復活するんかねえ……。今日の飯にも事欠く時に、本や舞台やゆうたら怒られそうや」

「こういう時やからこそ娯楽は必要なんちゃいますか」

口ではそう言いつつも、まあしばらくは無理だろうという思いはあった。国じゅうが飢えと貧困に喘いでいる中、娯楽なんぞ誰が求めるだろうか。それが堂々と紙面に載る時は、日本がまともになったという証だろうが、当分は無理だろう。

　そもそも果たして、日本の文学やら芸術は、生き延びるのか。なにしろこちらは「無条件」降伏をしたのだ。連合国がどうするつもりかはまるで見えない。

　固有の文化は奪われるかもしれない。文学も、文字も。そうなったら、新聞もあやうい。いやそもそも、軍部の尻馬に乗って国民を戦争に駆り立てた新聞を、彼らが許すだろうか？

　考えれば考えるほど、お先は真っ暗だ。鬱陶（うっとう）しいほどの夏の日差しも、わずか先の道すら照らしてはくれない。これ以上、ただじりじりと灼かれるのも鬱陶しいので、重野が吸い終わるのを待って社に戻ることにした。

　別館に資料を取りに行く約束をしていたことを思い出し、ひとり正面へと回り、通りを挟んだ別館へと向かう。用事を済ませて再び通りに出ると、四階建ての本社屋上に聳（そび）える時計塔が目に入った。建設された当初は大阪で最も高く、大阪の象徴なのだと社員は胸を張っていたが、今日びもっと高い建物はいくらでもある。なにしろすぐ背後に見える大阪朝日ビルも十階建てだ。最上階のレストランアラスカは市民の憧れの店であり、屋上スケートリンクも大きな売りだった。どちらも閉鎖中だが、果たして再び営業する日が来るのだろうか。

　またすぐ悲観的になる頭を振り、神住は正面玄関から本社の中に足を踏み入れた。玄関ホールを抜け、ガラス戸の先の正面階段にさしかかったところで、踊り場から見知った人物が姿を現した。

　壮年の男だった。会社の人間ではない。他の人間と同じように国民服を着ていたが、纏う空気がまるでちがう。すでに迷走を始めた会社の空気を反映しているように、社員はみな疲れきっている。しかし男は背筋をぴんと伸ばし、気力が漲っていた。階段下の神住を認めると、ぱっと両目が輝く。

「おお、神住君やないか！」

　張りのある声だった。つい先ほどまで、重野のしょぼくれた声を聞いていただけに、新鮮だった。

「ご無沙汰してます、佐伯さん。お元気そうでなによりです」

　深々と頭を下げる。

　佐伯達夫。学生野球、とくに中等学校野球界では名の知れた人物である。学生野球を愛し、かつて朝日新聞が全国中等学校優勝野球大会を開催していた時代は、彼にも協力を仰いでいた。

　昭和十七年、それまで朝日が続けていた大会を文部省が横取りし、深い禍根を残した時も、佐伯は最後まで両者の仲介に努め、なんとか大会を存続させようと力を尽くした。時流には逆らえず大会は中止されてしまったが、当時の彼の尽力に感謝している社員は多い。

　神住もその例に漏れないが、佐伯とはそもそも入社前からの付き合いである。神住は明治大学野球部の出身で、同じ六大学野球の早稲田野球部ＯＢの佐伯とは何かと顔を合わせる機会があった。甲子園で肩を壊した神住は、それでも明大に進学はしたものの、やはり肩は戻りきらず早々にマネージャーへと転向したため、六大学ＯＢとの接触も多かったのだ。

大阪朝日に入社した後も佐伯の姿はよく見かけたし、満洲から復員後に運動部に配属されてからは、ますます顔を合わせる回数が増えた。大会の主催は朝日だったが、実質は佐伯が運営の指揮を執っていたといっていいだろう。

とはいえ、奈良に住む佐伯も大会が中止になってからはあまり朝日に姿を見せず、神住もスマトラへ報道班員として再び召集されたため、顔を見るのは本当に久しぶりだった。じつに三年ぶりの再会である。

「まあ元気っちゅうほどでもないかねえ。神住君は顔色が悪いな。それにえらい痩せはった。なんやスマトラでマラリアにかかったちゅう話やけど」

「ええまあ。一時は死にかけましたんやけど今は問題ありません」

「あんな体格よかったのになぁ」

頭のてっぺんからつま先までしげしげと眺め、悲しそうな顔をされるのは、なんともやるせない。おそらく佐伯の中では、自分の姿は大学あたりで止まっているのだろうなと思う。あのころは体格が良い、というよりも恰幅がよかった。

「そこはまあ、こういうご時世ですんで」

「戦争は終わった。底は今だけ、ここからは良うなる一方や。気持ち切り替えていかんとな。神住君、今はどこの部署におるんや」

「報道部です。今日はどちらに？」

「ああ、厚生部にな。渡辺（わたなべ）さんに会いに来たんや。東口（ひがしぐち）さんのお悔やみもまだやったし」

「東口さんの……」

その名に、気まずい思いが胸をよぎる。渡辺も東口も、神住にとっては縁が深い上司である。

厚生部長の渡辺文吉（ふみよし）は、昭和十七年に運動部が解散する前は、同部の部長だった。

そして東口真平（しんぺい）は大正十二年に創設された運動部の初代部長を務め、戦時中に創刊されたジャワ新聞社長に就任した傑物で、スマトラでの神住の上司でもある。真面目で誠実な人柄で知られ、グチさんと親愛の情をこめて呼ばれた彼は、軍の要請で設立された新聞社の社長就任の命令を断れず、熱心に仕事に当たっていた。全国中等学校優勝野球大会育ての親ともいうべき人物で、佐伯とも長い付き合いだった。スマトラでも、「日本に戻ったら神住も運動部に行けよ」と笑っていたが、適当に軍に受けそうな記事を書き殴っていた神住がマラリアのせい——いや、マラリアのおかげで早々に帰国したのに対し、彼は真摯に新聞社と向き合い、そして終戦直前の先月十三日に飛行機事故で亡くなった。

生き残ったことを悔やむ気持ちはないが、篤実な東口が死に、自分がこうして佐伯の前に立っているという事実に、居心地の悪さを覚えるのはどうしようもない。

「そうでしたか。それはご丁寧にありがとうございます。大変な時に」

「いやいや、それはお互いさまや。それに用件はそれだけやあらへん。昨日、玉音放送あったやろ。あれ聞いて、いてもたってもおられへんでなぁ。今話してきたとこや。さて神住君、私が何をしに来たかわかるかね」

突然、厳格な口調で佐伯が尋ねた。もっとも口許は緩み、目は子どものように輝いている。今この目に、自分はどれほどくたびれて映っているのだろう。

「さあ……わかりません」

「あかんな！　神住君ともあろうもんが」

神住の気のない返事にも全く気分を害した様子はなく、佐伯は高らかに続けた。

「夏の大会を復活させる。これや」

「はあ、夏の大会……」

反射的に繰り返した直後、神住の脳裏にあの青空が浮かんだ。

強すぎる陽光に白く霞む空。その下に広がるのは、どこまでも続くのではないかと思うほど巨大な球場。かつて、神住が立っていた場所。

「夏って――まさか甲子園ですか？」

我に返って目を見開く神住を、佐伯は呆れたように見やった。

「他に何があんねん」

「せやけど、甲子園はもう……」

　何年も前に軍に接収されて、グラウンドは芋畑や駐車場となり、スタンドは工場や倉庫になってしまった。名物の大鉄傘は金属類回収令で供出され跡形もないし、そもそも球場自体が先日の空襲で燃えてしまった。

「今はどこの球場も同じじゃ。可能なら来年夏に甲子園でやりたいけどなぁ、無理なら西宮(にしのみや)あたりでもええ。とにかく、一刻も早く子どもらに野球をやらせなあかんのや」

「なんでですか」

　佐伯は呆れたように目を見開いた。

「おいおい、昨日の新聞にええ論説が載っとったやないか。〝若き人々へ〟。全く、あれの通りや。若者、とくに子どもらは、ここ五年ほどずっと軍国一本槍で来てもうた。他はなんもない。けど日本は負けた。あの子らが信じてきたもんは、全部崩れてもうた。早急にあの子らの心を立て直さんと、えらいことになる。それには野球が一番ふさわしいと思わへんか。野球の精神には、今必要なもんが全部揃とる」

　熱を込めて佐伯は語る。ホールの人々がなにごとかと目を向けるほどの声だった。

　神住はただ黙って聞いていた。納得しているのでも感銘を受けているのでもなく、ただ言葉を挟む余裕がなかっただけだ。

何を言うとんねん、こいつは。頭が煮えとるんちゃうか。神住は心の裡（うち）で吐き捨てた。

日々の食糧にも事欠く時に、野球とは笑わせる。文学よりよほどひどい。ボールだバットだと野球は何かと金がかかる上、佐伯も言ったように今はどこも球場は芋畑になっている。

なのに来年には甲子園？　子どもだって、あまりの夢物語に鼻で笑うだろうに。そもそも、アメリカとの戦争中、スポーツは日本古来の武道のみが許された。アメリカの国技である野球など迫害の筆頭で、多くの学校で野球部は何年も前に解散させられている。

「佐伯さん、お気持ちはわかりますし、いつか実現できればと思いますけど」

相手がひとしきり熱弁を振るったところで、神住は控えめに反論した。適当に合わせて流すのが一番だとわかっていたが、どうしても我慢できなかった。

「日本は昨日、負けたばかりです。あまりに時期尚早ちゃいますか」

佐伯は一瞬鼻白（はなじろ）んだ様子を見せたが、すぐに気を取り直したように笑った。

「渡辺君にも、同じこと言われたわ。まあ、みなそう言うわな」

「我々ももちろん、大会を復活させたいという思いはあります。あのまま文部省に奪われたままでは業腹（ごうはら）ですしね。せやけどまずは、最低限の生活を立て直してからでしょう」

「せやな。けどな神住君、覚えといてや」

佐伯の目が、まっすぐ神住を射貫く。

「子どもの成長は早い。時間は待ってくれへん。あの子らの一年は、我々の十年に相当する。今、助けなあかんのや」

「……そうですね」

「ま、そう難しい顔せんと。頭の隅にでもおいといてや」

反抗的な心情を察したのだろう、佐伯は窘めるように笑い、神住の肩をたたくとそのままホールから出て行った。

眩しい日差しの中にたちまち霞む後ろ姿を眺め、神住はぼやいた。

「子どもの一年は十年ねぇ。そないなこと言われても」

再び階段を見上げ、息を呑む。

今、ここには誰もいない。だが神住の目には、階段をのぼる国民服姿の男が視えた。足どりは荘厳といっていいほど重々しい。その両手に恭しく掲げられているのは、いかにも重たげな深紅の旗。背が高く、がっしりとした体つきをしていたが、彼は中等学校の生徒だった。

「……真田(さなだ)君」

その名をつぶやいた途端、胸が締めつけられた。あれは昭和十六年の師走(しわす)。真珠湾攻撃の直前だったと記憶している。寒々とした空気の中、大優勝旗を手にこの階段を一人のぼっていたのは、海草中野球部主将の真田重蔵だ。ホールで彼を出迎えた神住は、そのまっすぐ伸びた背中を、じっと見上げていた。

あの年の夏、七月も半ばに入って突然、優勝野球大会は中止と通告された。朝日新聞はすでに前月下旬から、例年通り大会展望の連載も開始しており、地区によっては予選が終わっているところもあった。当時はすでに、各地で野球排撃の動きが盛んになっており、名門野球部も次々と廃部に追い込まれていたが、それでもまだ甲子園を目指す学校は多く、前年優勝校の海草中もそのひとつだった。その二年前に、全五試合完封、準決勝と決勝でノーヒットノーランを達成するという途轍もない偉業を成し遂げた嶋清一をエースに頂き優勝を果たし、翌年には後を継いだ真田重蔵が負けじと力投を見せ、連覇を成し遂げた名門である。昭和十六年の大会は、中京商業以来の三連覇達成なるかという、彼らにとって非常に重要な大会だった。当時、運動部員だった神住も、毎日のように取材に赴いた。三連覇達成の記事を誰より詳細に書こうと意気込み、当時の部員とはまるで兄弟のような付き合いをしていた。真田たちにとって偉大な先輩にあたる嶋清一は、明大では神住のかわいい後輩となっていたし、この縁を利用しない手はないと張り切っていた。

しかし、夢は潰えた。彼らにとっては全く意味がわからぬ理由で、唐突に。

早々に翌年の大会も中止と決まったために、海草中主将となった真田重蔵は、深紅の優勝旗を手にたった一人で朝日新聞大阪本社を訪れたのだった。

国民服にゲートル姿の彼は、恵まれた体軀も相まって、生徒というよりもいっぱしの兵士のようだった。重い優勝旗を掲げてもいささかも揺らがぬ腕、ぴんと伸びた背筋は、さすがに連覇を果たした名門校の主将の風格があった。

本来ならば真っ白いユニフォームを纏い、甲子園の大観衆の前で堂々と行われるはずだった優勝旗返還は、社員の出迎えの中、寂しく行われた。

社長に深紅の旗を返す瞬間も、深々と下げた頭をあげた時も、真田主将はまるでここが甲子園であるかのように、毅然とした表情を崩さなかった。社長の励ましに謝意を述べ、この時期を心身鍛練の貴重な機会として励みますといった優等生の返答をした真田は、しかし神住がおそるおそる声をかけると、はじめて瞳を揺らし、つぶやいた。

『夏、みなで優勝旗を返しに行こう。それが、我々野球部の合い言葉でした』

神住が返す言葉を失っていると、少年は深々と一礼した。

『神住さんには、お世話になりました。ご期待に添えず、申し訳ありません』

そうして一度も振り返らず、去って行った。

期待に添えず――その言葉が、いつまでも頭に残った。

自分もかつて、同じことを言った記憶がある。屈辱の夏の試合の後、落胆と怒りを隠そうともしない応援団に深々と頭を下げた。疲れきった頭の中で、なぜ俺が謝らねばならないのだろうという不満と、いっそ腹を切りたいという思いがせめぎ合い、吐き出す謝罪はただただ空虚だった。

真田の言葉はちがう。深い無念が滲んでいた。

神住はあの場に立ち、自ら降りた。しかし真田は、立てなかったのだ。

あのとき返還された優勝旗は、四年以上、ここ大阪本社で眠り続けている。翌年に文部省傘下の大日本学徒体育振興会により全国体育大会のひとつとして甲子園大会が開催されたが、この優勝旗は使われていない。真田の海草中は大会に参加したが、文部省が勝手に満十九歳未満という制限をつけたせいで真田は出場できなかった。卒業後は職業野球の朝日軍に入り、それから海軍に入隊したはずだが——それからどうなったのだったか。

「甲子園、か」

昨日、終戦の瞬間にも思い浮かべていた聖地。人を奮い立たせ、あるいは失意の底にたたき込む、他では聞いたことのないような大歓声。

使われることのなかった深紅の大旗。たった一人でやってきた国民服姿の主将。たしかに彼に——全国の数多いる主将に、あの旗を手渡せるならどんなにいいか。夏空に舞う白球の美しさを見られたら、どんなにいいか。

だがそれは、現時点では感傷にすぎない。それぐらいはわかる。

佐伯は野球を愛するあまり、夢を見ているのだ。渡辺元運動部長が却下したと聞いて、ほっとした。彼はまだ、現実が見えている。

野球は愉快だが、そこまでたいしたものではない。あくまで娯楽にすぎないということを、神住は身をもって知っている。野球がなくたって子どもは生きていけるし、他に生きがいだってできる。食べ物とちがって代用がきくものなのだ。

2

二日ぶりに帰宅すると、久々に良い香りがした。

最近すっかり嗅ぎ慣れた、野草のものではない。芋だ。

「芋のにおいがする」

鼻を蠢（うごめ）かす神住から鞄を受け取り、妻の美子（よしこ）は誇らしげに笑った。

「ちょうどええ時に帰ってきはったわ」

「なんや、終戦祝いに配給あったんか」

「敗戦祝い？　あったらおもしろいわ」

今度は、あははと声をあげて笑う。美しく儚（はかな）げな顔立ちに似合わぬ、豪快な笑い方だった。先日確認したかぎりでは、一日一人あたり二合三勺の芋が配給されると決まっているはずだが、予定通りに来ることはほとんどない。

「昨日と今日あんた泊まり込みやろな思て、実家に行ってきたんよ。お母ちゃんがもたせてくれたわ」

大阪にかぎらないが、都市の配給は大幅に遅れる上に量は少ない。神住の家でも、職場への配給がなければだいぶ辛かっただろう。神住が食べ物を持ち帰ると、美子は全身全霊で歓迎してくれたが、時おり奈良で代々農家をやっているという実家に向かい、農作物をわけてもらってくる。

なかなかの命懸けだ。食べ物をもっていると知られると、か弱い女性だと奪われる危険もある。もっとも、美子がか弱いのは雰囲気だけなので、荷を奪われたことは一度もなかった。

「芋とええ大根、他もいろいろもろたけど、大半は隣組の炊き出しに出さなあかんかったからあんまり残ってへんよ。でも卵は内緒にしてるし、こっそり食べよ」

居間に落ち着いた神住に茶を出し、美子は声をひそめて言った。

「卵あるんか。ありがたいなぁ。乾燥卵やないやろな?」

自然と神住も声を落とす。なにしろ暑いので、窓は開けっぱなしだ。

「当たり前や、あんなん卵とは絶対に認めへんわ」

配給品の乾燥卵は、見た目こそ卵だが中身は寒天(かんてん)である。そんなものでも、妊婦のために特別に配給されるような貴重品だが、果たして寒天が妊婦の栄養になるのかは謎だ。

「すまんな、最近は会社のほうもあんま配給のうて」

そういえば一昨日ビール飲んでる奴がおったな、と思いつつ、神住は言った。朝日は配給に恵まれているほうだとは思うものの、やはり最近は厳しい。

「そらどこも厳しいわ。うちはまだ子どもおらへんししゃあないわ。けどなあ、野草も最近は見当たらへんし。戦争終わったらますます食べ物が不安やわ」

「これ以上悪なることはないやろ」

「せやかて戦地から兵隊さん帰ってくるでしょ」

「えらい迷惑そうやな。普通、喜ぶところちゃうんか」

「いやあ、みんな困ったゆう話ばっかりやわ。そらまあ空襲に怯えんで済むようになったんは嬉しいし、兵隊にとられた家族は帰ってきてほしいけど、今帰ってこられるんも正直困るわ」

なるほど、やはり台所に立つ女性は現実的だ。

「やっぱり、まずは食糧やなぁ。なんや俺のまわり、夢みたいなこと言うとる奴らが多てなあ」

そこで重野と佐伯の話をすると、美子は笑い飛ばすかと思いきや、神妙な顔で頷いた。

「重野さん、真面目なお方やしなあ」

「なんや俺が真面目やないみたいやないか。まあ重野さんかて、家もないのに家族養わなあかんから辞めはせんやろうけどな。問題は佐伯さんや。頭煮えとるんのとちゃうか、あの人は」

「なんで？　野球やったらええやないの」

　美子は不思議そうに首を傾げた。

「いやおまえ何言うてんの」

「せやかて、天下の朝日かて、いつ取り潰しになるかわからんのやろ？」

「せやけど夢物語もええとこやろ」

「あんなぁ、今日言われたで。一昨日まであんな調子よう聖戦貫徹や言うてはったのに、昨日からえらい調子変わらはりましたなぁって」

「しゃあないやろ、そんなん」

　口調がぶっきらぼうになるのはどうしようもない。そういう声は覚悟してはいたが、井戸端でも嗤われているとなると、美子に申し訳なかった。

「まあしゃあないわ。けど占領軍が来たら、軍人や政治家は当然処罰されるやろし、新聞社もわからんやろ。ならその前に少しでも実績つくらなあかんのとちゃう」

「実績てなんの」

「夏の甲子園は、朝日の大会やないの。まあ戦時中は文部省にとられたけど。取り返して、なんとしてでも大会開いて、青少年の健全で民主的な育成のために全社をあげてこれほど努力してますって言えばええやないの。そしたらお目こぼししてもらえるんちゃう？　そやし野球て、アメリカでも人気あるんやろ？　使わん手はないわ」

神住はまじまじと妻を見た。目の覚める思いとは、こういうことか。

「美子、おまえほんまにええ根性しとるわ」

「ええ根性してへんかったら、あんたみたいな日和見につきおうてられんわ。うちおらへんかったら、あんた今ごろのたれ死んどるで」

つんと顎をそらした横顔は、美しい。

美子はその名の通り、美しい女だとしみじみ思う。出会いは昨年の年末である。夏にスマトラから命からがら戻ってきて、療養の後ようやく本社に復帰した神住は、本社の目と鼻の先にある新大阪ホテルで、受付嬢の原口美子にひと目惚れをした。新大阪ホテルは、中之島の建物に多く見られるルネッサンス様式の国際ホテルで、受付嬢は大阪一の美人揃いとして有名だった。その中にあって美子は、すらりと背が高い上に、切れ長の目に高い鼻筋が特徴的で、一部の社員からは馬面だの男のようだのと評判は悪かったが、神住にはこの上なく上品で、理想の大和撫子のように見えた。

神住もいい歳で、しかもマラリアで死にかけてからはしきりに親戚から見合いを勧められることに辟易したこともあって、猛烈に美子にアプローチを掛けた。最初のうちこそ全く相手にされなかったが、結局は今年春に祝言の運びとなった。

言葉少なく、神住の言葉にいつも淡く微笑んでいた原口美子は、神住美子となった途端に大和撫子の仮面を脱ぎ捨てた。いかにも幸薄そうなたたずまいで毒を吐き、調子はいいが飽きっぽい夫の尻をひっぱたき、隣組の主婦たちと如才なく付き合いつつ出し抜きに余念がなく、国じゅうが飢えと極貧に喘ぐ中、どうやっているのか金を着々と貯めていた。見た目に騙されたという気持ちもないではないが、ともかく顔が好みなのでそれでいい。美人は三日で飽きるというのは嘘だ。顔は大事である。くわえて、数日家に帰れずとも、さらに近くで空襲があろうとも、あいつなら確実に逃げおおせるだろうと思える妻は、じつに頼もしい。だから何を言われようとあまり気にならない。上司や先輩には小言を言われると、たとえそれが正論でも気分が悪いのに、美子なら「せやな」で済む。要するにベタ惚れだった。

「なるほどな。野球はアメリカ好みのデモクラシー育成にぴったりや。チーム競技やし、アメリカの国技やし」

妻の言葉を反芻してみれば、なるほど中等学校野球は最高の宝である。

大会をいちはやく復活させて成功させれば、国民の信用も得られる。そしてアメリカからも、戦時の政府や軍部にただ阿(おもね)っていたわけではないと主張できる。昭和十六年の大会が中止となり、翌年には代わりに文部省が主催した大会が開かれたが、朝日はいっさい関わっていない。正確には、関わりようがなかった。朝日側は屈辱をこらえ、由緒ある深紅の大優勝旗を文部省主催大会で使ってもらえるよう申し入れたが、「全く新しい大会にするから」とけんもほろろに断られた。当時は全社が激怒し、怒りの社説も掲載されたが、今となってはよかったかもしれない。

未来の象徴たる子どもたちによる野球。この時代に、これほどふさわしいものがあるだろうか？

そうだ。この野球大会は、まちがいなく朝日を救う。

いや、それよりも、この俺を救ってくれるかもしれない。

今までは、なんの目的も見えず、ただ言われるがままに記事を書いてきた。運動部が解散し、スマトラから瀕死の状態で戻ってきてからの自分は、本当にただ、日々をやり過ごしているだけだった。

社に入ったころはそれなりにあった理想や理念は、とうの昔に投げ捨てて、顧みることすらしなかった。同僚や上司から、使えないという烙印を押されていることも知っていたが、だからどうとも思わなかった。今は人手が少ない。自分のような適当な社員でも、そうそう解雇されることはないとたかをくくっているところはあった。

戦争が終わり、外地から優秀な記者たちが多く戻ってきたら、もはや居場所はない。今から挽回しようにも、今の自分が何をしても無駄であろうことはなんとなく察していた。

しかし、これなら。

朝日の復活に大きく寄与できるこの大事業を、実現させたら。その推進力として、活躍できたなら。解雇は遠のき——むしろ出世の道も開けるのではないか？

そう思った途端に、胸の中央が不思議と熱くなった。思わず、美子を見やる。妻もにやにやとこちらを見ている。

「……なんや」

「いやあ、珍しい顔してる思うて」

「どんな顔や。いやそれよりおまえ、俺より野球のことよう知っとるんとちゃうか。いつか一緒に甲子園行こな」

目を開かせてくれた妻に、神住は心から感謝を込めて言ったが、美子の反応はそっけなかった。

「野球なんて興味あらへんもん。せやからあんたらみたいに、神聖視もしてへん。飯の種になればええいうだけの話や」

「俺もべつに神聖なものとは思てへんけどな」

神住の返答を、美子は鼻で笑った。

「いやあ、あんたらはなんやかんやで野球馬鹿やわ」

翌日、勢い込んで渡辺厚生部長に会いに行くと、案の定呆れた顔をされた。

「君まで佐伯さんにさっそく毒されたんか。そら早めに復活はさせたいけどな、今言うことちゃうやろ」

「いや、今やからこそですよ、渡辺さん。朝日のためにもすぐに動くべきです」

怯まず逆に熱く説得を続けると、渡辺は最初の「アホか」と言いたげな顔から多少は真面目に耳を傾けてはくれた。が、ひと通り話を聞くと、やはり「アホか」と頭を振った。

「そらまあ野球自体は米軍受けはええかもしれへんけどな、来年やってどうすんねん。大会が中止になって今年で丸四年。来年で五年。つまりや、今の中等学校は野球てなもん一度もやったことのない生徒がほとんどなんや」

「それはそうですけど……」

「大会を開くだけなら、できんことはない。文部省から取り返すこと自体は、戦争が終わった以上、そう難しくはないやろ。けどな、大会やってもプレーする選手がおらん。今から育てるにしても、野球用具もろくにない、グラウンドもない状態でどないなる?」

「参加数によりますけど、我が社の援助である程度はまかなえないでしょうか。朝日がつくりあげ、育ててきた大会です。子どもたちが望むんやったら、そこは身銭を切ってでも」

自分でもだいぶしらじらしいと思ったが、渡辺もそう思ったらしい。ふん、と鼻で笑われた。

「まあそらな、そこで大盤振る舞いしたら世間様はもちろんアメリカの受けもええやろな。デモクラシー万歳や。けど、もういっぺん言うけど、今やることちゃうわ。まず生徒らが野球ができる環境が整ってからや。まだ学校も始まってへん段階で言うことやない。この大阪だけでもええ、野球の強豪校の現状、歩いて見てきたらどうや」

あっさりと追い払われる。

落胆はしなかった。そう簡単にいくとは思っていない。神住自身、昨日はアホかと思ったのだから。だがこれはまちがいなく、自分にとって――朝日にとって大きな光明となる。かつての運動部の面々を中心に、説得は続けていくつもりだった。

なにしろ、仕事をしていても気が塞ぐ一方なのだ。飛び込んでくるのは、誰それが自決しただの、一家心中だの、そんなものばかりだ。戦争が終わったというのにそんなことで取材に行きたくはないし記事も書きたくないというのが本音だ。しかも案の定、「国民の感情に配慮して」、よほどの大物でなければ自決記事はあまり書かないようにと言われている。

となると、預金は大丈夫だから銀行に殺到するなと国民の不安を宥めたり、辛いが男らしく耐えろと全く意味のない激励か叱咤かわからぬ記事が並ぶ。そしていずれ来るであろう米軍への、深い警戒と怒りが滲む批判記事。正直言って、内容がない。紙の爆弾のころとたいして変わりはなかった。

「ここに、スポーツ記事が復活するんは、いつやろなあ……」

暗い記事と、国民への啓蒙で埋め尽くされる記事をしみじみと眺める。

ここ何ヶ月も、野球はもちろんスポーツの話題は新聞に載ったことがない。

今の目玉は、広島と長崎に投下された新型爆弾についての連載だ。八月六日、新型爆弾が投下されたという知らせは大阪にもすぐに届いたが、確認しようにも広島支局と全く連絡がとれず、結局はたまたま手の空いていた神住と写真部員が出向くことになった。空襲の後の惨状というものは見慣れていたはずだったのに、今まで見たことのない、本当に何もない――まっさらの大地というものに、声を失ったことを覚えている。取材の帰りには重苦しい空気が流れ、あまり落ち込むことのない神住ですら、その日はいっさい食事が喉を通らず、記事を書くのに難儀した。情報局の「戦意を損なわぬ方向で」という枷があれほど難しいと思ったことはなかった。どう書いても、無理だった。

今連載されているのは主に専門家の検証や、詳しい証言などである。徐々にあの爆弾の恐るべき後遺症が表れ始め、いきおい米軍の残虐性へ言及することになるが、日和見の神住でも咎めようとは思わない。それほどの現場だった。

いざ米軍が上陸すれば、こんな記事もそうそう書けなくなるだろう。検閲が入らないとは思えない。今度は、米軍のための爆弾をつくり続けることになる。

混乱し、自由の消えた紙面。

そこに明るく、中等学校野球の文字が躍る様を思い浮かべる。スポーツは、嘘をつかない。結果が全てだ。検閲の入りようがない。

かつてはあれほど、日本全土を熱狂させた学生野球。たしかに数年の空白期間はあるが、いま野球を知らぬ中等学校の生徒たちだって、小学生のころには甲子園大会をラジオで聴いていたはずなのだ。復活すればそれは瞬く間に国民を魅了する。昔と変わらぬあの熱が、若者の青春が、行くべき場所を突然奪われた人々に勇気を与えるはずなのだ。

とはいえ、渡辺の言う通り、いざ外に出てみると、その心も早々に挫けそうになる。

大阪はどこもかしこも、瓦礫(がれき)か焼け野原だ。戦争が終わって五日、急ごしらえのバラックは増えてはいるが、昔日の賑わいにはほど遠い。

学校も例外ではない。ここに来る前に訪れた日新(にっしん)工業は、つい先日まで軍が駐屯していたせいでグラウンドは荒れに荒れていた。奇跡的に無事だった他校でも、今や全て芋畑になっている。グラウンドとして機能しているところなど、ひとつもない。

その中でも、ここ浪華(なにわ)商はひどかった。

瓦礫の山。そうとしか表現しようがない。

わかってはいたが、グラウンドを埋め尽くす瓦礫に、神住は絶句した。

「まあご覧の通りですわ。少しずつ片付けてはいますけど、ここまでやられると人の手ではどうにもねぇ」

苦笑まじりに語る教師に、神住は「そうですねぇ」と頷くほかなかった。

この東淀川周辺は、六月に三回にわたって激しい空襲を受けている。校舎は焼失し、グラウンドはただただ瓦礫だけが折り重なっていた。

「芋畑やったらまだマシなんですけどね。勤労動員された学生も戻って来てるんですけど、新学期になってもまず校舎をどうするかいうところでねぇ……体育もまあ、淀川の河原使うとかそんなんがやっとちゃいますか」

「そらそうですね」

神住は改めて瓦礫を見た。浪商のグラウンドと言えばなかなかのものだったが、復活するにはどれほどの時間がかかることか。野球復活と盛り上がったはいいが、こうして現実を見るとさすがに言い出せない。

日新でも「まあできることやったらやりたいですけど」と苦笑されたが、その目には怒りがちらついていたような気がする。

当たり前だ。負けて、まだたったの五日。正気の沙汰ではない。

あんたらはなんやかんやで野球馬鹿。美子の言葉が頭をよぎった。

「神住さんやないですか?」

先走ったことを悔やみつつ瓦礫を眺めていると、背後から声をかけられた。ふりむくと、シャツに国民服のズボン、ゲートル姿の若者が立っていた。

まず目を惹いたのは、その右手にあるグラブである。ずいぶん古びているが、よく手入れされ、さぞかし手に馴染むだろうと思わせる良い革だ。

背は平均より高く、体つきはがっしりしている。とくに腰から下はかなり頑丈そうだった。目と眉が離れ、どこかおどけたような顔つきには覚えがある。ただ、神住の記憶の中の顔はこれよりずっと若かった。目が合うと、嬉しそうに破顔する。

「ああ、やっぱ神住さんや。お久しぶりです」

「……ひょっとして、平古場(ひらこば)君か？」

名を呼ぶと、目の前の若者はますます嬉しそうに目を細めた。

「はい。覚えててくれはったんですね」

「そら覚えとるわ。鮮烈なデビュウやったからなあ」

大阪朝日の運動部は昭和十七年に報道部に吸収されたが、もちろんその後も中等野球の取材は続けていた。すでに全国大会は中止され、各地で野球部は続々廃部に追い込まれていたが、ここ大阪は昔から野球が盛んな土地で、独自の野球連盟をもっていることもあり、まだまだ府内や県をまたいでの大会が開かれていた。

浪華商は強豪として名高く、甲子園の常連でもあったので、まだ運動部があったころからよく取材に出向いた。当時の浪商のエースは今宮(いまみや)で、大阪で一二を争う豪腕だった。

あれは、昭和十八年の一月半ばだった。大阪の冬期鍛錬大会二回戦。浪商対市岡という好カードで、神住は両エースの取材に出向いたが、浪商のマウンドに立ったのはまだまだ顔立ちに幼さが残る、見知らぬ少年だった。なんでも今宮は病気で臥せっており、今日は一年生が投げるという。

浪商には他にも良い投手がいるし、その中でまだ小学生と言っても通りそうなあどけない一年生を起用したのには驚いたが、ひとたび投げるところを見れば誰もが納得した。

豪快なフォームと、長い左腕から唸りを上げて繰り出される速球は、今も覚えている。結果は四対〇の完封。試合後、興奮して取材をし、記事を書いた。短い運動部時代の、楽しい思い出だ。

「あの大会は圧巻やった。凄いサウスポーが出てきたと話題になってなあ、あの後すぐスマトラ行ってしもうて見られへんかったんがもったいなかったわ」

あのころに比べると、体もひと回り大きくなり、顔つきも精悍になった。それでも、神住を見て笑う目には、愛嬌がある。

昔と変わらぬ明るい表情に、神住はほっとした。ここに来るまで、駅でたむろする子どもたちを大勢見た。みな、空襲で親と家を失った子どもたちだ。寄り集まり、蹲る彼らは荒んだ空気を纏い、黒く汚れた顔の中のさらに暗く淀んだ目で行き交う大人たちを見ていた。揃いも揃って痩せこけた彼らは、もはや日常の光景のひとつでしかなく、ことさら哀れだとも思わない。だがやはり、彼らを目にするたびに、暗い未来を想像してしまう。子どもの姿は、未来の日本の姿だ。美子の言う通り、外地の兵士が戻ってくれば食糧難はより深刻になる。果たしてこの子どもたちの何割が生き残れるのか。

　そうした不安も、平古場を見ていると消え失せる。頑強な肉体、恨みも絶望もないすがすがしい目。

　ああそうだ、これこそ今望まれる若者だ。彼のような人間をこれから増やしていかねばならない。

「スマトラでしたか。ようご無事で」

　平古場はしみじみと言った後で、恥ずかしそうに笑った。

「けど俺のほうは、そのぉ、五月にまた市岡とやって、負けたんですわ。そっからは試合ものうなって、すぐに勤労動員があって練習もできひんで……あ、でも、昼休みには野球やってました。軟式ですけど、工員さんたちも一緒に」

「へえ、どこや」

「油谷興業（あぶらやこうぎょう）です。わかります？　伝法線（でんぽう）の出来島（できじま）駅から川沿いに行ったとこなんですけど」

「ああ、けどあそこ、西が尼崎の軍需工場地帯やろ。空襲えげつなかったんちゃうの」

「はい、電車なんてほとんど止まってたんで、国道二号線をずーっと歩いて梅田まで帰りました。まあおかげで、足腰はだいぶ鍛えられたんちゃいますかね」

なんでもないことのように平古場は言った。たしかに、誰もが痩せこけている中で、平古場はなかなかの体格を維持している。もともと浪商野球部の選手たちは体格が良い。昔から練習が非常に厳しく、神住が最後に取材した時の監督はＯＢの陸軍中尉だったこともあって、すでに食糧不足が深刻な問題になりつつあった当時でも、部員たちは体力向上を最優先にして鍛え上げられていた。配属将校の中には、アメリカ伝来の野球を毛嫌いする者も多く、野球部は真っ先に排除されたことを考えれば、浪商野球部は恵まれていたといえるかもしれないが、あまりの練習の厳しさに、俺やったらやめてるなと思ったことを覚えている。

「そういえばあのころも、淡路駅を使わんと徒歩で通学してたなぁ」

「あれは軍の査閲官に命じられとっただけですけどね。いちおう雨の日は電車使ってもええっちゅうことになってたんでよかったんやけど……空襲の後はそうもいかへんで、雨でも構わず歩かなあかんのがね」

空襲の後は、真っ黒な、重い雨が降る。その中を歩くのは、心身ともに途轍もなく消耗する。神住も経験済みだ。

「いやいや、立派なもんや。最後に会った時より、えらい大きなっとるやんか。二年……二年半か。やっぱりこの時期の子どもの成長は凄いなあ。いっぱしの大人か思たわ」

親しみを込めて肩をたたく。やはり、肩から腕にかけての筋肉も立派なものだ。国民全員が食糧難に喘ぐ中、彼らとて満足に食べられていたわけではないだろうが、それでこの体を維持しているのは立派である。しかし平古場は苦い顔で首を振った。

「いやぁ、ごっつい痩せてもうて……。工場は結局疎開してもうて、今度は和歌山(わかやま)まで山の横穴壕造りに行かされたんですけど、これがしんどおて。久しぶりに球投げてみたら、もう全然あかんのですわ」

配給通りの微々たる米や大豆を持参し、自分たちで自炊をすることになっていたが、とにかく量が少ないために米は薄い粥にしかならず、大豆は弁当箱の中でカサカサと鳴っていたという。その状態では山道でモッコを担いでも体がもつわけがなく、体力自慢の野球部員たちも次々倒れ、結局は終戦間際に引き揚げてきたそうだ。

今もどうも体が重い、と苦笑する平古場に、神住はさすがに良心の呵責(かしゃく)を感じた。勢い込んでこんなところにまでやってきた自分が恥ずかしい。

「そうやなぁ。野球どころやないよなぁ」

「そう言われるんですけど、まあ普通にやってますわ」

平古場は悪戯(いたずら)っ子のような顔で笑い、グラブを掲げてみせた。そのグラブで後方を指し示す。その先に瓦礫がよけられた一画があり、いつのまにか数名の生徒たちがキャッチボールをしていた。

「おお。よう道具残っとったな」

「焼けてもうたのもぎょうさんありますけど、みな自分のぶんだけは死守してましたから。俺もグラブとボールは、逃げる時いつも身につけてました」

部員たちがいるあたりを指さし、「あのへん、部員だけでさっさと片付けたんですわ」と誇らしげに付け加える。

「今日も練習に来てみたら、神住さんの姿が見えたんで。こらもしかしたら大会復活か？　って盛り上がって、俺が偵察に来たんですけど。そういうことや思てええんですか？」

平古場は目を輝かせて神住を見た。そう言われてみれば、部員たちもキャッチボールをしながらやたらちらちらとこちらを見ている。

「まあ、そうしたいのはやまやまやけどな。現実問題としてな、平古場君、投げられるか？」

どう言っていいものか迷ったが、結局は単刀直入に切り込んだ。こういう聞き方が、投手には一番わかりやすいだろう。

平古場の顔から、笑みが消える。かわりに燃え上がるような闘志が、両目に宿った。

「そら今すぐは、昔みたいには投げられません。けど、来年やったら。来年の夏までやったら、必ず戻せます」

　ぐっ、と平古場は自分の左手を握った。

「俺、来年五年生なんです。最後の年です。俺が浪商に入学した時はもう全国大会がなかったし、試合に出してもらえるようなったら試合ももうのうなって、それからずっと働いてばっかりで。野球やるために浪商来たのに、このまま卒業なんてあんまりや」

「……そうか。来年、五年か」

「はい。神住さん、日新にはもう行かはりました？」

「ああ、ここの前にな」

「優勝旗のこと、聞きました？」

「……ああ」

　全国中等学校優勝野球大会は、昭和十六年から中止になっている。しかし中止の告知が出たころには、大阪の地方予選はすでに終わっていた。

　昭和十六年大阪大会の決勝カードは、日新商と浪華商。一対〇で優勝を決めたのは、日新だった。

　日新は結局、甲子園に行くことはできなかった。翌年の大会は文部省の主催となり優勝旗もなく、日新も旗を返還することはできなかった。

　全国大会の優勝旗があの年からずっと朝日本社に眠っているように、大阪大会の優勝旗も日新で眠り続けた。

しかし日新も、空襲を受けた。校舎は燃えたが、旗は校長室の地下深くに埋められており無事だったという。大阪に最初の空襲があった翌日、部員たちの手で大事に大事に埋められたのだと聞いた。

「ゆうたら、ただの旗ですよ。けど、真っ先に埋めた。それは誰もがあの旗をとって、甲子園に行きたい思うとるからです。俺かて、この二年、一度も忘れたことはありません」

平古場の目は、まっすぐ神住を射貫く。強い光だ。あの夏の、マウンドに降り注ぐ日差しのように。

「みんなそうです。甲子園ゆうたら、今疲れきってる連中かて、目の色変えます。食うもんも、学校もないけど……けど、野球あったら、俺らやってけます」

平古場は深々と頭を下げた。

「せっかく間に合うたんや。甲子園で野球、やらせてください」

ふと、真田重蔵が深紅の大優勝旗を掲げている姿が見えた。驚いて数度瞬きをすれば、まぼろしはすぐに消えた。

かわりに自分の前にたたずむのは、当時の真田と同じ四年生の平古場昭二。

そうだ。彼は、間に合ったのだ。

「そうやんな。甲子園で野球。やりたいよなぁ」

神住とて球児時代、あれほど焦がれたのだ。いざこの足で立った聖地は夢とは正反対の地獄だったけれど、それは立ってみなければわからないことだ。

どうあがいても手の届かぬままの夢で終わるか、夢は惨い地獄だったと知ることの、どちらがより惨いのか。明らかに前者だろう。あの場は、たしかに神住にとっては地獄だったが、人生最高の舞台となった者はいくらでもいるのだ。

あの場で輝いた者たちの姿が、次々と脳裏に浮かぶ。

その中心を占めるのは、やはり京都商の沢村栄治だ。沢村ほど、神住を駆り立てた男はいなかった。彼の存在あればこそ、神住は夢中で甲子園を目指したのだ。

そして、海草中の嶋清一。真田の先輩にあたる大投手だ。六年前の大会での全五試合完封、二試合連続ノーヒットノーランという記録を破れる者は、おそらく今後も出ないだろう。この驚異の大投手は卒業後に明大に入り、神住の後輩となった。マウンドでの姿とはうってかわって普段は内気で素直な嶋は、ただただかわいい後輩だった。

彼らは聖地で、日本の誰もが知る英雄となった。

だが彼らは、もういない。あれほど日本を沸かせ、将来を嘱望された者たちは、二度と帰ってこない。沢村は屋久島（やくしま）沖で、嶋は南洋で命を落とした。

彼らの人生は、甲子園のマウンドからまっすぐ未来へと続いているはずだった。それはより美しいものだったはずだ。だが彼らは全てを奪われ、あのマウンドで夢を奪われた自分はこうしてここに立っている。

平古場も、ここにいる。

ああ、彼はどんな道をゆくのだろう。あの美しく残酷なマウンドで、どんな姿を見せるのか。

「神住さん?」

平古場の声に、神住は我に返った。

瓦礫に降り注ぐ日差しは、あの夏と同じだ。今は芋畑になっている甲子園もまた、同じように照らされているだろう。

「まかせとき、平古場」

神住は笑った。肚(はら)は、決まった。動機が保身だろうが不純だろうが、知ったことか。野球はやはり必要なのだ。

なにより自分が、見てみたい。

「必ず、おまえを甲子園のマウンドに立たせたる。大阪の誇る左腕、見せたろやないか」

第二章　セッティング・サン

1

八月も終わりに近いその日は、窓を開けていても蒸し上がるような暑さだった。とうに日は暮れているというのに、涼を期待して開け放した窓から風は入らず、今なお熱気が滞ったままだ。かわりに流れてくるのは、けたたましい音である。

編集局の向かい側に位置する写真局では、部員総出でガラス乾板（かんぱん）を処分する作業が続いている。先日、上からの命令で大量の写真が焼かれたが、それでは飽き足らずに乾板の処分まで命じられたという。処分といっても、窓から投げ捨てるだけだが、なにせ量が多い。昼過ぎから始め、日没を過ぎてもまだ終わらない。本社の脇を流れる土佐堀川は、今日一日でガラスに埋もれそうだった。

処分を手伝いに写真部に出向いた神住は、乾板を次々放り投げるかたわら、中央の机を難しい顔で囲む男たちに目を向けた。彼らは背後の騒音などまるで耳に入っていない様子で、机上に並べられた大量の写真を眺めている。写っているのは、いずれも同じ人物だ。

ダグラス・マッカーサー元帥。

終戦直後から、占領軍の総司令官としてやってくるであろうと言われていた米軍の将軍である。彼は本日、実際に連合軍最高司令官として専用機にて厚木飛行場に到着した。名実ともに日本は連合軍の統治下に入ったのだ。

新たな日本の統治者は、日本政府の出迎えを断り、世界中から集まった百二十名の報道陣だけに取材を許した。その中で日本人は記者十名のみ、そして同行を許されたのは八名の写真部員だけである。

机の上には、写真部員が撮影した大量の写真がある。

が、机いっぱいに並べられたマッカーサーの姿を見下ろす目は、いずれも険しい。

占領軍の総司令官であれば、それなりに威儀は正してくるべきだ。それが国への礼儀というものだろう。しかしマッカーサーは、正装ではなかった。略式の制服にサングラスをかけ、武器の類いはいっさい携帯していない。米軍のシンボルである大きな星が描かれた専用機バターン号から降りてくる写真では、ふざけた形のパイプまでくわえている。

敗戦国には、礼儀なぞ必要ない。ここ関東だけでも数十万の部隊がまだ残っているというのに、警戒にも値しない烏合の衆にすぎぬ。支配者はあくまで米軍、日本国民はただ隷属するだけの存在であるという彼の――あるいは米軍の考えが、ひと目でわかる。これほどの屈辱があろうか。

「なんでこないな写真撮ったんや、安斎」

整理部長が、厚木から飛んで帰ってきた写真部員を睨みつけた。安斎と呼ばれた男は、大きな体を竦めるようにして立っていた。よく灼けたその顔は普段は精悍といってよいものだったが、今日は疲労の色が濃い。マッカーサーが厚木に降り立ったのは午後二時過ぎ。それから記者会見に行って大阪へとんぼ返りしてきたのだから当然だ。現在、列車の時刻表などまるで信用できないし、常に人でごった返している。車掌に託して記事を送るだけでも大変だというのに、自ら持ち帰るのは相当厳しかっただろう。安斎は、どんな危険な場でも迷わず飛び込んでいく男だが、今回も早かった。中央の記事と写真を待つという指示が下る前に、部長を説得して厚木に飛んでいった。よく撮れたものだと思う。

「降りてくる時、タラップでわざわざポーズ取ったんですよ。写真映えするよう化粧までしていたので、まあ撮っておいてやろうかと」

「化粧やて」

「妙に肌が光っていたので」

「どこの俳優気取りや。あかん、これは没や」

整理部長は乱暴な手つきで、くだんの写真を脇に除けた。安斎は未練がましく目で追ったが、再びがしゃんと音がして、弾かれたように他の写真に視線を戻した。

「こっちからマッカーサーを見上げとる写真やのうて、同じ視線の高さで――あと一人やないほうがええな。誰かと話してて、もっとこう人間っぽいような……」

部長の声は、ガラスをたたき割る音に遮られ、最後まで神住の耳に届くことはなかった。米軍の写真の選別をしている横で、戦時中の写真を根こそぎ処分する。写真部の者たちとしては断腸の思いだろう。おそらくあの中には、神住がスマトラにいたころにカメラマンが撮ったものも大量にあるはずだ。

そして最近の、空襲の無残な写真も。鮮明に覚えているのは、大空襲翌日に撮られた写真だ。爆風でまき上げられた遺体がボロ切れのように電線からぶらさがっていた。たしかあれを撮ったのも、この安斎だったと思う。

見た時は、衝撃だった。写真の惨さにではない。慣れきって、もはやなんの感慨も浮かばなかった自分の心に驚いた。

もっとも、神住にとってはどうでもよくても、米軍がこれを見てどう思うかが重要なのだ。戦場、そして内地の現実。片っ端から処分する。さもなくば、社の存続もあやうい。

ただでさえ今まで、戦争推進を煽るような記事ばかり書いてきたのだ。軍部に気に入られるような掲載写真も、不許可が出た写真も等しく、全てなかったことになる。

「これ、どうですか」

やがて、安斎が一枚の写真を指し示した。マッカーサーが、先遣隊のアイケルバーガー中将と手を取り合い、微笑みをかわしている写真だ。こちらもサングラスは相変わらずだし、カメラを意識したわざとらしさはあるが、表情があるためずっと印象はやわらかい。アイケルバーガーのほうが背が高いので、マッカーサーがやや上を向いているのもいい。

「ああ、ええな。これにあの演説入りの記事でええやろ。どうです？」

整理部長が確認すると、編集局長も頷いた。

「ほな一面頭はこれで」

「いや、頭は宮さんのあれや。マッカーサー来たかて、大阪は関係ないしな。どっちも一面にしとけば文句はないやろ。写真入りで記事はこっちのが大きいし」

終戦後わずか二日で発足し、「一億総懺悔」を標榜する東久邇宮稔彦（ひがしくにのみやなるひこ）内閣は、民意を直接聞くために、広く国民に政府への投書を呼びかける旨を発表した。この日に発表したのは偶然とは思えない。

これほど写真写りを気にする連合軍の総大将は、自分が望んだ写真が掲載されない上に、自分より上に内閣の記事が来ることに気分を害するにちがいないが、それを承知で紙面をつくるのは、新聞社としてのささやかな抵抗なのだろうか。

別に写真の一枚や二枚、先方の望み通りにしてやったらいいものを。それで機嫌がよくなるならいいではないか。そう思いつつ、神住は黙々と乾板を投げ捨てる。

はじめのうちこそ胸が痛んだが、こう続くと何も感じない。

「マッカーサーは、野球が好きなんかなぁ」

　俳優気取りの元帥に対し、神住が思うことといえばそれぐらいだった。

「アイケルバーガーは結構な野球好きらしいで」

　同じように黙々と乾板廃棄を手伝っていた重野がつぶやく。聞こえていたとは思わなかった。

「そうなんですか」

「らしいぞ。まあ国技やし、マッカーサーも嫌いやないんちゃうか」

「ならええんですけど。野球好きならまあ、大会復活も邪魔せえへんでしょ」

　重野は呆れた様子で神住を見た。

「本気なんか、来年には甲子園復活させるっちゅうのは」

「本気ですわ。これからの子どもには必要です」

「おまえが言うと胡散くさいわぁ」

「ほんまですって。六大学なんかさっそく復活に向けて準備始めてるっちゅう話ですし」

「神宮なんか空襲で甲子園よりボロボロやろ」

「あそここそ、学生が学生野球のためにつくり上げた球場ですからねぇ。意地でも再建するでしょ」

東京のほうではすでに、六大学のＯＢたちが動いている。やはり考えることは同じで、国民のためにも野球は必要だということだった。

日本における野球といえば、なんといっても六大学野球である。もちろん中等学校野球も人気はあるが、六大学への熱狂ぶりはその比ではない。日本の野球界、ひいては日本の若者を牽引するのは我々であるという自負が六大学野球連盟にはある。

「昔から思てたけど、おまえら六大学の妙な特権意識、凄いな。鼻につくけど、まあこういう時は頼もしいと思えへんこともないわ」

うんざりした顔で重野が言った。

「ま、東京のほうは六大学に任せて、関西は我々朝日が頑張りましょうや」

「頑張るっちゅうても、俺は反対なんやけどな」

「生徒らかて望んどるんですよ」

「そら生徒らは、わけわからん教練やら労働より野球やりたがるやろ。当たり前や。けどそこを抑えて、今必要なことを学ばせるんも大人の役割やろ。煽ってどないすんねん」

神住はここのところ、大会復活の必要性を熱心に社員に説いて回っている。重野はそれが面白くないようだった。

「いや、必要ですよ。野球は、子どもらにとって単なる娯楽やないんです。甲子園ゆうんは、夢そのものなんですわ」

反論する神住を、重野はますます胡散くさそうに見た。

「なんなんや急に。昔、甲子園なんかそんなええもんちゃうて言うてたやないか」

「それはそれ、あくまで俺にとってはゆうことですから。平古場君に、間に合うたんやから頼む言われたらやるしかないですわ」

「ふうん。ま、第六軍が理解ある連中やゆうんを祈っとけや。第八軍より荒っぽいちゅう話やけどなぁ」

関東に上陸したのは、アイケルバーガー中将率いるアメリカ陸軍第八軍で、ほぼ一年前に創設され、主にレイテやルソンなどで日本軍と死闘を繰り広げた部隊である。一方、関西方面に上陸予定の第六軍は前世紀にアメリカ大陸の南方攻略のために創設された古い部隊で、気性も激しいという噂だった。

「まあそれやったら人情も厚いちゅうことや思ときますわ。どんなんが来ても、どうにかなりますやろ」

野球復活はアメリカにとっても悪い話ではない。日本を支配するにあたって、両国がともに愛好するスポーツは民心を得る大きな武器になるはずだ。

実際、かつては日米親善試合が何度か行われたことがある。戦前最後に行われたのは、日米関係が冷え切っていた昭和九年のことだった。よくぞ実現したものだと思うが、この年の来日メンバーが一番豪華だった。なにしろ野球の神様ベーブ・ルースまでいた。大リーグから選抜された綺羅星（きらぼし）のごときメンバーは日本全国で十八試合を行い、全勝した。その圧倒的な強さ、華麗なプレー、そしてベーブ・ルースが量産したホームランに、日本国民は酔いしれた。中等学校の五年生だった神住も甲子園球場で彼らと全日本選抜の試合を見たが、本場の迫力にただただ圧倒された。

打球とはあんなに速く、高く飛ぶのか。野手はあの体勢から投げられるのか。度肝を抜かれるようなプレーが何度もあった。ベーブ・ルースたちはたしかに、当時日本に蔓延していた反米感情を劇的に和らげた。

今、日本国民がアメリカを恐れ憎む思いは、当時の比ではない。米軍も掠奪禁止令を出したりと秩序立ったところを示そうとはしているが、なにしろ親玉のマッカーサーがあんな恰好で降りてくるのだから信用はできない。

新聞としては、婦人たちは服装に気をつけるようにとか、夜は出歩かぬようにとか警戒を呼びかけたり、米軍兵士へ自重を求める在日米人の声などを掲載して先方を牽制したりするのが精一杯だったが、双方の不信は野球によっていくらかは和らぐだろう。記者として、日米和平の先鋒を務めてやろうじゃないかと神住はひとり意気込んでいた。

しかしわずか半月後、新聞界は占領軍より大きな攻撃を喰らうこととなった。

九月十八日、東京朝日新聞が突然、二日にわたる発行停止処分を受けたのである。問題となった箇所は、前日の新聞に掲載された東条内閣の商工大臣であった岸信介の談話であるらしい。くだんの記事を神住も読んだが、何が問題なのかさっぱりわからなかった。

「俺にもようわからんけど、アメリカからすると、日本と連合軍が対等であるかのように語っとるのが癪に障るらしいわ」

苦虫を嚙み潰したような重野の言葉に、神住は「はあ」としか言えなかった。同月十一日に元首相・東条英機（ひでき）と内閣閣僚を中心に三十九名の「戦犯」逮捕命令が出た。東条はじめ自殺を試みる者もいたが、岸は泰然と運命を受け入れ、談話を発表した。要約すれば、「国民や天皇に対して敗戦の責任はあるけれども連合軍に対しては責任などない、だが負けた以上は仕方がないので勝者の裁きも受け入れる」というものだったが、どうやらこれが米軍のお気に召さなかったらしい。

「ほんまのことやないですか。日本が戦争せなあかんかったのも、アメリカやらなんやらに追い詰められたからやし」

「あちらさんとしては、日本人がそう考えてるゆうのがあかんのやろ。岸の談話そのものより、新聞の姿勢も気にくわんかったんやろなぁ」

重野は、九月上旬の新聞をぺらりと掲げて言った。

マッカーサーがやって来ても、紙面に大きな変化はなかった。マッカーサーの人となりを紹介する記事がぽつぽつ出始め、占領軍を迎えるための英語コーナーがつくられたりはしたものの、その一方で、米軍を批判する記事も平然と掲載された。連合軍とは言っても、実質はほぼ米軍による単独占領である。占領される身だからとて、米軍に唯々諾々と従う必要はない。日本国民として、米軍に言うべきことは言うべきだと発破をかける記事もあった。そして日本政府や軍部に対しては、終戦翌日の本社での方針に従い、大っぴらに批判することはしなかった。東久邇宮内閣の「一億総懺悔論」に基づき、「日本にあっては所謂西洋流の軍閥も軍部もないが、みんな農民から出征した軍人さんだ、すべてはただ不幸な勢いに押されてきたのである」と、みながみな辛かったのだという論調を続けてきたが、これが米軍の逆鱗に触れたらしい。

まず十日にGHQより検閲宣言が出た。十四日には日本最大の通信社である同盟通信社への即時業務停止命令が下り、さらに十八日の東京朝日への発行停止処分である。

これには全新聞社が動揺した。

くわえて、数日前の東条英機自殺未遂への国民の反応が、混乱に拍車をかけた。東条は逮捕直前にピストル自殺を図るものの銃弾は心臓をわずかに逸れ、自殺を予期していた米軍がすぐに踏み込んだため一命をとりとめたが、国民は同情どころか、死に損なった元首相に怒りを爆発させた。目の当たりにした国民の憎悪の、ほとんど怨嗟といっていい根深さは、新聞社を相当に動揺させた。

このままの路線では、米軍に潰されるか、国民の怒りに潰されるかのどちらかだ。そう確信したのか、二日間の発行停止が解かれた翌日、東京朝日には「重臣責任論」

なる社説が掲載された。一転して、政府や軍部の重鎮たちの責任を激しく追及し始めたのである。

自分たちのボスは、政府でも軍部でもなく、米軍。新聞社はいよいよ、現実を認識せざるを得なかった。

東京本社は必死である。むろん大阪本社も負けてはいられない。こちらはまだ停止処分は喰らっていないが、あと一週間もしないうちに関西にも米軍がやって来る。大阪版からも米軍への批判的な記事は消え、おもむろに米軍の公平さや美談をとり上げた記事を書かされるようになった。実際、東京版が発行停止を喰らっている間、連合軍総司令部が発表したフィリピンでの日本兵暴行をとり上げ、連合軍は立派だと迎合する記事を神住も書いた。重野あたりなら苦悩するだろうが、神住はいっこうに構わない。が、このまま米軍に阿っていては、国民の反発を喰らうのは必至である。

「やはり、なんとしても優勝野球大会は復活させるべきですわ」

神住は一同を見回して言った。

東京朝日が「心を入れ替えた」翌日のことだった。アメリカ第六軍の関西上陸は、三日後に迫っていた。

煙草の煙がもうもうとたち込める会議室に居並ぶのは、厚生部、報道部、整理部と所属する部署はばらばらだが、三年前まではみな同じ部署にいた面々だ。昭和十七年に解散させられた、運動部である。

「アメリカの国技であり、日本国民からの人気も高い全国中等学校優勝野球大会は、今こそ必要と考えます。国民のためにも、我が社存続のためにも」

「おまえもしつこいなあ。完全に佐伯さんに感化されとるやないか」

最後の運動部長、渡辺は苦笑した。

「まあそら、野球がええのはわかるわ。けど、先立つもんがないことにはなぁ」

「そやけど六大学は復活に向けて着々と動いてます。明大野球はおそらく今月中には復活するゆう話です」

つい先日、明大野球部OB仲間から入った情報を、神住は得意げに披露した。おお、と感嘆の声があがるが、ここにいる面々はほとんどが六大学野球部の出だ。すでに知っている者もいるだろうし、それぞれの母校の動向も耳に入っているだろう。

「明大は元気やなぁ。早慶は部員足りひんちゅうて、今度OB駆り出して試合やろうゆう話出とるで」

「ま、六大学復活っちゅうならまずは早慶戦からやな」

案の定、即座に早慶組が食いつく。いい傾向だ。

「そうです。早慶戦で狼煙(のろし)をあげて一気に復活ですよ」

「まあ、六大学なら各大学はもとより連盟側も、道具を充分に確保しとるやろしなぁ。けどな、あれは文字通り六校やしどうにかなるけど、中等学校の大会となるとえらい数になるで」

「いや、そもそも神宮は米軍にとられたんや。六大学リーグかて開催できひんやろ」

横浜に司令部を置いた第八軍は、九月八日に東京に進軍した。そしてつい先日、瓦礫の片付けを始めていた神宮球場に第八軍の大型車輛が何台も現れ、接収してしまったのだという。途方もなく時間がかかると思われていた球場の復興も、物量にものを言わせて凄まじい勢いで進んでいると聞いている。六大学連盟が慌てて抗議をしたが、ここは米軍の球場として使うからとあっさり断られたらしい。

「そやけど松本さんらが粘り強く抗議してはります。第八軍のウィルソン大佐が、同窓やとかで」

神住の指摘に渡辺が唸る。

「松本さんか。そういやあハーバード卒やったか」

最近、神住が積極的に連絡をとっている明大ＯＢの松本滝蔵は、生まれこそ日本だが幼少期から高校までカリフォルニアで過ごし、明大卒業後ハーバード大学大学院で経営を学び、現在は明大の教授を務めている。その語学力とアメリカでのネットワークを活かし、数度にわたる大リーガーの来日や、日本チームの遠征などにも尽力した彼は、第八軍およびＧＨＱの幹部とのコネクションも多くもつ。野球関係で米軍と話を進めていくには、彼の協力は不可欠と判断し、神住は思い立ったその日のうちに松本に連絡をし、先日は直接東京まで出向き、大学リーグと中等学校野球の足並みを揃えるべきだと熱く語った。

松本は、後輩の熱心な説得を苦笑まじりに聞いていた。黄禍論（こうかろん）渦巻くアメリカでマサチューセッツ工科大学の中途退学を余儀なくされ、二十二歳で広陵（こうりょう）中学に編入した彼は甲子園に選手として出場することがなかったためか、全国中等学校優勝野球大会には六大学ほど思い入れはないらしい。しかし、その甲子園で深い挫折を味わい、なおかつ投手の命である肩も壊したという神住には同情し、明大野球部を退部しようかと悩んでいる際に自分と同じマネージャーの道を熱心に勧めてくれたのも彼であり、最終的には「米軍との折衝に必要であれば協力しよう」と言ってくれた。

「はい。ウィルソン大佐の反応は悪ないゆうことでした。早慶戦の意義を説明して、そういうことやったらて貸し出しに前向きやったと」

「ふうむ。そやったら、交渉次第では早々に接収が解除されるっちゅうことか」

「六大学が復活するんやったら、まあそら中等学校野球もゆう話は出てくるわなぁ」

風向きが変わったのを感じ、神住はここぞとばかりに畳みかける。

「それだけやないんです。松本さんによれば、読売もすでに動いてるっちゅう話です」

「なんやて」

一瞬にして、周囲の目の色が変わった。

読売が動いたということは、職業野球もすでに復活を目指しているということになる。

昭和九年、読売新聞社社長の正力松太郎は、ベーブ・ルースやゲーリッグら大スターを揃えた大リーグ選抜チームを日本に招聘した。彼らと対戦するために組織された大日本東京野球倶楽部こそ日本初の職業野球チームであり、正力は職業野球誕生の立役者とも言える。その後、チームは東京巨人軍と名を変え、昨年十一月に日本野球連盟（戦時中は日本野球報国会と改名）が一時休止するまで、日本職業野球の中心にあった。

「ほんまかいな。読売、そんな余裕あるんか？　正力さん、ほぼまちがいなくしょっぴかれますやろ」

元部員が首を捻った。読売の正力社長は貴族院議員であり、政治に食い込みすぎている。戦争責任を問われることはまちがいなかった。

「そやから今のうちにゆうことかもしれんけど。部長、うちはほんまに大丈夫なんですか」

神住が尋ねると、渡辺は渋い顔をした。

「東京の村山社長は政治屋ちゃうし……まあ、全く責任ないかいうたらあれやけど、それいうたらどこもあかんやろ。全ての新聞社を潰さなあかん」

いくら否定したところで、その不安は常にある。戦争遂行のための紙の爆弾をつくり続けたのは、まぎれもなく自分たちだ。

「まあ、じつのところ阪急のほうでも野球再建の動きがあるっちゅう話は聞いとる。読売まで本腰入れるんやったら、阪神や南海ものってくるやろな」

「ほんなら中等学校野球だけ蚊帳の外ゆうわけにもいかんわな」

「その通りです。日本の野球育ててきたんは、あくまで学生野球です」

神住は語気も荒く言った。

「読売には絶対負けたないんですわ。連中に先を越されるわけには絶対にいきません」

「なんや、鼻息荒いな」

隣の元部員に笑われたが、神住は硬い表情のまま続けた。

「逆恨みなんはわかってます。けど俺、巨人の……いや、そう呼びたないな、京都商の沢村栄治と同期なんですわ」

それだけで、渡辺はじめ元運動部員たちは納得したように頷いた。

そもそも神住が肩を壊すほど投げ込みを繰り返したのは、春の選抜大会で沢村栄治の投球を見たからだ。それまでは地元で敵無しの状況に驕り、監督の目の届かぬところではサボる癖があったが、沢村を見てからは毎日誰より練習に励んだ。

夏の甲子園で夢破れたものの、沢村の京都商も優勝はしなかったし、卒業後は慶應への進学が決まっていると聞いていたので、ならば自分も早く怪我を治して六大学で雌雄を決するのだと思い直した。

しかし、意気込みは再び空回りに終わった。故障はあれども神住はなんとか明治大学に進学が決まったというのに、肝心の沢村は、夏の優勝大会が終わった後、京都商を自主退学したという。聞いた時は耳を疑ったが、沢村が全日本代表チームなるものに名を連ねていると聞いてさらに仰天した。まさかベーブ・ルースらと対戦する選抜チームに入るために学校を退学していたとは思わなかった。

対戦するだけならば何も退学する必要もないではないかと思うが、そうはさせないのが二年前に文部省が発令した野球統制令の存在である。実はその一年前にも大リーグ選抜チームは来日しており、その時は六大学を中心とした大学の花形選手を集めた選抜チームが迎え撃ち、おおいに盛り上がったが、学生野球の甚だしい興行化に待ったをかけた統制令のために、学生チームを編成することができなくなった。

そこで、大リーグチーム招聘のために精力的に活動していた読売新聞社社長の正力松太郎が、職業野球チームを結成した。学生でなければよかろう、というわけだ。沢村が退学した――させられたのも、そのためだった。

神住が職業野球にでも進まぬかぎり、沢村との再戦は果たせなくなった。日本における最高の舞台である六大学で彼と投げ合えないと知った途端、辛いリハビリを続ける気力も消え失せた。ベーブ・ルースら大リーグの選手たちのプレーをこの目で見られるのは嬉しかったが、やはり沢村を奪った読売は許せなかった。

そもそも、野球を職業にするという発想――いわゆるプロ野球という考えが、神住たちにはない。たしかに野球は日本で最も人気のある球技である。甲子園と神宮の熱狂ぶりは、もはや祭りだ。みな、学生が死力を尽くして戦うからこそ心が動かされるのであって、金のために大の大人が野球をするなど白けるだけではないか。野球を愛する面々の中には、未だにそういう思いがある。

大学卒業後も続けるならば、各企業の野球部に入り、都市対抗大会を目指す。それが常道であり、野球で金を稼ぐなど言語道断だった。

沢村も、なぜ慶應への道を蹴ってまで、承諾してしまったのか。神住は心から悔しがったが、日米試合の後に東京巨人軍に入った沢村は相変わらず見事な投球で球場を盛り上げた。しかし、神住がまだ大学に在籍していた昭和十二年に徴兵され、丸二年を戦場で過ごして帰ってきた彼は、手榴弾の投げすぎですっかり肩を壊していた。後楽園球場に足を運び、戦地で患ったマラリアのせいで球場で倒れた彼を見た神住は、改めて読売を恨んだ。

自慢の速球を失っても、サイドスローに転向し、その抜群の制球力でノーヒットノーランを達成するなど活躍する姿を見て、やはりこの男は天才だ、自分のライバルにふさわしい男だったと神住はしみじみ感動したものだった。

しかしその後再び沢村は予備役として戦地に戻り、次に戻ってきた時にはもう制球力も失っていた。そしてほとんど投げられなくなった沢村を、巨人軍は解雇した。

現役引退してほどなく、沢村はまたも徴兵された。今度は、帰ってこなかった。

昨年十二月、乗船していた輸送船が撃沈され、屋久島沖で戦死した。

知らせを受けた時、神住はひとり泣いた。結局、一度も対戦することはかなわなかった。話したことも、数えるほどしかない。神住がはじめて沢村と言葉を交わしたのは、彼が二度目に戦地から戻ってきてからのことで、そのころの沢村はもう投手生命がほぼ絶たれていた。

軍に召集されること、三度。尋常ではない。

神住は明大卒業後、満洲で約二年の軍隊生活を送り、昭和十八年に報道員として再度召集されたが、沢村は三回とも兵士としての召集だ。もし彼が予定通り慶應大学に進んでいれば、こんな悲劇は起こらなかったはずだ。徴兵年齢に達していても、大学に在学していれば免除されるし、卒業後もそうそう何度も呼ばれはしない。沢村が大学進学を諦め、なおかつ兵士としても極めてすぐれた資質を備えていたことがあだとなった。

正力が悪いとは言えない。頭ではわかっている。悪いのは戦争だ。

だがやはり、長年の無念は消えてはくれない。

「まあ、沢村はなあ……あらいくらなんでも気の毒やった」

「三度はないわ。せめて大学を出とったら」

部員たちが沈んだ顔でため息をつけば、神住は即座に食いついた。

「はい。おそらく、松本さんが海草中の嶋清一を強引に明治に入学させたんは、あれがあったからや思います」

その名に、一同はさらに深刻な面持ちになった。

戦前最後の夏の甲子園優勝校、海草中。昭和十六年の冬、主将の真田重蔵がたった一人で優勝旗を朝日に返しにきた日のことは、ここにいる者ならば誰もが覚えているだろう。あの寂寥、あの無念。今でも、昨日のことのように思い出せる。

嶋清一は、真田重蔵の前のエースである。天魔鬼神の快投とまで讃えられ、空前絶後の記録を打ち立てた不世出の左腕・嶋は、セネタースと契約していたにもかかわらず、松本滝蔵が強引に明大へと入学させた。当時はもちろん大問題になったが、おそらく松本の頭には、あたら逸材に沢村の二の舞を演じさせまいという強い思いもあったのではないかと思う。実際、職業野球に進む選手の中には、徴兵を避けるために大学の夜間部に在籍する者もいた。

「今、日本野球の頂点は六大学です。そやけど、六大学に行く選手を育てるのは、中等学校野球です。甲子園からみんな、よりでかい未来に進むんですわ。中等学校野球なくして日本の野球の再建は成り立たへん。思い出してください、文部省にやられた時、みんなあれほど悔しがったやないですか」

会議室の空気は、神住が説得を始めたころとはずいぶん変わっていた。

しらじらとした空気と煙ばかりがたち込めていた中に、熱気の粒が見える。

かつて、文部省に大会を取り上げられそうになった時、同じ場所でみな、連日のように議論した。ただの政府の道具に成り下がるやもしれぬ大会を、どうすれば子どもたちに本来の理想に近い形で残せるか。どんな思いでこの大会が受け継がれてきたか。無念の涙に暮れながら、ずいぶんと語った。結局、屈辱を呑み込んでのこちらの提案は全て文部省にはねられ、大会は完全に奪われてしまったが、その気になれば今度こそ取り戻すことができるのだ。今ならば。

この機を逃して、本当にいいのか。何があろうと、今こそ立ち上がらねばならないのではないか？

そういう気概が、じわじわと満ちていく。

彼らはみな、野球を愛している。こういう相手には、利害よりも、純粋な愛情とかつての無念を前面に押し出して説得したほうが効果的だ。それに神住とて、抱く無念は本物である。

「せやな」

長い沈黙のあと、渡辺が言った。

「本腰いれて、やってみよか」

反対の声は、あがらなかった。

2

壮観だった。

どんなに悲惨な光景を見ても何も感じなくなったせいで、すっかり俺の感性も錆びついたもんだと暢気（のんき）に構えていた神住も、眼前で繰り広げられている光景には得意の冗談も皮肉も出てこなかった。

九月二十五日、米軍はいよいよ和歌山から関西に上陸した。なぜ水都大阪や神戸ではないかといえば、湾はB29がばらまいた機雷だらけで、とても艦船が航行できる状態ではないからだ。

神住は、写真部員の安斎を含む大人数で和歌山に向かった。上陸から大阪までの列車移動に付き添い取材せよとの命令だったが、本音を言えば全力で断りたかった。命は惜しい。

上陸予定の松江（まつえ）や二里ヶ浜（にりがはま）には、他社の取材陣も大勢詰めかけ、近隣の住人たちも遠巻きにして海のほうを眺めていた。

この二里ヶ浜では戦時中によく海軍が上陸訓練をやっていたらしく、人々にとってはただ日本兵か米兵かのちがいだけであるはずだ。しかし、この砂浜で繰り広げられた光景は、誰も見たことがないものだった。

日本軍は、上陸に大発動艇（だいはつどうてい）を使う。砂浜に乗り上げると前部が開き、そこから兵士たちが上陸する。その間はずっと、大発が海に戻らぬように浜から綱で引いていなければならない。

しかし米軍の揚陸艦から放たれる上陸用船艇は馬力が数倍上で、砂浜だけではなく岩場だろうが波止場だろうが容赦なく乗り上げてくる。はるか遠くの海岸までぎっしり並んだ、いかにも力強い船艇から、堂々たる体軀の兵士が続々と降りてくる様は、壮観としか言いようがなかった。

ひと目で、歴然とした国力の違いがわかる。

「そら日本負けるわな」

思わずぼやいてしまったが、咎める者はいなかった。多かれ少なかれ、居合わせた者たちは似たような感慨を抱いたことだろう。視覚から得る現実は鮮明で、強烈だ。マッカーサーのようにつくられた姿ではないだけに、圧倒的な力を感じた。

南洋に残った兵士や特派員たちのことが頭をかすめる。彼らはみな、米軍のこんな姿を見たのだ。日本が降伏を決めるずっと前から、凄まじい物量で襲いかかる敵への絶望を知っていた。

上陸する兵士たちは当然みな武装している。その気になればいつでも撃てるのだ。動きには厳然たる秩序が感じられ、宿舎となる旅館へ向かう行進も日本軍より整然としているぐらいだったが、やはり大男たちが続々と集結してくるのは恐怖だった。

神住はその後、大阪へと向かう部隊とともに列車に乗ったが、ここでも驚いた。部隊を率いる連隊長に話を聞きたいと言えば快く承諾されたが、案内されたのは全ての車輛が三等車である列車だった。

連隊長といえば、大佐である。大佐が兵士と同じ三等車に乗るなど、日本では考えられない。

連隊長だと紹介された男は、兵士たちと並んで四人がけの椅子に窮屈そうに座り、戦闘糧食を食べていた。驚いたのは、その男が非常に若かったことだ。

階級から四十前後と予想していたが、その引き締まった肢体といい、いっさい緩みのない頰や明るい目の輝きといい、どう見ても神住とたいして変わらない。案内した兵士は、スミス大佐、と呼んだ。

「やあ、ご苦労さん。取材の人だっけ?」

スミス連隊長はフォークをもった手を止め、通路に立つ二人を見上げた。

「はい。お食事中、失礼いたしました。時間をおいて出直してまいります」

神住はたどたどしい英語で言った。明大時代、英語は熱心に習得した。六大学はアメリカに遠征することもあったし、再び大リーグチームが来日する可能性もある。英語は必須である、と松本から厳命を受けたためだった。当時は面倒で仕方なかったが、今となってはありがたい。いや、英語を解するせいで今日ここまで派遣されたのだから、やはりありがたくはないかもしれない。

「いいよいいよ。もうすぐ終わるし、食事は話しながら食べたほうが楽しい。君たち、食事はとった?」

若い連隊長は、にこやかに尋ねた。笑うとますます若々しく、人なつっこい顔になる。久しぶりに聞く英語が理解できるかひやひやしていたが、彼の口調はゆっくりで、単語をひとつずつ区切るように喋ってくれたので、わかりやすい。

「はい」

「なら珈琲はいかがかな」

「お気持ちだけで」

「簡単なんだから、ぜひ。ビル、まだ使ってないカップあったかな？」

　隣の兵士に声をかけると、彼は背嚢(はいのう)の中からいそいそと琺瑯(ほうろう)のカップと、謎の袋を取り出した。それから連隊長が見せてくれた手品には、たいそう驚いた。琺瑯のカップに黒い粉をふりかけ、そこにお湯を注いだだけで、たしかに珈琲の香りがする。

　それでも、笑顔で手渡されたカップを口に運ぶには、勇気がいった。

「変なものは入っていないよ。それとも珈琲は嫌いだったかな」

　相手に笑われ、周囲の米兵たちもにやにやしているのに気づき、神住はええいままよと飲み込んだ。

　珈琲の味だった。少なくとも、ここ一年で飲んだ珈琲の中では最も美味かった。

「美味い」

　素直な感想が、口から零れた。うっかり日本語になってしまったが、伝わったらしい。相手は誇らしげに微笑んだ。

「だろう。お口に合ってよかったよ」

「これは画期的ですね。粉末の珈琲ですか」

「そう、インスタントだ。これで戦場でもいつでも美味い珈琲が飲めるようになって助かったよ」

そらアメリカに負けるわ、と改めて思った。周囲の兵士たちが食べているレーションも、美味そうだ。少なくとも、現在の日本国民が食べているものの数倍は上等である。なんせ肉がある。羨ましくて、口の中に唾がたまった。隣の安斎などは、派手に腹を鳴らし、笑われていた。レーションを食うか、とスミスに勧められた時にはさすがに断ってはいたが、隣に神住がいなければ受け取っていたかもしれない。

「改めまして、ありがとうございます。朝日新聞の記者、神住と申します。こちらはカメラマンの安斎」

珈琲を黙って味わっていた安斎は、紹介されてようやく頭を下げた。

「ミスター・カスミにミスター・アンザイ。よろしく。今日はどこから？」

「大阪です」

「オオサカね。第九十八師団が行くところだ。私たちはコウベで降りるが、そこまでよろしく」

「よろしくお願いします。スミス大佐は大変お若いですね。失礼ですが、年齢をお聞かせ願えますか」

「ははは、軍人として〝若い〟はあまり褒め言葉じゃないね。三十一になる」

神住は思わず安斎と顔を見合わせた。三十一で大佐？　いったいどんな軍功をたてたのか。

「先月までフィリピンの中を転戦していてね。ずっと君らの同胞と戦っていたよ」

胸中を察したように、ごく穏やかにスミスは言った。つまりそれだけ、日本兵を殺したということでもある。

「当時は君たちを憎く思うこともあったし、君たちもそうだろうが、もう戦争は終わった。日系の語学兵から聞いたんだが、日本には過去は水に流すという言い方があるそうだね。水に流して、お互い仲良くやろうじゃないか」

彼の笑顔に、隙はない。物腰も、完璧といってよかった。

先月まで敵だった日本人が目の前にいるというのに、彼ばかりか周囲の兵士も敵意を向けてくることはない。スミスの教育が隅々まで行き渡っている証だろう。だがそれだけではない。この車輛には、不思議な心地よさがあった。

神住の質問に連隊長が答えれば、周囲から笑いが起きたり、茶々を入れる声まで飛んできたりした。上官と部下という堅苦しい空気は感じられなかった。言うなれば、気のおけぬ友人たち同士の和気藹々とした小旅行といった雰囲気だった。

連隊長が若いということもあるのだろうが、信じられない光景だった。賑やかな冗談が飛び交いながらも、兵士たちは無断で席を立つことはなく、軍隊としての規律が行き届いているのもわかる。なにより強く感じるのは、彼らの間にある深い信頼だ。ともに死線をくぐり抜けた者たちのみが持ちうる、血よりも濃い絆。

　米軍は規律も何もない、だらしない部隊だという印象があった。自分たちこそが紙の爆弾でそのように印象操作をしていながら、いつしか自分自身もそう思い込んでいたらしい。恥じ入る思いだった。

　もちろん、ろくでもないのはいくらでもいる。ひと月前に関東に上陸した第八軍のほうでも、問題がないわけではない。しかも情報は規制され、米兵が起こした事件を無断で新聞に書くことはほぼ不可能といってよかった。それでも、犯罪の坩堝（るつぼ）になるであろうと思われた都市では、予想されたよりもずっと事件は少ない。こうして見るかぎり、米軍は日本軍よりも組織としての規律は正しく機能していると考えるべきなのかもしれない。

「そうだね、フェアであることかな」

　神住が部隊の規律正しさと絆を褒め、コツを尋ねると、スミスは間髪（かんはつ）をいれずに答えた。

「公平、ですか」

「そう。それさえ忘れなければ、どこでもやっていける。人と人は、常に対等であるべきなんだ。人種、肩書きは関係ない。ただ公平に評価すること。そうすれば、ものごとの本質を見誤ることはないよ」

　スミスはその澄んだ双眸で神住を見据えて言った。

完敗だ。神住は白旗をあげた。

全てが本音であるとは思わない。この部隊とて、宣伝用につくられたものかもしれないし、そうでなくともわざわざここに案内されたということは、米軍の中でもとくに出来の良い部隊ということになるのだろう。デモクラシーの国、フェアの精神を体現する者たちであると認められているということだ。

先方の思惑は、成功したと言えるだろう。神住の胸は、敗北感でいっぱいだった。この感覚には覚えがある。自分はまちがいなく日本一の投手だと天狗になっていた時に、選抜大会で沢村の投球を見た時とそっくりだ。そう気づいて、苦笑が漏れる。まったく、甲子園にはろくな思い出がないと言いながら、肝心な時に頭に浮かぶのはいつもあそこというのはどういうわけなのか。

「日本にもフェアの精神を期待する、ということでしょうか」

「そうだね。偏見は人を苦しめるだけだ。だから君たち新聞社が、我々への偏見まみれの敵意を率先して解いてくれるとありがたいね。新聞の力は大きいよ。ところで、ええと——ミスター・カスミはどこの新聞社だっけ？」

こちらの名前は一発で覚えたのに社名は忘れたというのが、少々意外でもあった。朝日新聞といえば、日本を代表する新聞である。海外にも多くの支局があるし、もちろん戦争前にはアメリカの各地にもあった。社員には、米兵とて名前ぐらいは知っているだろうという自負がある。

「アサヒ・プレスです」

「アサヒ……」

「アサヒ・ニューズペーパー」

スミスは記憶を探るように、視線をさまよわせた。

「ライジング・サンです」

それまで黙って、スミスや周囲の兵士たちを撮っていた安斎がぼそりと言った。

途端に、スミスの顔が晴れた。

「なるほど、アサヒとはライジング・サンという意味なのか。縁起がいいね」

どうやらスミスは朝日新聞を全く知らなかったらしい。神住があからさまに落胆していると、スミスは悪戯を思いついたような顔でにやりと笑った。

「だがいささか覚えにくい。もっとぴったりな名前を思いついたよ」

「どんな名前です？」

するとスミスは、表情を改めて言った。

「落日（セッティング・サン）、さ」


その夜、神住は荒れに荒れていた。

「なにがフェアや。ふざけとるんか、あの童顔大佐！」

怒髪天（どはってん）を衝（つ）くばかりの勢いでどうにか記事を書き上げ、それでも怒りがおさまらず、神住は編集局のソファに陣取り吠えに吠えていた。

「童顔じゃなくて本当に若いだろう、あの連隊長は」

斜め前のソファで長い足を組んで座り、煙草をふかすのは、こちらもひと仕事終えた安斎だった。

「言うに事欠いて落日やと!?　失礼な。ぜんぜんフェアやあらへん、見下しとるやんけ！」

「まあ、このまま偏見まみれの記事を書いていれば、新聞社も消えるってことを言いたいのかと……」

「言われんでもそれぐらいわかっとりますわ！　しかも安斎さん、あんたあのとき噴き出しとったやないですか？」

「いやあ、うまいこと言うもんだなと」

「どこが!?」

「一面の題字が、今にも消え入りそうな文字で〝落日新聞〟て書いてあったらちょっと面白くないか？」

言われて、思わず想像してみた。一瞬、笑いそうになった。

「いやおもろないわ！　不吉やろ！　そういや安斎さん、あんた英語わかるんですか。あの時、普通に話に入ってきはりましたけど」

「少しだけ。カメラの勉強であちらにいたことがあるもんで」

「へえ、そうやったんですか」

はじめて知った。写真部員の安斎は、どうにも謎の男である。神住がスマトラにいる間に採用されたらしく、写真の腕と度胸はピカ一で、日本人離れした体つきをしているが、口数が少ないことと人付き合いをあまり好まない性質もあって、彼のことはほとんど知らない。妻と子どもが二人ということは聞いたことがあるが、安斎の情報はそれが全てだ。

「それだけ怒っとるわりに、セッティング・サンのくだり律儀に記事に書いとったなぁ」

近くのデスクで編集作業をしていた重野が、呆れた様子で口を挟んだ。

「書きましたわ。削られましたけどな!」

「当たり前だろ。なんで書くかな」

安斎にまで呆れられた。

わかっている。だからこそ自分が腹立たしいのだ。

「自分でもようわからんのです。ただまあ……腹立つんやけど、たぶんそれは、図星っちゅうのもあるとは思うんですわ」

スミスに揶揄(やゆ)された時、腹は立ったが言い返すことはできなかった。

今の新聞の言葉に、どれほど意味があるのか。その疑問をもたぬ者は、ここにはいないだろう。自分たちが今まで国民に投げかけ、積み重ねてきたもの。その重みは、スミスの唱える〝フェア〟というお題目の前で、急激に神住を圧迫した。

「正直、なんちゅう国と戦争してたんや思いましたわ。何が聖戦完徹や」

発作のような激しい怒りが過ぎ、神住が力なくつぶやくと、重野も暗い面持ちで黙りこんだ。二人を交互に見やり、安斎は苦笑まじりに口を開いた。

「仕方ありません。へたなことを言って竹槍事件の二の舞になったら元も子もないでしょ」

昭和十九年二月、毎日新聞にある戦局解説記事が載った。筆者は、黒潮会（海軍省記者クラブ）の主任記者の新名丈夫（しんみょうたけお）。竹槍事件と呼ばれるのは、記事中の「竹槍では間に合わぬ、飛行機だ、海洋航空機だ」という文言に由来する。要するに陸軍の精神論を批判し、海軍の機動部隊に力を注がねば敗北しかないという趣旨の論文で、検閲にひっかからぬはずがないのにどういうわけか大本営の目をかいくぐり、朝刊一面に大々的に掲載されてしまった。

激怒した東条英機は、大正時代にすでに弱視を理由に徴兵免除となっていた新名を二等兵として懲罰召集しようとしたが、新名は明治生まれの三十七歳でこの世代は一人も徴兵を受けていないことを理由に、海軍側が新名をかばった。すると陸軍側は、新名を徴兵するただそれだけのために、同世代二百五十名をまとめて召集した。新名だけは海軍に庇われて生き延びたが、巻き添えを食った二百五十名は硫黄島（いおうとう）に送られ、戦死したという。

この事件は、全国の記者たちを震え上がらせた。

陸軍の横暴さもさることながら、彼らがこう出ることを予測できなかったはずがないのに、御用記者に記事を書かせた海軍の狡猾さもどうなのか。新名は真実を書いたつもりだろうが、それは単に海軍にうまく誘導されただけではないのか。彼は二百五十名の命について、どう責任をとるのか。

当時、朝日社内でもしばらく議論が続いた。

たとえ自分が正しいと信じ、勇気をもって世に問うたとしても、それはただ軍上層部に利用されて終わる。ペンは本当に、権力の道具に成り下がってしまった。こうなってはもはや、何を書いてもどうにもならぬ。どうにもできぬ。

あのころから、記者たちは完全に諦めたのだと思う。そして軍部の意向に沿う記事を書き続け、今は軍部を激しい筆致で批判する。

「まあ今は、まちがいなく見た真実を伝えとるやろ。今日の記事はフェアなもんやし、胸を張ればええんや」

重野は慰めてくれたが、その目は安斎の煙草を狙っていた。

彼は、今日の取材を熱望していたが、実際に現地に赴いたのは神住のほうだった。今、真実をありのままに書きたいと誰より願っているのは彼だろう。そうすることが、せめてもの贖罪と思っているのかもしれない。今日外されたのは、その思い入れがあまりに強いのをデスクが見抜いていたからかもしれなかった。今の重野は、フェアでありたいと願うあまり、逆に自虐と米軍礼賛に偏りかねないところがある。神住ですら、セッティング・サンを書いてしまったのだ。どうなるかは目に見えている。

かつて自分の手から放たれたものが、日に日に背中に重くのしかかってくるのを強く感じる。神住はちらりと安斎を見た。彼は虚空を見つめ、ただ黙って煙草を吸っている。あまりものを語らぬ彼も、今は何かを感じているのだろうか。

安斎の写真の大半は、先日処分された。率先して危地に赴く彼は、とても米軍に見せられない写真を多く撮っていた。命懸けの仕事をなかったことにされた安斎は、しかしそれに対して何を言うでもなかった。以前と同じように、ただ淡々と仕事をこなしている。

彼はいったい、何を考えているのだろう。どのように気持ちに折り合いをつけているのか。

知りたい、と思ったが、煙草の煙を追う目はあまりに静かで、問うのはためらわれた。

＊

夜遅くに帰宅すると、「生きて帰ってきはったわぁ」と嬉しそうに出迎えられた。

米軍の取材に行くということで、前日からやたらと悲愴感を漂わせていた夫を、美子は「いくらなんでもとって食われはせえへんて」と背中をたたいて励ましていたが、やはり不安ではあったらしい。

「ふん、米軍なんかちょろいもんや。まあ、けどおまえ絶対に一人で出歩くなよ。明日には大阪も米兵で溢れ返るんやからな」

そう美子に告げると、鼻で笑われた。

「ほんなら誰が食材もってくるねん」

神住は何も言い返せなかった。

すでに食糧危機は深刻になっており、大阪駅前を筆頭にいたるところに闇市がたっている。地方からやってきた農家や業者が売りつける食料は目玉が飛び出るほど高値で、そこで手に入れられなければ自ら列車に乗って遠くまで出かけねばならなかった。

美子は実家が農家であるぶんまだ恵まれているといえるが、このご時世、列車に乗るにもひと苦労である。目的が同じ者たちが、窓からはみ出す勢いでぎゅう詰めになっているのだ。

「まあうちらより、ホテルの子らに気ぃつけるよう言うたほうがええんちゃう？きれいどころが揃てるし、狙われるやろ」

自分もかつてはホテルに勤めていながら、美子は他人事のように言った。結婚を機に彼女は勤めをやめ､化粧もほとんどしなくなった。近所には､新大阪ホテルに勤めていたと知る者はいないし､今は美子自身も昔の仲間と連絡をとることはしない。

「ああ、そらまあなぁ……いやあ、大丈夫とちゃうか」

煮え切らぬ夫の言葉に、美子は怪訝そうな顔をする。

「なんや」

「いや、ミヨちゃんな、覚えとる？」

かつての同僚の名を出され、美子は一瞬だけ鼻の頭に皺を寄せて「もちろん」と答えた。

ミヨは受付嬢の中でもとくに美しく、またそれに見合う気位の高さと気の強さを備えていた。美子にとっては先輩に当たるが、あまりいい思い出はないらしい。

「新大阪ホテル、今は捕虜将校用の宿舎になっとんねん。ほんで最初はな、もし捕虜のアメリカ将校に襲われるようなことがあればその場で舌嚙んで死ぬゆうて威勢よかったんや。けど今、どうなった思う？」

「まあ死ぬ死ぬ言うのにかぎって死なへんわな」

「うん、今ミヨちゃんな、将校の中でも一番の美男とええ仲や」

「はぁ!?」

さすがに美子も目を剝いた。

「なんや、西洋風のレディーファーストゆうんかな、あれにめろめろになってもうて。今までこんなに大切に扱われたことないっちゅうて、毎日腕組んでどっか出かけとるわ。今は一緒にアメリカに〝帰る〟ゆうて、英語を熱心に勉強しとる」

「うわぁ……」

美子は、この世のものとも思えぬほどまずい食べ物を口に放り込まれたような顔で、天を仰いだ。

「俺も正直言うて、これやから女は思たんや。そやけど今日、えらい若い大佐と会うてなあ……まあなんや、ちょっとわからんでもないような気ぃしたわ……」

「えっ惚れたん」

「そうゆうんやのうて！　まあ衝撃っちゅうか……こういう価値観、忘れとったなあてな。そやから、狭い世界で生きてきたミヨちゃんが夢中になるんも無理ない思うわ」

「なるほどなぁ……ま、ミヨ先輩らしいゆうたららしいけど」

美子は首を傾げていたが、急に眉間の皺を解き、かわりに神住の鼻をつついた。

「ま、つまりは男も気ぃつけんとやね？　もしかしたら日本の女、みんなそっちにとられるかもしれへんで？　せいぜいきばりや」

「ありえへんわ。政府もあれだけ気を遣ってはるし」

「特殊慰安施設のことかいな？　あんなんなぁ」

再び美子は渋面に戻ってしまった。

連合軍上陸にあたって日本の婦女子の貞操を守るべく、政府によってつくられた公認の慰安施設――娼館である。プロの娼婦はもとより、募集の結果、戦争で夫や父を失った女性たちが多く応募してきたと聞いている。そう聞くと胸は痛むが、それで美子らが守られるならばありがたいという思いがあるのは事実だ。

だが欲はともかく、心が奪われたらどうにもならない。

彼らは、価値観を破壊する。

当てられるのは女性だけではない。

新たにもち込まれたものに熱狂する者たちが、必ず出てくるだろう。とくにこれほど貧しく、明日の食にすら事欠く世界では、圧倒的な物量とともに輝けるフェアの精神を背負ってやってきた米兵の姿は、あまりにまぶしい。本能的な恐怖や敵意を、瞬く間に塗り替えるほどに。

なればこそ、やはり早いうちに日本古来のものを甦らせなければ。新聞で書き殴っていた、お仕着せではない大和魂とやらを。

これは明日にでも、元運動部よりもっと上の連中に、学生野球の必要性を説かねばならない。

来年夏、必ず甲子園で大会を。

神住は改めて固く誓ったが、甲子園が米軍に接収されたのは、このすぐ後のことだった。

第三章　白球

1

阪急西宮球場をはじめて見た時の感想は「えらいハイカラやな」だったと思う。

昭和十二年の夏、明大の三年生だった。春にマネージャーに転向し、選手以上の激務ぶりに辟易していたころで、盆休みにようやく実家に帰省できた時には心底ほっとした。

　正直なところ野球など観たくもなかったが、ちょうど阪神甲子園球場で盛り上がっている全国中等学校優勝野球大会のことは断じて目にも耳にも入れたくなかったので、中学時代の友人に誘われるまま、完成したばかりの西宮球場へ行った。野球を避けるために野球を観に行くというのは矛盾もいいところだが、当時はなんとも思わなかった。観に行った試合は、この球場を本拠地とする阪急ブレーブスと巨人軍で、当時の神住にとって職業野球とは肩の力を抜いて観られる娯楽でしかなかった。両軍のメンバーを見れば、中等学校野球や六大学の花形がずらりと並んでいるにもかかわらず、彼らはもうかつてのライバルでも、尊敬すべき先輩でもなく、別世界の人間でしかない。これで巨人の先発が沢村栄治だったらまたちがう感慨もあったかもしれないが、幸か不幸か別の投手だったので、神住は気楽に足を運んだ。

阪急西宮北口駅を出てすぐ現れる球場は、白亜(はくあ)の宮殿を思わせる。その威容に、足が止まった。「さすが上質の阪急やなぁ」とぼやいたのは、自分だったか、同行した友人だったか。

中に入れば、一面の緑が出迎える。内野も外野も色鮮やかな総天然芝だ。ちかちかする目を観客席に向ければ、内野にはなんと背もたれがついている。しかも二階建てという豪華さだ。そんなものを日本の球場で見るのははじめてだったし、トイレに行けば男女別になっていることも驚いた。浴場まであると知って、果たしてここはなんの施設なのかと友人と笑ったものだ。

球場全体から漂う、これでもかとばかりに洗練された空気に、驚きが去ると反発のようなものが浮かんできたことを覚えている。

西宮球場のすぐ南には、大阪人の足ともいえる阪神電鉄が大正十三年、すなわち甲子年に起工した甲子園球場がある。球場から受ける印象の差異はそのまま阪神電鉄と阪急電鉄の性質のちがいといえばいいのか。まさに「大衆の阪神、上質の阪急」である。球場に圧倒されていたせいで、試合にもいまいち集中できなかった。

八年前の夏の光景をしみじみ思い出したのは、今日もまた、西宮球場を見て「えらいハイカラやな」とぼやいたせいだ。

「ハイカラ……まあ、たしかに外とは別世界だけど」

同行した安斎は苦笑まじりに同意しつつ、眼前に広がる美しいグラウンドを写真におさめている。

球場といえば今やどこでも、芋畑か蕎麦畑。あるいは工場か、瓦礫の山か。もしくは甲子園球場のように、占領軍──いや「進駐軍」と呼べとお達しがあったのだった──に接収されている。先日、甲子園の近くまで行ったが、もうすっかり米軍の兵舎に様変わりしていた。

それら変わり果てた球場に比べれば、西宮球場ははるかに恵まれている。ひと月前まではここもやはり畑だったはずだが、今や球場としての美しい姿を取り戻しているのだから。

グラウンドではユニフォームを着た選手たちが走り回り、白球を追う。バットが唸り、打球が空気を切り裂くように突き進み、選手のスパイクが土埃をあげる。

数年前までよく見た光景だ。選手たちはみな真剣に、だがこの上なく楽しそうに野球をしている。

「Charge!」

ベンチから、グラウンドから、ひっきりなしに声があがる。

「Go Mike, knock it out of the park!」

「Attaboy!」

そう、昔と変わらない。

内野席の鉄傘がなくなっていることと、プレーをしているのが全て米兵であるということをのぞけば。

九月の二十五日に上陸した進駐軍は、関西各地に散った。大阪も、淀屋橋（よどやばし）の住友本社に司令部を置いた陸軍第九十八歩兵師団が駐屯している。空襲の被害が少なかったあの界隈は続々接収されており、朝日本社と目と鼻の先の新大阪ホテルも、捕虜将校の帰還が終われば高級将校の宿舎となるという。例の美男将校も一足先に本国へ帰ってしまい、ミヨが毎日荒れに荒れているが、そんなことよりも朝日本社がいつ接収されるかとこちらはひやひやである。

そこに三日前、第六軍司令部から突然連絡が入ったのでいよいよかと震え上がったが、内容はじつに平和なものだった。

「十月四日に西宮球場で試合をする。日本人の見物も歓迎するから、告知をしてくれ」

なんでも、鐘紡（かねぼう）西宮工場に駐屯する歩兵部隊内チーム同士で試合をするらしい。西宮球場は甲子園同様、早々に米軍に接収されてしまったし、その上で、「本場のベースボールを日本のみな様にお見せしよう」などと言われればカチンとくる。

大リーグ、せめてその下の3Aリーグ同士ならばともかく、部隊の素人集団が何をほざくかという思いはあれども、それはそれ、記事はきっちり書かせてもらった。九月の末に戦時中各社を苦しめた新聞紙法は撤廃され、少なくとも政府側からの言論統制はなくなったはずだが、新聞はあいかわらず二面までしかない。その二面の結構なスペースを使って、第三十三師団第百二十三部隊のウルフ少佐とマーレー軍曹が対決すると書いたところ、デスクに「誰やねんそれ」と言われたので、「なんでもマーレー軍曹のほうはマイナーリーグの選手やそうで」と答えたら、結局そのまま載った。

記事には、二日前にニューヨークから配信された大リーグの結果もつけた。大リーグを構成するリーグのひとつアメリカンリーグで、デトロイト・タイガースがセントルイス・ブラウンズを破ってワールドシリーズ進出を決めたらしい。中等学校最後の年にベーブ・ルースら大リーガーたちのプレーを見て以来、神住も大リーグの動向は追っていたものの、日米開戦以降はすっかり頭の隅に追いやられていたために今回の配信を見てはじめて、そういえばそういう季節だったなと思い出したぐらいだったし、果たしてこの情報を新聞に載せる意味があるのだろうかと思ったが、アメリカ側もチェックしているにちがいないので、デスクも載せることに賛成した。

試合を決めたのはハンク・グリーンバーグの本塁打だったそうだ。その名を書く時、懐かしい思いが神住の胸にこみ上げた。打点王など数々のタイトルを獲得している名選手で、ベーブ・ルースに迫る本塁打記録を打ち立てる一方で、凄まじく守備が下手なことで知られ、試合でホームランを打つかエラーをするか神住も仲間たちと賭けをしていたことがある。

しかしなにより強く印象に残っているのは、彼が大リーグで最初に軍に志願した人物であるということだ。ユダヤ人である彼が、ナチスに対し激しい怒りを抱いていたことは容易に想像できる。日米開戦直後にアメリカ陸軍航空軍に入隊し、終戦まで従事していたと聞いているが、復帰した直後にすでにこうして活躍しているのだからたいしたものだと思う。三十四歳という年齢を考えると驚異的だ。

ただ、こうして野球に興じる米兵たちを見ていると、それもわかるような気がする。

なにしろ体格が違う。肌の色艶がちがう。先日スミス大佐が食べていたレーションと粉珈琲を思い出した。みな腹一杯食べて、はちきれんばかりに健康だった。ユニフォームも揃っている。さすがに上陸して十日も経たぬうちに試合をやるだけあって、完全に野球をやるつもりで道具一式をしっかり持ち込んできたようだ。

こちらは瓦礫だらけで球場もろくに使えず、ボールひとつ手に入れるにも苦労しているというのに、暢気なことではないか。ハイカラやなぁ、と厭味のひとつも言いたくなる。野球を見て、日本は負けたのだと実感するのも皮肉な話だ。

とはいえ、お遊びかと思いきや、両軍ともプレーは真剣そのものである。大リーグ級とはいえぬまでも、質もなかなか。軍隊で鍛えているだけあって動きもいい。打球をキャッチしたままの体勢から一塁に投げるような内野手のプレーは日本人にはまず不可能なものだし、日本人にベースボールを見せてやると嘯くだけはあるなと感心した。ウルフ少佐チームの若い投手は、目を瞠(みは)るような剛速球の持ち主だし、その彼からマーレー軍曹は大柄な体軀にふさわしい超弩級のホームランを放ち、客席を沸かせた。

もっとも聞こえてくる歓声は、英語と口笛ばかりだ。せっかく大きなスペースを使って宣伝したというのに、観客席はほぼ米兵である。同部隊の約八百名が観戦と応援に駆けつけると言っていたから、彼らがそうだろう。しかし部隊全員が来たとしても、せいぜい八百名。五万人を収容できる球場の中ではあまりに寂しい。

まだ進駐軍が関西に上陸して九日だ。国民はまだ、進駐軍が街に溢れ返っている現状に慣れてはいない。おそれず米兵に近づいていくのは、菓子目当ての子どもたちだけだろう。

「スタンドは、あまり撮らないほうがいいか」

ひと通りグラウンドを撮り、観客席にカメラを向けて安斎はぼやいた。

「そうですね。大入りの絵があればよかったんやけど」

「まあ、適当に撮る」

安斎はスタンドにあがり、気ままに写真を撮り始めた。彼は腕の良い部員で、とくにスポーツ写真は絶品だ。ここ一年ほどは得意分野を活かせる機会がなかったためか、いつもは表情に乏しい顔が今日はこころなしかいきいきしている。

もっとも、どんなにいい絵が撮れたとしても、紙面に載ることはないだろう。たったの二面では、写真つきの記事は極端に限られる。それでも写真部は、あちこちに出向いて記録をとり続ける。つい先日処分した大量の乾板のぶんを埋めるように。

――写真は、嘘をつかない。記事とはちがって。

言葉少なに、淡々と目の前の現実を撮り続ける安斎を見ていると、ときどき妙に胃のあたりが重くなる。

「おい、先日の連隊長どのじゃないか」

カメラを構えたまま、安斎が言った。そちらに目を向けると、大盛り上がりの応援団と離れた場所に、男が一人座っている。十月頭だというのに真夏のような半袖のシャツにチノパンツ。そうしているとごく普通のアメリカの青年のようだが、その端整な横顔はスミス大佐のものだった。

「ほんまや、落日野郎や」

「根にもってるな」

「もつに決まってるやないですか。今日は、自慢の仲間はおらへんのやな」

「まあいくら仲の良い部下でも、ずっと一緒は疲れるだろうな」

「そんなもんですかね。ま、挨拶しときますか」

神住はスミスが座っているほうへと歩き出したが、そのころには安斎はすでに外野へとカメラを向けていた。気ままな男だ。

近づくと、声をかける前に大佐のほうがこちらに気づいた。それまでは無表情に試合を眺めていたが、神住を認めた途端に笑顔になる。

「やあ、先日の。もしや取材かい？」

明るい茶色の目は人なつっこい。大きな犬のような雰囲気があるが、この見た目に騙されてはいけない。

「はい。新聞で告知、出したんです」

正直、英語に自信はない。だがまちがっているかもと気にして声が小さくなるのは一番いけない、ともかく何がなんでも伝えるという気概が大事だ。松本に何度もたたき込まれた通り、神住はいっそ日本語を喋る時より大きな声で言った。

「セッティング・サンだね」

「幸い、まだ沈んでないです」

「はは、悪かったよ。残念ながら、あまり告知の効果はなかったようだが」

スミスは、後方に隠れるようにして座る日本人たちを顧みた。

「日本はベースボールが盛んだと聞いていたんだがね。こんなにいい球場があるのに」

ええ球場はたくさんあるけど、ほとんどあんたらに焼かれたし、まともなんは全部かすめ取られたんやないか。喉まで出かかった言葉は、さすがに呑み込んだ。

「盛んです。ただ、戦争中は禁じられて、ええと……衰退、してます。まだ、見に来ていいものか、国民は不安がっているのかも」

「それは残念な話だ。野球を禁じたから、君たちは負けたんじゃないか？　野球には大事なものが揃っているよ」

　スミスは人の目をまっすぐ見て、ゆっくりと喋る。仲間と話している時は早口だったから、こちらの英語力を慮ってのことだろう。だが、じっと見つめられた上に言われる内容がこれでは、苛立ちが倍増する。

「……そうかもしれません。野球は復活する……させるので、安心してください」

「頼もしいね。今日の試合は参考になるかな」

「はい。一番羨ましいのは、ユニフォームやボール、バットがたくさんあることです」

　正直なぼやきに、スミスは一瞬目を瞠り、それから苦笑した。

「ああ、焼けたのか。野球はなかなか金がかかるから厄介だね」

「ボールからして手に入りません。米軍に余っているボールがあれば譲っていただきたいぐらいです」

　先日、文部省がスポーツ復活のために野球と庭球の軟球を大量に生産すると発表したが、硬球はめどがたっていない。軟球はゴムだが、硬球はコルクに糸を巻きつけ牛革で包む。牛革は統制品なので、まず出回らないのだ。闇市で一度見たことがあるが、とんでもない値段がついていた。

「さて。譲るほどあるとは思わないが。ホームランボールやファウルボールならまあ、くれるんじゃないか。いっそ、日本のチームが試合でもして直接アピールしたらどうだ」

「ああ、東京のほうでは近々、米軍と大学選抜チームが試合をするそうなので、それはいいかもしれません」

先日、はるばる東京まで行った際に、松本が得意げに話してくれた。神宮球場で、第八軍の選抜チームと六大学選抜チームで親善試合を行う予定があるという。やはりアメリカ側も、野球は良い手段と見なしているらしい。

もし親善試合が実現し、アメリカ側が大学野球の質の高さと重要性を目の当たりにすれば、六大学のために建てられた神宮球場返還も現実味を帯びてくる。松本らはそう考えているようだった。

裏を返せば、現時点では返還のめどは全くたっていないということだ。十一月に早慶戦をやることは決まったらしいが、米軍の許可をとって二日だけ借りるという形でしか許可が下りなかったという。自分たちのものなのに許可を請うとは、と歯嚙みしていた。

「ふむ。ならば日本のファンも集まるかな。同じ野球を愛する者同士、決して嚙みつきはしないとわかってくれればいいのだが。我々は〝キチクベイエイ〟ではないよ」

神住は首を竦めた。

「野球が日本とアメリカを繋いでくれるでしょう。戦争前、大リーグの選抜チームが来た時には大変な熱狂ぶりでした」

「ああ、そんなこともあったね。日本に行く前は嫌々だったのに、いざアメリカに帰ってきたらベーブ・ルースらが日本礼賛を始めるからなにごとかと思ったよ」

「そういう記事は読んだ記憶がありますが、事実だったんですね」

「私も当時は士官学校に詰め込まれていたのでね、あまり詳細には覚えていないが、新聞に寄稿した記事を見たことはあるよ。政府の連中はともかくとして、日本人がアメリカに敵意をもっているなどということは断じてない、彼らは礼儀正しく親切な国民だ――と、ずいぶん熱心に語っていた」

帰国した大リーガーたちがラジオに出演したり、各地の講演で日本を擁護したという記事は、日本の新聞でも何度か見かけた。これで日米関係が良くなれば、と期待する者も多かったが、その一方でアメリカに好意的な風潮に苦言を呈する輩も少なくなかった。

国際連盟を脱退し、いよいよ孤立を深めていた時分である。それはつまり、愛国の風潮が異常なまでに高まっているということでもあった。そこに憎きアメリカの、堕落の象徴であるスターたちがやって来る。親善試合の企画主である読売の正力社長などは、愛国を名乗る団体から何度も暗殺予告を突きつけられたらしい。そうした不穏な空気を先方が全く知らないはずはないし、アメリカ国内でも当然反対はあっただろう。相手の国への反感という点では、アメリカのほうが深刻だったかもしれない。

それでも、彼らは来てくれた。日本全土で、十八試合というハードなスケジュールである。しかもメンバーは、大リーグのスター選手揃い。この日米野球のために沢村を引き抜いた正力はいまだに許せないが、これだけのメンバーをあの時期に集めたことには素直に感心する。

「それはありがたいことです。日本でもやはり、反米感情は鎮まりましたよ。気さくなスター選手たちの姿に、みな感銘を受けたものです」

当時の記憶を引っ張り出し、神住は言った。

日本を孤立させて大陸での利権の独占を狙うアメリカこそが、腐敗した帝国主義の象徴である。新聞が連日非難しているさなかだった。当時、野球漬けだった神住はあまり注意を払ってはいなかったが、昔から購読していた父が「変わってもうたな」と苦い顔で一度だけ零していたことはなんとなく覚えている。

かつての朝日新聞は軍部に懐疑的で、満洲事変の折にも堂々と批判記事を載せる、気骨ある新聞社だったと父は語った。が、その結果、軍部や愛国者を名乗る団体が激怒し、全国規模で不買運動が展開され、発行部数が激減してしまったという。社の存続が危ぶまれるほどの損害を出した時から、朝日は方針を百八十度変え、軍部に追従するようになったのだった。

紙の爆弾を毎日くらっていた国民にとって、アメリカはまさに悪の権化だった。大リーグ選抜チームが来日するといっても、純粋に喜んだのはよほどの野球好きぐらいで、大半は楽しみよりも不安や反感を抱いていたと思う。

しかし、いざ球場で見る選手たちは、予想したような悪の手先ではなかった。そのプレーに感銘を受けて拍手を送れば、笑顔で礼を返す。手を振れば振り返す。勇気を出してサインを求めれば、快く応じてくれる。握手をする手は大きく包み込むようで、温かい。

人々は、当たり前のことを思い出す。彼らは人間なのだ。

大きな体と、自分たちとは全く異なる色彩をもっているけれど、同じ血肉と心をもつ人間である。野球を愛し、そして悔しいが日本のスタープレーヤーたちより高い技術を磨きあげた者たちだ。

その愛情と能力と努力を、人々は賞賛した。あけっぴろげな態度に、惹かれるなというほうが難しい。そして日本人にとっても、少年のように陽気なベーブ・ルースは愛すべき「野球の神様」となった。

球場の歓声に呑み込まれながら、神住はつくづく、刷り込まれたものは虚像にすぎないのだなと実感したものだった。その自分が新聞社に入り、なんの疑問もなく虚像を書き続けてきたのだから、皮肉なものだが。

「ならば、両国の努力はいちおうは実を結んだわけだ。それが恒久的なものとならなかったのが残念だが」

スミスの言葉の直後、高い球音が響く。二人は揃って白球を目で追った。フェンス直撃の長打かと思いきや、一目散に駆けていた中堅手のジャンプがぴたりとはまり、白球は見事グラブの中におさまった。ランナーは三塁、ワンアウト。抜けたと思ったのかランナーはすでに飛び出していたが、ダイレクトキャッチを見て慌てて三塁に戻る。が、犠牲フライとしても問題ない距離だ。ランナーは再び勢いよく飛び出した。同時に外野手の右腕が唸りをあげる。キャッチして反転し、投げるまでの間がほとんどなかったことに、神住は目を瞠った。

返球は唸りをあげて、風を切り裂いて突き進む。中継はない。白いボールは、矢のようにまっすぐキャッチャーミットに吸い込まれる。ランナーの足がホームベースに滑り込むのと、ほぼ同時だった。

「Safe!」

審判のコールに一方から歓声が、一方から罵声が響く。飛び出してきた守備側の監督が、ウルフ少佐なのだろう。狼というより熊のような体格だった。

「はは、これはわからんな。君はどっちだと思う」

審判に食ってかかるウルフと、一塁側ベンチでニヤニヤしているマーレー軍曹を見やり、スミスは笑った。

「うーん。アウトのタイミングですが、キャッチャーのミットをうまくよけて滑り込んだように見えました」

神住は腕を組み、仲間とハイタッチしているランナーと、納得のいかぬ顔で審判とウルフのやりとりを眺めているバッテリーを見つめた。それから、奇跡のような送球を見せた中堅手も。それほど大きな選手ではない。だが全身がばねのようだ。そういえばさきほどの攻撃では、渋いポテンヒットを放ち、素晴らしい走塁を見せていた。

「いやしかし、心情的にはアウトにしたいですけどね。センターのあの肩、素晴らしいですよ。送球も正確だし、キャッチャーが構えたところにダイレクトで来るとは。打球判断も正確だし、あの背面キャッチはまぐれじゃないですね。さっきの走塁だって、一塁を回る時のストライドの大きさときたら――」

沸き立つような興奮とともに、言葉が勝手に溢れてくる。鳥肌すら心地よい。良いプレーを見ると、いつもこうなる。日本人だろうとアメリカ人だろうと関係ない。野球は野球。この光景を、この興奮をどう書こうか。どうすればこの美しさが伝わるかと、わくわくするのだ。

「君、そんなに早く喋れたのか。野球が好きなんだね」

はっと我に返る。スミスが微笑ましそうにこちらを見ていた。頬が熱くなる。

「し、失礼しました。野球用語ならある程度は……」

「いやいや、いいことだよ。ミスター・カスミも野球をやっていたんだね。ポジションは？」

「ピッチャーです」

「それはそれは！　せっかくなら、参加してきたらどうだ？　きっと歓迎されるよ」

スミスはグラウンドを指し示した。

「中等学校の時、肩を壊しました。今は、軽いキャッチボールが関の山です」

「そうか。私はハイスクール時代にクラブ活動で少しやった程度かな。どちらかというとバスケのほうが好きだった。しかし君にそこまで喜んでもらえれば、彼らも嬉しいだろう。本場のベースボールを見せると意気込んでいたから。どうだ、日本のものとはちがうかい？」

「ちがいます。勉強になります」

「どうちがう？」

追究してくるとは思わなかったので、いささか戸惑う。

「そうですね……大リーグ選抜チームを見た時にも感じましたが、アメリカの野球は頭を使うなと」

「まあチェスに喩えられることもあるからね」

「はい。日本選抜チームは常に真っ向勝負で、それがよしとされています」

相手が強かろうが弱かろうが、常に全力。相手のチャンスで四番が来たら、投手は常に最もいいストレートで勝負する。だからこそ勝負は美しく、人々は熱狂する。

小手先でかわすことなど、フェアではない。スポーツマンシップに反するものだ。

「アメリカは心理的な駆け引きや、攻撃をかわすことに長けています。もっともあの時は、ひとつひとつのプレーの精度も段違いでしたが。時々、小手先で遊ばれているようで、悔しさもあった……です、かね」

「なるほど。その時の日本の成績はどうだったんだ？」

「大差で全敗です」

苦笑まじりに答えてから、ふと魔がさして、早口で続けた。

「沢村が最初に投げた試合以外はですが」

「サワムラ？」

律儀に訊き返すスミスの明るい茶色の目を見て、神住は悟った。ああ、俺は訊いてほしかったのか。あの野球の神様が生きる国の、人間に。

「友人でした。……自慢の」

視線をグラウンドに戻す。まだ諍いは続いている。

友人だった。話したことも数えるほどしかなかったけれど、たしかに。

「同い年でしたが、アメリカチームと対戦するために、学校を中退したんです。ベーブ・ルース相手に真っ向から勝負して、抑えていましたよ」

「ほう、ハイスクールの生徒が神様を。それは凄いな」

「ええ、子どもが大きな神様を」

「ダビデのようだね。見たかったたな」

素直な賞賛に、神住は口許をほころばせた。沢村の話をして、これほど素直に嬉しく感じられるのははじめてではないだろうか。それほどに時間が経ったということか。それとも全くの部外者であるアメリカ人が相手だからだろうか。

戦争が終わったら、酒でも片手に沢村と当時のことを語り合い、記事にでもできたらとひそかに願っていた。彼の栄光と失墜を、沢村自身が語れるようになったころ——いや、おそらくは神住自身が受け入れられるようになったころに。

神住はどういうわけか、沢村は死なないと信じていた。肩は壊れても、投げられなくなっても、あれだけ野球に愛され、ベースボールの神様にも称揚された彼が死ぬはずがない。そう思い込んでいた。

沢村はもういない。あの素晴らしい投球を見ることは、もう二度とかなわない。

しかし、こうして美しいプレーを見るたびに、はじめて彼の投球を見た時の興奮と、寄り添うように燃え上がった闘志が身のうちに甦る。

「いつかまた、大リーグ選抜チームとの試合をしてほしいな。せっかく日本にいるんだ、我が国の最高峰メンバーと君たちが戦うところを見てみたい」

スミスは言った。単なる社交辞令かもしれないが、その言葉は神住の心に火を灯した。

「ああ、それはいいですね」

かつて、沢村とベーブ・ルースが繋いでくれた糸。それは真珠湾で断ち切られ、太平洋を血に染めてしまったが、また結ぶことはできるはずだ。

マウンドに――たとえば平古場が立ち、ばったばったと大リーガーたちを打ち取る光景を想像する。ぞくぞくとした。

文部省の野球統制令がある以上、実現はできないが、進駐軍の若いチームとの親善試合という形ならいけるかもしれない。そこから始めて、戦後のどさくさにまぎれて統制令がなくなりでもしたら、いずれは夢のような光景が見られるのではないか。

もちろん、統制令は決して悪しき省令というわけではない。あれがなければ学生野球はいずれ堕落の果てに崩壊していただろうし、良い楔ではある。ただ、文部省の干渉という形が良くない。あれで強気になった彼らは戦争を名目に大会を奪い、そして野球そのものを潰してしまった。

野球を復活させ、そして日米を繋ぐ橋とするならば、絶対に彼らを介入させてはならない。それも、自分たちこそがやるべきなのだ。

本社に戻ったら、提案してみよう。六大学が第八軍と試合をするなら、中等学校野球は第六軍と。悪くない。

「うん、いいですね。若い兵士も多いようだし、まずは練習試合という形で。それなら許可もいらないだろうし、回数をこなして実績を重ねれば、いずれは大々的な日米大会という形になるやも」

楽しくなってきた。これが実現すれば、朝日も安泰だ。できれば自分が主導という形で関わりたい。ますます安泰だ。

「決まったら教えてくれよ。必ず見に行くから」

スミスの言葉に、神住は笑顔で頷いた。優秀な若き連隊長がもし乗り気になってくれれば、何かとありがたい。

甲子園が接収され、あわをくって住友ビルの総司令部に抗議に出向いた時に、「学生野球大会の聖地？　だから何だね」と冷淡に対応されたのは記憶に新しい。アメリカ側にも、一人でも有力な味方がほしかった。

「もちろんです。日本の野球を見てあなたがどう感じるか、ぜひうかがいたい」

「この球場は、ブレーブスというチームの本拠地だそうだが、強いのか？」

「中間といったところです。しかし、あなたにはできれば学生野球を見てほしい。日本で野球といえば、学生野球ですから」

スミスは意外そうに目を瞠った。

「学生野球？　プロが頂点ではないのかい？」

アメリカでは当然、頂点は大リーグだ。大学同士の対抗戦も熱くはなるが、やはりどのスポーツもプロが頂点で人気も高い。日本の野球観は、どちらかといえばイギリスの大学対抗戦に近いのではないかと思う。長い歴史をもつオックスフォードとケンブリッジの春のボートレースの熱狂は有名だ。

「頂点は、東京の六大学リーグ戦です。それに次ぐのが、中等学校の全国大会。こちらは我々が主催しています。毎年、大変な盛り上がりです」

「へえ。学生野球の大会を、教育機関ではなく、新聞社が主催するのか」

「戦時中は文部省が仕切っていましたが、ひどいものでした」

苦々しい思いを隠そうともせず吐き捨てると、スミスは噴き出した。

「なるほど。お偉方は、日本のお役所主義を徹底的に潰すと鼻息が荒いからね。一理ある。それにしても、プロの試合よりも、子どもの大会に全国の人々が熱狂するのかい？　その学校の卒業生がというわけではなく？」

「はい、全国規模で。なかなか感動的ですよ」

ふむ、とスミスは首を傾げた。

「不思議な国だねぇ、日本てのは」

アメリカは若い国であり、人気のある野球はもちろん、バスケットボールやアメリカンフットボールも、自国で誕生したものだ。まるで文化のちがう国で、自国のスポーツがどう変容しているかは想像もつかないだろう。

だが、日本の野球も、まぎれもなく野球である。本場のベースボールとやらには敬意を払うべきだが、それだけが正しいと思ってもらっては困る。

「日本の野球は、学生が育てたものですから、最初は違和感があるかもしれません。しかし、若者がそれこそ命懸けでボールを追いかけている姿はいいもんですよ」

「命懸け、ね」

スミスの顔が翳ったような気がしたが、すぐに彼は何かを思い出したように、小さく笑った。

「何か?」

「いや、すまん。君の話を聞いて、友人のことを思い出した」

スミスは懐かしそうに目を細め、グラウンドを見た。ようやく試合は再開し、次のバッターが打席に入る。結局、判定は覆らなかった。

「ウエストポイントの同期でね。代々軍人が輩出している家だとかで仕方なく入隊したが、夢は野球選手だったと言っていた。アーヴァインの出身で、物心ついたころから地元のチームで野球をやっていたそうなんだが」

アーヴァインといえば、ロサンゼルスの郊外だ。最近、米軍への取材も増えたので、有名どころの地名はたたき込んである。相手の出身地を知っていればそれだけで多少は警戒を緩めてもらえるからだ。

「ライバルチームのエースの球が速い上にドロップが凄くてね、どうしても勝てなかったそうだ。彼自身、何年か対戦して打てたのが二本だけ。しかもひとつは相手エラーに近いもので、まともに弾き返すことができたのは一本だけだそうだ。最後まで勝てないまま卒業したのが心残りだと言っていた。で、そのエースというのが、日本人なんだよ」

神住は目を瞠った。

「エースが日本人？」

「まあ日系人のチームだからね。これが、えらく強かったそうだよ」

ああ、そうか。だからわざわざ地名を言ったのかと得心がいった。カリフォルニアは、日系人が多い土地だ。野球も盛んだろう。そういえば、日本行きを渋るベーブ・ルースに参加を決意させたのは、日系人の熱心な手紙だったと聞く。

「日系人のチームですか。それは面白い」

全国中等学校優勝野球大会の復活とともに、アメリカにおける学生野球を取り上げるのはどうだろうか。士官学校に入る前の話だというならば、ほぼ日本の中等学校時代と合致する。

しかも、強打者だったというアメリカ人が、手も足もでなかった投手が日系人。最高ではないか。

「おや、ひょっとしていいネタを提供できたのかな？」

がぜん目の輝きを増した神住を見て、スミスは愉快そうに言った。

「新たな日米友好の糸口が見つかりましたよ。ありがとうございます、スミス大佐」

高揚するままに右手を差し出すと、スミスは一瞬面喰らった顔をした。が、すぐに笑顔に戻り、神住の手を強く握る。

「はい。おかげさまで、お役に立てたようならよかったよ」

「よくわからんが、おかげさまで、しばらく日は沈まずに済みそうです」

野球あるかぎり、朝日は決して沈まない。再び日本を明るく照らす。意気を伝えるように、神住も力をこめて握り返した。

2

頬にあたる風はすっかり夏の名残りが消え失せ、心地よい。空は高く澄み、砂を流したような雲がところどころに浮いていた。つい先日までは、地平線から湧く夏雲を見ていたような気がするのに、このひと月は近年にない早さだったなとしみじみ思う。

秋晴れの十月下旬、神住は京都に来ていた。

京都二中のグラウンドには、人がひしめいている。人垣の向こうからは、球音が聞こえる。瓦礫も何もない、きちんと整備された学校のグラウンドを見るのは本当に久しぶりで、それだけで胸がいっぱいになった。

戦後、いちはやく中等学校野球が復活したのは、野球王国・大阪ではなく隣の京都だった。

この日、京都野球連盟が主催する中等学校野球大会が開催され、九校が参加した。敗戦からわずか二ヶ月で公式の大会が開催されるのは、奇跡である。全国大会復活を目指す神住は、当然取材に飛んだ。

京都は美しかった。大阪や近隣の都市に比べれば格段に空襲の被害が少なく、街並みは美しく整えられ、学校も、そしてグラウンドも無事である。第六軍総司令官クルーガー大将以下司令部もこの京都に駐屯しており、いたるところで米兵の姿を見るところをのぞけば、戦前とそう変わらぬ光景だ。早々に野球が復活したのも納得がいく。

しかし、いかにグラウンドが無事でも、野球に興じる生徒たちも昔のままとはいえない。ボールやバット、ミットはかろうじて揃っている。が、ユニフォームを揃いで着ている学校はひとつもない。シャツも襟のついたものから丸首のものまでさまざまで、下は学生服のズボンといった姿で、ストッキングをつけているチームはほとんどなかった。中にはつぎはぎだらけのスパイクを履いている生徒もいたが、ほとんどは地下足袋で、外野には藁草履（わらぞうり）の者もいた。

戦時中に供出されたバックネットのかわりは、陸軍の擬装網が務めている。外野のフェンスは、昨日慌ててとりつけたらしき背板で補強してあった。

なにより目を惹いたのは、球審だ。防具のかわりに、なんと古畳をぶらさげている。あれはさすがに重いだろうと呆れて見ていたら、試合が進むにつれて、どんどん顔色が悪くなってきて声も弱々しくなり、急遽一塁の審判が交代した。

二十日ほど前に、西宮球場で米軍の試合を観てしまっただけに、落差が目立つ。しかし、そんな状態であろうとも、気迫は決して負けていなかった。グラウンドでプレーする選手たちの顔はみな頭上の秋空のごとく晴れやかで、集まった観客たちも同じように目を輝かせ、応援とも野次ともつかぬ声をひっきりなしに飛ばしている。閑散とした西宮球場とは、雲泥の差だった。

バットにボールが当たるだけで、歓声が沸く。生徒が塁上を駆け抜ければ、声が彼の背中を押す。投手が三振でもとろうものなら、万雷の拍手。観客も生徒に負けず劣らず、ちぐはぐな恰好をしている者が多かったが、その痩せた顔に輝くのはまぎれもない歓喜。興奮。

空襲を知らせるサイレンに怯えることなく、誰も彼も夢中で、白いボールの行方を追う。一喜一憂する。見事なプレーに惜しみない賞賛を送り、まずいプレーには野次を飛ばす。かつては球場で当たり前のように見られた光景だった。

正直言って、試合の内容自体は稚拙といっていい。五年という空白の重さを改めて感じる。だがそれ以上に、神住は高揚していた。

こんな状況でも、やはり野球をやりたいのだ。野球を観たいのだ。それを肌で感じる。

　ああ、早くこれを大阪でも。やる気だけならば、大阪だって負けていない。大阪の野球連盟もすでに府内の大会開催に向けて動き出してはいる。さすがに京都とはちがい被害が大きいので今すぐというわけにはいかないが、浪商はじめ府内の学校の反応は上々だ。

　関西だけではない。きっと全国の野球部だって、同じように望んでいるはずだ。大阪朝日でも、着々と大会復活への動きが高まっている。先月、元運動部が一丸となって働きかけ、ようやく企画部が動き出した。先週には再び佐伯がやって来て、企画部相手に大会復活の意義を熱心に説いていった。

　企画部の動きは速かった。敏腕の西野網三部長は、まず佐伯の注文通り、野球だけではなくラグビーやテニスなど、中等学校の各種スポーツ団体に話をつけ、スポーツ連盟をつくるべく懇親会を開催した。今までは、各スポーツを管轄する組合は存在しても横の繋がりはいっさいなく、独立性が保たれているといえば聞こえはいいが、要はいずれも好き勝手にやっていたわけで、そのため戦時中は政府の圧力に団結して抵抗することもできず、あっというまに権力に屈したという苦い経緯がある。各代表も危機感を抱いていたとみえ、この前代未聞の提案を快く承諾した。

　そして次はいよいよ、野球である。

西野企画部長は、文部省にも速やかに渡りをつけた。お役所仕事の常で、のらりくらりとかわされているが、必ずや大会を取り戻すと彼も意気が揚がっている。

　連動して、十一月一日付で、運動部も復活することになった。外地に召集されていた社員たちが続々復員し、閑散としていた社内も賑やかになり、報道部にひとまとめにしている理由もなくなったからだ。もちろん神住は熱烈に運動部行きを志願し、無事承諾された。

　これで存分に、野球復活へと邁進できる。水を得た魚のように、生き生きと飛び回る神住を、重野あたりは「頭でも打ったんか」と呆れて眺めていた。熱い記者魂とはおよそ無縁、命じられてしぶしぶ現場に赴くような腰の重い後輩が自ら東奔西走しているのだから無理もない。じつのところ、神住自身が驚いていた。

　運動部復活に伴い、学芸部も近いうちに独立することが決まったが、意外なことに重野は報道部に留まった。志願すらしなかったので驚く神住に、重野は言った。

「いろいろ考えたんやけどな、報道に残るんが俺のケジメや。アメリカの検閲の中でどこまで戦えるか、やってみよう思てな」

　生真面目な彼らしい。戦争が終わって二ヶ月近く経っても、彼は米軍を警戒して妻子を疎開させたままだ。

　野球野球と騒ぐ軽薄さを遠回しに非難されたような気がして、神住が「まあそういうのもええかもしれませんねぇ」と曖昧に受け流すと、重野は苦笑した。

「神住はそれでええんや。風見鶏みたいに風の流れる方向に行けばええ」

「思いっきり貶してますやん」

「はは。そういう記者もおらんと困るゆうことや。ただなあ、神住」

重野は笑いをおさめ、神住の肩をつかんだ。

「未来見るのはええけどな、過去はなかったことにならへんで。前ばっかり見て、足すくわれんよう気ぃつけや」

肩に食い込む指が痛かったのは覚えている。吹けば飛びそうな痩せぎすの体には、今なお、はるかに若い神住をたじろがせるほどの力が残っていた。

彼が全国中等学校優勝野球大会復活を苦々しく思っているのは知っているが、企画部が本格的に動き出し、新聞にも再開を目指す記事が掲載されてからは、口に出して文句を言うことはなくなった。同時に、めっきり煙草に誘われることもなくなった。鬱陶しかったはずが、なくなればなくなったで存外寂しい。

わざわざ愛する芸術の世界に背を向けてまで、本意ではなかったはずの報道部に残る記者魂は尊敬に値するが、それだけでは新聞は回らない。まあ、それこそ重野の言う「そういう記者もおらんと困る」だ。何も全員、右へ倣えをする必要はない。

大会のほうは予想通り、名門の京都二中が抜きん出ていた。さすがに、全国中等学校優勝野球大会の栄えある第一回優勝校である。この時期にこれだけ仕上がっていれば上出来だ。もし来年夏に全国大会が行われたら、決勝は平古場率いる浪商と京都二中になるかもしれない。思い浮かべただけで胸が高鳴るが、同時に、全国の強豪をもっと見てみたいと強く思った。関西だけではない、全国から集まってこそ全国大会は意味があるのだから。

　試合後は足取りも軽く次の目的地に向かった。九条大宮から乗った市電は、最初はそれほど混んではいなかったが、五条あたりから一気に米兵が乗り込んできた。十分ほどで目的地である四条大宮に到着すると、光景が一変していた。大通りには米兵が行き交い、めぼしい建物には星条旗が翻っている。大阪の淀屋橋のあたりと同じだ。中之島の朝日本社は接収は免れたものの、朝日ビルのほうは通告が来てしまった。検閲局が入るという。新大阪ホテルも、捕虜が帰国したあとは将校用宿舎となったし、中之島もこのひと月で米兵の数が何倍にも増えた。あのあたりにいる米兵はまだ上品なほうで、さほど問題も起こさないが、それでもまちがっても近づかないように美子には言ってある。自宅のある旭区は、会社から距離があるのでいささか不便だが、こうなってみるとこの遠さがありがたい。あまり中心に近いと、家は進駐軍用に接収されてしまう。社内でも、運良く空襲を免れた自宅に調査が入り、おそらく接収されるだろうと頭を抱えている者がいる。

　京都も、都ホテルや京都ホテルを筆頭にめぼしいところはほとんど接収されており、これから民家も次々奪われていくだろう。空襲をほとんど受けなかったからといって、これればかりは避けられない。

　そう考えると、自分はなかなか運がいいのではなかろうか。甲子園で肩を壊した時には人生終わりだと思ったが、なかなかどうして、決定的な破滅はうまい具合に回避している。スマトラでマラリアが重症化して生死の境をさまよった時も今度こそ終わったと思ったが、あれがあるからこそフィリピンにマッカーサーが舞い戻ってくる前に日本に帰ることができたのだ。そして一時は、見るのも厭だった野球が希望。芸は身を助くとはこういうことかと実感する。

目指した先は、大建ビルである。特徴的な正方形の建物の上には、やはり星条旗が翻っていた。路肩にはジープが数台止まり、兵士がたむろしている。その近くには、薄汚れた子どもたちがかたまって様子をうかがっていた。さすがに司令部の間近でギブミーチョコレートと突撃することはしないようだが、兵士たちが離れればすぐにでも飛んでいくのだろう。

和歌山に米軍が上陸した時は、近寄る子どもは一人もいなかった。ただ、兵士が無造作に捨てた食べ物を夢中で拾っていた姿を見たくらいだった。たまたま目撃した神住は、もちろん咎めるつもりもなかったが、目が合った時、まだ小学生とおぼしき少年は恐怖に顔をひきつらせ、一目散に逃げて行った。米軍のものを拾ったというだけで大変な罰を受けるからだ。しかし今や、彼らは恐れず米兵に近づいて行く。とくに家のない子どもたちは必死だった。

兵士たちは子どもたちの姿に気づいてはいるものの、まるで構う様子はなく、煙草片手に談笑している。ラッキーストライク。いかにも美味そうな煙草だった。ギブミーシガレットと話しかけてみようかと悪戯心が動いたが、さすがに思いとどまり、黙って司令部に入る。受付には、日系人の兵士が座っていた。

「ハロー、日本語わかります？」

にこやかに近づくと、胡散くさそうな目で見られた。小柄なこともあって、そのつるりとした顔は周囲の兵士にまじると子どものように見える。

「面会の予約はありますか？」

返ってきたのは日本語だった。抑揚はほとんどないが、なかなかに流暢である。

「いや、おたくにちょっと訊きたいことがあるんですわ」

怪訝そうな顔が警戒に変わった。

「野球のご経験ありますか？　もしくは、同じ日系人の兵士に、熱心にやってた人はいませんかね」

「……野球？」

拍子抜けした様子で、兵士は繰り返した。目と口をぽかんと開くと、ますます幼い。子どものようだと思ったが、これは本当に若そうだった。

「はい。あ、私、こういう者ですが。大阪朝日新聞の神住言います」

素早く名刺を手渡し、神住は相手に口を挟む余地を与えぬよう一気にまくしたてた。ここ関西は昔から野球が非常に盛んな土地であり、すぐれた若い選手が大勢いる。野球は日米友好のために天が与えた素晴らしいプレゼントであり、ぜひとも有効に活用したい。本場アメリカでも、とくにカリフォルニアでは日系人による野球が非常に盛んだったとうかがい、日本の野球とアメリカのベースボールの両方を知る方々にぜひお話をうかがいたい、それは子どもたちにとって大きな財産となるであろう――立て板に水のごとく、畳みかけた。

スミスから話を聞いた当初に計画していた親善試合については、ここでは触れなかった。東京のほうで、第八軍の選抜チームと六大学選抜チームの親善試合が中止になってしまったからだ。双方乗り気だったそうだが、計画が本国に伝わると、国民から大きな反発があったという。同胞を殺した敵と、暢気に野球とはいかがなものか。命を落とした戦友に申し訳ないとは思わないのか。そうした非難が相次ぎ、第八軍は諦めざるを得なかった。戦争が終わって、まだたったの二ヶ月。どちらにとっても、まだ傷跡は生々しい。

東京側で中止となった以上、こちらも迂闊に動くことはできない。だが、日系人チームの取材なら問題ないだろう。

「エースの名前？　いやあ、さすがに覚えていないな。ただクリスと同郷だということしかわからない。ああ、クリスとは同期の名だ。クリストファー・エヴァンス。今は中佐だったかな。第八軍に所属しているから、東のどこかにはいるんじゃないか？」

スミスの情報はこれで全てだ。同期の桜にしてはずいぶんとあっさりしている。

東日本を統括する第八軍は、巨大である。ＧＨＱが始動して間もない多忙な時期であり、こんな理由で問い合わせをしてみたところで無視されるに決まっているし、そもそもデスクに止められた。ハイスクール時代にカリフォルニアで名を轟かせた日系人投手というネタ自体は面白いが、日系人兵士自体が今は立場が微妙だから、あちらを刺激してくれるなとのことだった。

アメリカに住む日系人は、真珠湾が奇襲されて間もなく収容所に移されて、アメリカに忠誠を誓うか否か選択を迫られたと聞いている。一世の多くは拒否して強制収容所に残り、アメリカで生まれ育った二世のほとんどは忠誠を誓って軍に入隊したそうだ。ヨーロッパの最前線に飛ばされた部隊もあるが、多くは語学兵として対日本戦に投入されたと聞く。中には、玉砕目前の日本軍陣地に潜入し、降伏するよう説得する者もいたという。スパイも真っ青の危険な任務だ。だがそこまで命を懸けても、存分に報われているとは言いがたい。いかに忠誠を誓おうと、彼らの容貌はどう見ても日本人のそれであり、家族はアメリカより故郷を選んだ。警戒されるのは仕方がない。

スミスが語る「カリフォルニアの日系人エース」が、その後どうなったのかは、誰も知らない。クリストファー・エヴァンスならば知っているのかもしれないが、所在がわからなかった。士官学校時代エヴァンスがスミスに日系人のことを語ったのは、ちょうどベーブ・ルースが日本に来ていた時期にあたる。スミスは神住から沢村の名を聞いても反応を示さなかったが、十代の少年が神様相手に素晴らしいピッチングを見せたというニュースは、海の向こうにも伝えられたはずだ。そこでエヴァンス候補生は、ハイスクール時代に対戦した日系人投手のことを思い出したのではないかと神住は推測している。

一時は好転した日米関係は、その七年後に奈落まで転げ落ちた。憎悪をぶつけ合う前線を経験したエヴァンスの胸中が、以前と同じだとは思えない。進駐軍の将兵は、よくよく上から言い含められているのか、今のところはそこそこお行儀が良く、あからさまな敵意を向けてくるようなこともないが、紳士的なスミスとて時おり皮膚の下のものが透けて見える時がある。エヴァンスの中でも、かつては懐かしい青春の一頁だった記憶が、唾棄すべき馴れ合いに変容しているかもしれない。迂闊に踏み込んでいい問題ではない。

とはいえ、そのまま引き下がるのも業腹だ。本命には接触できずとも、いずれ来るべき時のために、日系人の野球について少しでも調べておきたかった。かくして、地道に聞き込みを続けている。ちなみに大阪ではすでに何度か聞き回っており、編集局にバレて大目玉を喰らった。しかし京都なら、そう簡単にはバレないだろう。

「さあ、私は東海岸のほうですのでわかりかねます。このあたりはだいたいそうですね。お引き取りください」

神住の熱意に反して、日系人兵士はとりつくしまもなかった。

進駐軍にも日系人は多く含まれているが、彼らは日本人にとってもやはり複雑な存在ではある。自分たちと同じ顔立ちながら、纏うのはアメリカの軍服だ。同僚とは当然英語で話しているし、振る舞いも完全にアメリカ人のそれだ。

「いや一人ぐらいはおるでしょう。少し話が聞ければええんやけど」

「いません。そもそもこの状況で野球とか、正気ですか？」

「君らはやってるやないですか」

「我々には食糧も物資もありますから」

兵士は心なしか誇らしげな顔をした。が、すぐに眉間に皺を寄せ、不快な思い出に耐えるように神住を睨んだ。

「私は小学校まで日本で過ごしましたが、当時はこんなに貧しくて醜い国ではありませんでしたよ。野球などより、他にすべきことがあるのではないですか」

「なるほど、君は〝キベイ〟か。どうりで日本語が堪能や」

日系人の語学兵の多くはもともと日本語が喋れず、軍の学校でたたき込まれたらしいが、この兵士は生粋の日本人と全く同じように喋る。彼らのように日本で過ごしたことがある日系人は「キベイ（帰米）」と呼ばれ、軍ではとくに重宝された。

「貴重な意見は覚えとくわ。もし何かわかったら、いつでも連絡してもろたらええ」

あまりしつこくしても逆効果だ。ここが立ち去り時だろう。神住は頭を下げて礼を述べ、司令部を後にした。

3

闇市は、凄まじい人出である。

京都からの帰り、神住は久々に大阪駅前の闇市に立ち寄った。まっすぐ歩くのも困難な中を、掏摸に狙われぬようしっかりと鞄を胸に抱え、人波を掻き分け歩く。

配給物資の遅れが深刻になり、米ひと袋手に入れるにも苦労をするが、ここではそれが嘘のようにものが溢れている。多くは地方からやって来た小売りだが、米軍の横流し品も早速売られていた。

よくもここまでモノとヒトが集まるものだと思う。しなびた野菜が売られている露店を横目に、激しい空腹に耐えて進んでいた神住は、ふと足を止めた。ある露店の前に立ち尽くす、見知った姿がある。

視線の先に立つのは、だいぶくたびれた灰色のフランネルの上着を着た、一人の男だった。中肉中背に、だいぶ寂しくなった頭頂部。つるの歪んだ眼鏡をかけた横顔は魂が抜けたようで、思わず声をかけた。

「多々良先生？」

血の気の失せた頬がぴくりと震える。くすんだ顔がこちらを向いた。眼鏡の奥の目には、なんの表情もなかった。が、神住を認めると生気が宿り、ひび割れた唇が笑みの形をつくった。

「ああ、神住さん。こないなとこでお会いするとは」

多々良は、ずれた眼鏡を押し上げ、軽く頭を下げた。中等学校の教諭である彼とは、昨年仕事で何度か顔を合わせていたが、そのころよりずっと痩せた。まだ四十を過ぎたあたりだったはずだが、二十は上に見える。

「京都の帰りですわ。多々良先生がここまで出てきはるとは珍しいですね」

「いやあ、もううちのほうはろくに市もたたへんもんですから」

だとしても、梅田まで出てこずとも、多々良の生活圏内にも闇市はたっているはずだ。もともとあまり人混みを好まぬ男だったと記憶しているが、どういう風の吹き回しだろう。

不審が顔に出ていたのか、多々良は恥ずかしそうに苦笑した。

「いや、実はね。ここに来たら硬球があるて聞いたもんやから」

彼が立っているのは、さまざまな道具を並べている店だった。盥（たらい）やら石鹸やらにまじって、なぜか真っ白い硬球まで売られている。

正規のルートでは手に入りようがない硬球が、闇市でよく売られているらしい。神住が小耳に挟んだのも、つい先日のことだ。その時は、どうせ本物かあやしいものだと聞き流していたが、京都からの帰り道、確かめてみようと思いついた。

かつては眠る時ですら握っていた硬球。京都の大会で見たそれは、ずいぶん汚れていた。試合では新品を使い、汚れればすぐに取り替えるものだが、選手たちは最後まで大事にひとつのボールを使っていた。

　もし大阪でも大会をするならば、ひとつでも新しいボールがあったほうがいい。大阪野球連盟にも多少は蓄えはあるだろうが、新調できるならすべきだろう。まずは本物があるかどうかを確かめるつもりで来たが、まさか同じ目的の人間がいるとは思わなかった。

「多々良先生もですか。奇遇ですなぁ」

　大げさに驚きつつも、内心首を傾げるところもあった。

　多々良が勤める学校にも、野球部はある。強さでいえば中堅といったところだ。しかし多々良自身は、野球部とはなんの関係もない。あえて言うなら、上の息子が野球部にいたことぐらいだろうか。

「ええ、まあ。いや、何ね。このあいだ、新聞に載ってましたやろ。甲子園大会、復活するかもしれんて」

　神住は驚き、多々良のくたびれた顔をまじまじと見つめた。

　まだあくまで構想の段階にすぎず、時期も未定。ただ、復活する予定はある。そういう形で、たしかに紙面には載せた。戦時中、大会を食い荒らした文部省傘下の大日本学徒体育振興会がようやく解散したのを受け、先手を打つ形で記事にしたのだった。

実際、強豪校からは問い合わせが相次いだが、まさか多々良が反応するとは思わなかった。彼は息子が野球をすることを快く思ってはいなかったはずだ。野球排斥の動きに逆らわず、学校を守るために積極的に野球部廃部に加担した側の教師である。

長男は昭和十八年に中等学校を卒業したが、最後の一年、野球部はほとんど活動していなかった。神住が取材でユニフォーム姿を見たのは、その前年が最後だ。柔和な面差しの、小柄だが足が速く、頭の良い選手だったと記憶している。本当は六大学に行きたいが行けそうにないから、海軍機関学校を目指していると言っていた。それなら親父も納得してくれるから、と。

「ええ、まあ。時期はまだ未定ですけど」

真意を測りかねて応じると、多々良はやわらかく笑った。そうすると、息子に似ている。

「復活するっちゅうことが大事なんですわ。いや何ね、それで下の息子が、野球やる言うんですわ。肇(はじめ)のぶんまで」

多々良肇。長男の名前だ。彼の下にはたしか長女と次男、三男がいた。

「そうでしたか。ああ、下の息子さんは今年同じ学校に入らはったんでしたっけ」

「よう覚えてててくださいました。はい、そうです。あの甘ったれが、兄貴の夢をかなえるんやゆうて一人前みたいなことをね。そやけど学校にはボールも満足にないし、軟球やええかげんな材質のボール使うぐらいやったら、ここはひとつ奮発しようか思たんです」

少し照れくさそうに微笑む彼は、やさしい父親の顔をしていた。さきほど、店頭のボールを虚ろに見つめていた横顔とは全くの別人だ。

「けどまあ……神住さんもご存じの通り、私は以前は、野球なんか日本男児にふさわしない言うてましたやろ。そんなんやから、ボール見ても本物かどうかようわからんのです……えらい値がはりますしなぁ」

「なるほど、そういうことでしたか」

「正直、途方に暮れてましして。慣れんことはするもんやないですなぁ。これはもう、見かねた肇が、神住さん寄越してくださったとしか思えませんわ。ボール、確かめてもろてもええですか？」

「ああ、肇くんが引き合わせてくれたんにちがいないですわ。もちろんです」

無造作に置かれた商品に目を向ける。がらくたの中で、白い硬球はまるで宝石のように美しく輝いて見える。いっさいの汚れを寄せつけぬ白。胸を衝かれる思いだった。

多々良の長男・肇は、昨年の秋に他界している。かねての希望通り機関学校に入ったはいいが、ついていくのがやっとで、思い悩んでいたという。そして夏期休暇で実家に戻った際に、弟たちとともに海に出かけ、溺れた弟を助けて自分が死んだ。

中等学校在学時に何度か取材をした学生の事故と聞いて慌てて多々良家に出向いた神住は、悲嘆に暮れる両親や家族を見て、心から同情した。そして我ながら会心の記事を書き、しかもそれが採用された。

紙面に掲載された記事に描かれた多々良家は、志操堅固な父と献身的な母によって築かれたまさに日本の範とすべき家庭であり、その教えは弟を助けるために自らの命の危険も顧みず海に飛び込んだ長男・肇に集約されていたといっていい。神住は、肇の英雄的行為を褒め上げ、彼を育て上げた両親を賞賛した。同時に、肇が球児だったこともしっかりと書き加えた。むしろ神住としては、そここそが最も重要だった。野球排斥論にいいかげんうんざりしていた神住は、ここぞとばかりに、肇がいかに素晴らしい選手であったか、そして彼の美質をよりいっそう磨き上げた野球がいかに武士道を体現するものであるかを綴った。

愛国美談がなにより好まれる時期だったこともあり、記事は評判になった。おかげで、元来慎ましい多々良家の葬儀は、市長や名士やらが駆けつける盛大なものとなった。香典も、目を剝くほど集まったらしい。なにしろ大阪版の記事を読んだ読者から次々送られてくるのだから、それは莫大なものだったそうだ。

その後も多々良家は理想的な愛国家族としてしばしば取り上げられ、神住は多々良家からたいそう感謝された。

「肇は神住さんの記事によって、英雄になったんです。ありがとうございます。我々も、威光に恥じることのないよう励まんと」

　多々良夫妻に深々と頭を下げられた時のことは、昨日のことのように覚えている。その背後で、目を真っ赤にしながらも涙は見せず同じように頭を下げていた次男、嗚咽を漏らしていた長女――そして、ただひとり神住を睨みつけていた三男のことも。

　肇に助けられた三男だけは、神住の記事がほとんど妄想の産物であることを知っていた。三男は最後まで、自分は溺れていなかったと主張した。肇は一人で勝手に溺れただけだと。近くにいた海水浴客の証言もそれを裏付けるものだったが、神住は「こうしたほうがみんな得をするんや」「嘘やない。真実にほんのちょっと色をつけるだけや。ようあることや」と言いくるめて、記事を書いた。

　実際、多々良一家は一躍時の人となった。時が流れれば話も消えるが、集まった金は残る。そして聖職についている父の名声も。戦争末期の貧困の中にあって、多々良家が最後まで安定した生活を送っていたのは、ひとえに神住の記事のおかげである。と、自負している。上に阿る風見鶏でも、たまには市井に良いこともするのだ。

　しかし、その名声も、戦争が終わるまでのこと。軍部にほぼ従属していた新聞社も厳しいが、教師という仕事はある意味最も辛いだろう。今月から各学校の授業は再開しているものの、まともに授業を行えている学校は稀だ。ＧＨＱの命令で、教科書を墨で塗り潰すという無駄な作業に打ち込み、天皇の御真影と教育勅語をおさめた奉安殿への礼は禁じられた。今まで、揺らぎのない正義として子どもたちに教えてきたことを、全て否定しなければならないのだ。いきおいそれは、教師自身の評価の反転にも繋がる。

戦時中、理想の教師として清く正しい滅私奉公を生徒に説いてきた多々良は、おそらく現在、大変な苦境に立たされているのだろう。薄汚れた服や、目の下の濃い隈を見ずとも察せられる。以前は、どんな時も教師らしい威厳あるたたずまいを崩さなかった男なのに。

肇を神格化するために半ば道化にされ、真実を口にすることを禁じられた三男とも、軋轢があったかもしれない。若干、良心の呵責を感じる。その一方で、三男のために高価なボールを買いに来た多々良の姿には、鼻の奥がつんとした。以前の多々良ならば、我が子のために襤褸を着て闇市に足を運ぶなど、考えられなかった。

このボールが、親子を繋ぐ絆となればいい。そして戦争と現在の間に横たわる溝を埋めるものとなってくれれば。そう思いながらボールを手にとった神住は、たちまち眉根を寄せた。

革はたしかに牛革だ。赤いステッチも美しい。重さも手に馴染むものだ。正真正銘、新品の硬球である。

が、これはちがうと直感した。指の関節でたたいてみる。神住は黙ってボールを店頭に戻した。

「多々良さん、他を探しましょか」

促して店を離れる。多々良は名残り惜しそうに、何度も露店のほうを振り向いた。

「本物に見えたんですけど……」

「ようできてます。見た目は完璧です。けどあれ、中身ぜんぶコルクですわ」

「なんと」

多々良は目を瞠った。

「たぶん、記念品として装飾用につくられたもんやないですか。バットで打ったら一発で割れる思います」

「そうですか……」

傍目にも気の毒なほど、多々良は落胆していた。きっと、なけなしの金を持ち勇気を振り絞ってここまで来たのだろうに。

現在の彼の不遇は、自分にも責任がある。当時はよかれと思ってしたことだし、現に彼らも大きな益を得た。しかし、禍福(かふく)は糾(あざな)える縄の如し。息子の死という不幸によってはからずも幸も訪れ、そしてそれがまた反転する。

「多々良さん、よかったら俺に本物を贈らせてもらえませんやろか」

神住の言葉に、うつむいていた多々良は驚いて顔をあげた。

「えっ、いやいや、神住さんにそんなことをしていただくわけには」

「息子さんの門出を俺も祝いたいんです。肇くんのぶんも」

「いや、そやけど……神住さんには以前ほんまにお世話になりましたから……」

しきりと恐縮しているが、その目の奥には期待も見える。生活は相当に厳しいのだろう。

「多々良さん、俺ね、野球好きなんですわ」

憐れみが涙に変わる前に、神住は断ち切るように言った。

「肇くんの記事を書いた時、多々良さんに怒られるかもしれん思いながら、野球のこと書かしてもらいました。でも多々良さんは怒らんと、野球も肇くんの一部やって認めてくれはったでしょう。それで今、また新しく野球やりたい言うてる息子に、まっさらなボールを渡そうとしてはる。それがほんま嬉しいんです」

神住は、自分よりずっと下にある多々良の目を見つめた。こんなに小さかったのだなと思う。神住は平均よりだいぶ大きいほうだから、多々良がとくに小さいというわけではないのだろうが、以前は自分と同じぐらいだと思い込んでいた。息子の肇は、母親に似たのか小柄だったが、三男はどうだっただろうか。思い出せないのが悔しい。

「野球は、こっからの日本の象徴となるもんやと俺は思てます。それを繋いでくれるんやったら、こんなに嬉しいことはありません。野球やっとった人間からのささやかな御祝儀とでも思てください。必ず、渡しにうかがいますから」

できればその時に、三男とまた話がしたい。そしていつか、彼が本当に活躍する記事を書きたい。

戦時中、神住はほとんど捏造といっていいほど内容を膨らませて記事を書いてきたが、野球の試合だけは嘘をついたことがない。だから今度こそ、野球で再び「彼ら」を書かせてもらえたら。

眼鏡の奥の目が、不自然に揺れた。恥じるように、多々良は顔を伏せる。そしてそのまま、深々とお辞儀をした。

「ありがとうございます。神住さん、あなたは我が家の恩人です」

その声は、震えていた。

第四章　ベーブ・ルース

1

背中と腹に痛みが走り、神住は目を覚ました。

車体が大きく揺れ、神住を挟むように立っていた乗客の背嚢と鞄がそれぞれめり込む。ぐえ、と蛙が潰れたような声が漏れた。

「痛ぇ！」「押すな馬鹿野郎！」「足踏むな！」

車輛内ではあちこちから悲鳴や怒号があがる。列車は超満員で、窓からも半分人がはみ出している状態だ。地方へと続く列車は今やどこもこんな状態で、死人が出ないのが不思議なぐらいだが、それでもまだ乗れただけでも今日は幸運なほうだ。

なにしろ、まず切符を買うだけでも半日近くかかる。幸いこの最初の難関は、朝日新聞が業務用に事前に入手してくれたので解決しているが、いざ駅に行っても列車がなかなか来ない。ようやく来たと思っても、駅には自分と同じように何時間も待っている者たちが列をなしており、ひどい時は翌日の夕方にならなければ乗れないということもある。

ようやく順番が回ってきても、みな車輛に極限まで詰め込まれるので乗降口は機能せず、神住はここ最近もっぱら窓から出入りしていた。そして立ったまま、何時間も揺られる。

かつては走っていた急行も今はなく、列車は全て鈍行。どんなに長い距離であろうとも、鈍行の三等車に突っ立ったまま延々揺られるのだ。みな互いの体を支えにして眠り、時々列車が揺れれば悲鳴があがり、駅に止まれば窓から乗り込もうとする人々との攻防で殺気立つ。

「日本は今や世界の四等国に転落した」

そう言ったのは、マッカーサーだった。日本を名実ともに支配する、この青い目の大君の発言に日本国民は愕然としたが、今では自嘲の定番文句として流行している。この三等車も四等車と呼ばれているが、車輛の古さとこの芋洗い状態を一度でも経験すれば、誰もがたしかに四等だと思うだろう。

日本人がこうして四等車にすし詰めになっている一方で、進駐軍は「まともな」車輛を接収し、専用列車のダイヤを組んで悠々と移動している。上陸したスミス大佐と会った時には、三等車輛で部下たちとともに移動する姿にこれがフェアの精神かと感銘を受けたものだが、やはりあれは特殊な例だったらしい。まあ、戦勝国とはそういうものだろう。さすがに彼らが上陸して二、三ヶ月も経てば、衝撃は去り実体が見えてくる。

　米軍が接収した千もの車輌が、日本に戻ってくるのはいつだろうか。それさえ戻ってくれば、三等国ぐらいには戻れそうなものだが、その前に体がぺしゃんこになって死にそうだ。

　神住はなんとか体をよじり、圧力を逃がす。ほっと息をつき、また目を閉じた。大阪から金沢（かなざわ）経由で東京にやって来て、さらに北上し、ここ数日は東北を回っている。一日の大半を移動に費やすことになるし、横になって眠った時間がないような気がする。

　そもそも、しばらく大阪の自宅にも戻っていない。美子がつくる、ぼやけた味の芋煮や好物の半熟卵を思い出し、腹が鳴った。美子はしょっちゅう、実家や親戚の農家から食料を分けてもらうために列車に乗っている。家では苦労を語ることなく、夫にはただ出向いた先での愉快な話しかしなかったが、時おり体に痣をこさえていることがあるので、相当過酷な目に遭っているのだろう。それでも以前のように成果があげられなくなってきたことを、美子は気にしているようだった。こうして地方行きの列車に乗れば、理由がよくわかる。なにしろこの乗客の大半は、美子と同じ目的なのだ。

　二人にまだ子はないが、最近、神住の実家である滋賀湖西（しがこさい）市の山間部から、両親がこの家に越してきた。いきおい美子にかかる負担も大きく、四人分の食べ物を確保しようと奮闘しているのはありがたいが、申し訳ないかぎりだ。休日ぐらいは自分がかわりに出向いてやりたいが、十一月に入ってからは休日返上で働いているのでそれもできない。

この半月近く、神住がろくに家に戻らず、趣味でもない遠征を繰り返しているのにはわけがあった。

「みな知ってる通り、さきほど、北沢さんにお会いした」

復活したばかりの運動部の面々を前に、新しく部長に就任した伊藤寛が告げたのは、十一月に入ってまもないころだった。

彼の言う「北沢」とは、文部省体育局の北沢課長である。

中等学校優勝野球大会の復活に向けての最初の難関。それが、文部省だ。

昭和十六年、朝日主催の大会が中止になると、翌昭和十七年には、文部省傘下の大日本学徒体育振興会により全国体育大会のひとつとして甲子園大会が開催された。朝日は屈辱に震えながらも、大会回数の継続と、初回以来受け継がれてきた優勝旗の使用を希望する旨を申し入れた。主催が変わろうとも、生徒たちにとって憧れの甲子園であることは変わりない。ならば大会の魂である優勝旗は受け継がれるべきだろうという思いは、しかし文部省に一蹴された。

「戦時にふさわしい大会に一新する。どだい、夏と春にそれぞれ異なる新聞社が二回も全国大会を主催するのが不自然な形なのだ。我々が年一回の正しい形に戻すゆえ、大会は今夏を初回とする」

全国の生徒・学生はすべて自分たちの管理下にあると見なす文部省は、かつて同じく大きな注目を浴びる明治神宮競技大会が内務省の主催で始まったことに激しく抗議し、民間開催を執拗に訴え続けたことがある。全国中等学校優勝野球大会は最初から民間の主催だったが、ともかく自分たちの管理外で大きな大会が行われることに我慢ならなかったのだろう。

大日本学徒体育振興会はすでに解散したとはいえ、軍部の圧力をかさにきて優勝旗も否定した彼らのやりようは今でも許すことはできない。九月末には政府による新聞紙法が撤廃され、言論が厳しく取り締まられることもなくなったため、朝日はそれまでの怒りを『スポーツを民間に還せ』という社説の形でぶちまけた。とくに、甲子園大会は必ず取り戻すという意思表示だったともいえる。

しかし、振興会は解散したとはいえ、文部省も簡単に引き下がるとは思えない。学校の授業は十月から再開したものの、まともに授業を行えている学校は稀である。従来の価値観と秩序が全て否定され、生徒たちも混乱しているだろうが、文部省も嵐が吹き荒れているだろう。体面を保つためにも、野球大会をなおも利用しようと考えてもおかしくはないし、仮に朝日に返還したとしても何かと理由をつけて干渉してくるにちがいなかった。

学生体育を統括する体育局のトップを出迎えたのは、伊藤部長と戦地から戻ってきたばかりの次長・芥田（あくただ）、西野企画部長、そして佐伯という錚々（そうそう）たるメンツだった。絶対にこの機を逃すまいという気迫を感じる。神住たちは、だだっ広い編集局に復活した運動部の一画で固唾を呑んで部長たちの帰りを待っていた。

　文部省同様、朝日も激しく混乱している。現在、社内は内乱の真っ只中だ。一代目社長・村山長挙と元副社長・緒方竹虎の抗争が激化しており、おそらく社長の退陣は避けられないだろうというのが大方の見方だった。現社長の村山は、初代社長の婿養子であり、主筆として社長をしのぐ名声と権力を備えていた緒方とは、五年前から社長の椅子を巡って抗争を繰り広げていた。昨年夏に緒方が退社し、小磯（こいそ）内閣の国務大臣兼情報局総裁となったことで収束したはずが、敗戦からまたぞろ再発したという。誰もが危惧した通り、やはり新聞社の戦争責任は、避けては通れない。同じころ読売新聞のほうでも、社員が組合を結成し、正力社長以下経営陣の戦争責任を追及し、退陣を求めたが、ワンマンで知られる正力はこれを退け、こちらも闘争が激化している。

　どうでもええわ。平社員のいつわらざる本音である。まあ東京のほうがどうなろうと、大阪が無事ならそれでいい。大阪朝日を無事守り切るためにも、虎の子の大会はなんとしても単独主催に戻さねばならない。伊藤たちは最前線に赴くような気迫で会談に臨んだのだった。

「北沢課長が言うには、野球大会は戦前通り、朝日の単独主催ということで全く差し支えないいうことやった」

部長の言葉に、局内に張り詰めていた空気が一気に和らぐ。

「ほんまですか」

「文部省もそれどころやないってとこですかね」

途端に賑やかになった部員を見やり、伊藤はその細長い顔に笑みを浮かべた。北沢に会う前は突撃前の兵士のような顔をしていたが、久しぶりのやわらかい表情だった。

「ああ。ただ文部省としては、できれば競技団体をつくってもらって、実際の運営は従来通り朝日が行うにしても、表面上はその競技団体との共催という形にしてもらったほうが承認しやすい――いうことや。せやから、この機に野球連盟を結成しようということになった」

野球連盟の必要性については、以前から言われていることでもあった。

大阪はじめ、京都や兵庫といった大都市には以前より、中等学校野球を運営するための連盟がある。が、それらは全国のごく一部にすぎない上に、連携は皆無に近い。大阪における連盟もそもそもは、二十年ほど前に試合でトラブルが生じた際に仲介できる者がおらず大問題に発展したため、管轄する組織が必要であるという理由から誕生したものだった。

朝日新聞は全国大会を開催してはいるものの、地方予選については各地のやりかたに任せている。さらにかつては、朝日と毎日が開催する全国大会の他に、各自治体および企業が勝手に大会を開催し、ほとんど一年中どこかしらで何かの大会が催され、招待される強豪校の部員は全く学校に行けないということが日常化していた。そのせいで野球排斥論がはばをきかせ、統制令という形で文部省の介入を許すことになったという経緯がある。

つまり統制令に関しては、こちらにも大いに原因がある。ならば、こちらもきっちりと、全国の中等学校が所属する連盟をつくり、全国共通の規則もつくり、子どもたちにとって最善の形で大会を運営できるようにせねばならない。

全都道府県に中等学校野球連盟を結成する。これが、全国中等学校優勝野球大会復活にあたってなにより必要ではないかというのが、主催側の結論だった。よって、文部省側の提案は、願ってもないことだった。

戦時中の方法はともかく、彼らのほうも、若者を健全に導きたいという願いは同じだ。思いがけぬ好感触に喜ぶ一同に、伊藤はにこやかに言った。

「せやからさっそく君らに、連盟結成に尽力してもらうよう各地の有力者の協力をとりつけてきてほしい。最初の姿勢が肝心やからな、よろしく頼むわ」

かくして運動部員は、全国を飛び回ることとなったのだった。次長の芥田や、社員ですらない佐伯もこの過酷な列車の旅を続けているのだから文句は言えないが、遠い地方に赴くのはもっぱら神住のような若手である。若手といってもそろそろ三十路の足音が聞こえてきたので本人としては中堅と言いたいぐらいだが、下があまりいないので仕方がない。

佐伯と一度東京で顔を合わせた時は、あまりに疲れ切った顔をしていたらしく、「今度、早稲田の若いのを運動部に送る」と憐れむように言われた。ありがたいが、その早稲田の若いのも気の毒である。この働き口もない時代に朝日に入社できるのは喜ばしいかもしれないが、まちがいなく連盟の下働きとしての雇用だ。というより、運動部自体がそうなのではないかという疑いが時々頭をかすめる。運動部が復活すると聞いた時には心の底から喜んだが、おそらく今、編集局内で最も過酷な部署なのではないだろうか。

連日の遠征で、疲労はたまっていくばかりだ。だが目的地に着くまでに、車内で少しでも休んでおきたい。うとうととしては押される痛みで目が覚めて、少しでも呼吸のしやすい体勢を整えてまた寝る。それを何度も繰り返しているうちに、どうにか駅に到着した。

車輛からどっと吐き出される人の波とともにホームに降り立ち、安堵の息をつく。晩秋だというのに真夏のように茹だっていた車輛から吐き出された瞬間、ようやく人間に戻ったような気がした。

外に出てしばらくは冷たい風が心地よかったが、熱が引くと刺すような冷気に肌が粟立つ。さすがに岩手まで来ると、十一月も半ばを過ぎるとほぼ真冬だ。外套を持参しなかったことを心から悔やんだが、駅前通りを行き交う進駐軍の兵士たちは薄着である。かと思えば、異様に着ぶくれている者もいた。

駅前の三階建てのホテルが宿舎となっているようで、そのあたりはとくに米兵の数が多い。そしてやはりここにも、もうすぐ夜になるというのにちらほらと子どもの姿が見られた。日本人と米兵が入り交じる通りを抜け、地図を頼りに歩く。時刻はまだ四時を過ぎたばかりだったが、あたりはすでに暗い。視界が暗く翳る中、吐く息ばかりが白く、鬱々とした気分になる。

盛岡総局に連絡を入れ、この日の宿をとった。素泊まりの宿だったので、夕飯は店を教えてもらい、ひっつみを食べた。小麦粉をこねて薄くのばしたものをちぎり、野菜や肉とともに鍋で煮込んだもので、学生のころに盛岡を訪れて食べた時よりもずいぶん具が寂しくなっている。肉も魚も入っておらず、味が薄い。もともと濃い味が好みだし、全く腹にたまった気がしなかったので、米兵にはどうなんだろうかとどうでもいいことが気になった。

翌日、空腹を抱えて出向いた総局には、教育関係者や有識者が数名集まっていた。ひとりひとりに名刺を渡し、神住は連盟結成の意義を滔々と語った。

「この五年、中等学校から野球が消えたのはじつに悲しいことです。しかしこの空白を嘆くばかりではなく、ある意味好機と捉えることも可能ではないかと我々は考えます。学校、およびスポーツはあくまで民主的であるべきであり、政府から独立したものでなければなりません。そのためにも、各都道府県の連携を強化し、全中等学校自ら新しい野球のありかたをつくり上げていくべきではないでしょうか。そのために連盟は必要であり、みなさんにはぜひ岩手の中核となって県内の野球を牽引していただきたいのです」

この二十日ほどで何度も繰り返してきた言葉なので、じつになめらかに口が回る。これに先んじて、大阪朝日は全国の支局を通じて各学校へアンケートを実施している。現状の報告と、大会が開催された場合、参加する意思はあるかの確認だ。

返答は、ほぼ同じ。

『今はそれどころではないが、大会が復活するならばぜひとも参加したい』

予想以上の好感触だった。根底から揺れている教育の現場でも、野球の重要性は認識されているらしい。みな野球を求めている。実感できるからこそ、この全国行脚も耐えられる。

そしてこの日もやはり、神住の話を受けて「参加したいのはやまやまだが、今は部活どころではない。なのに、今から来年の大会の話となると現実味がない」と控えめな抗議が出た。この反応は、マシなほうだと思う。いきなり「無茶言うなアホが。やりたいならそっちがまずなんとかすべきだろ」と怒鳴られたこともある。

「お気持ちはわかります。ですが、従来の価値観を否定され将来を悩む生徒にとっても、大会は大きな指針となるでしょう。いつかはという漠然とした話ではなく、来年と明示する必要があると考えます。子どもの成長は早い。時間は待ってくれません。彼らの一年は、我々の十年に相当する。まさに今、彼らの心身を未来に向けねばなりません」

　ほとんど佐伯の受け売りだったが、彼らの心にはそれなりには響いたらしい。青少年の荒廃ぶりは問題になりつつある。苦労しているのだろう。

　神住としても、自分が今——あるいは戦時中に中等学校の生徒だったらと思うとぞっとする。当時は野球のことしか考えていなかったが、それを突然奪われたら。そして、昨日まで正しいと信じてきたものが全て覆されてしまったら。大人も国も何ひとつ信じられず、途方に暮れていただろう。力は有り余っていたから、衝動のまま暴れ回っていたかもしれない。

「名目は立派だが、五年の空白は長すぎる」

　一人の参加者が声をあげた。他の者たちはみなきちんと上着を着ているというのに、一人だけ黒ずんだ茶の綿入れ半纏というふざけた恰好の男だった。頭部に一本の毛髪もなく、頬がひどく痩けているために骸骨のように見える。が、顔立ちは存外若い。五十はいっていないだろう。隈が目立つが眼光は鋭く、射貫くようだ。上唇から右の頬にかけて、ひきつれたような傷がある。顔を合わせた時、ろくに挨拶もしようとしなかったが、他の者から戦前はこのあたりでは最も熱心な監督で、現役時代は選手として、そして監督になってからも甲子園に出場していると紹介された。

「今の生徒はみな野球のルールなど知らんし、指導者もいない。野球部の卒業生に声をかけることはできるだろうが、それで指導ができるというわけでもなかろう。審判だっておらん」

　酒嗄れした声は聞き取りにくい。が、怒鳴ればさぞ響くだろうと思われる。

「はい。連盟が結成された暁には、全国に指導班を派遣し、指導者と審判の講習会を行う予定です」

「そちらには教えられるだけの者が揃っているのかね？　君もやるのかね？」

「私も派遣されることになるかと思います。こちらに来るかはわかりませんが。運動部には大学まで野球をやっていた者が多いですし、入社後も大会に関わってきました。もちろん講習前に我々もルールを徹底的に洗う必要はありますが」

「しかし指導者育成ができたとしても、用具はどうする」

　男は嘲るように言った。

「我が校にはボールもバットもひとつもない。本当にないのだ。入手するあてもない。どこも似たようなものだと思うが、ボールの問題はどうするのか」

「文部省に製造の許可を申請中です。ですがそのためにも、全国大会と連盟は必要なのです」

神住は男だけではなく、集まった面々に訴えるよう見回した。

「大会という名目がなければ、文部省も貴重品の革を大量に使用する硬球の大量生産に許可を与えることは難しいと言われました。そして、我が社からの発注という形ではなく、やはり全国中等学校が所属する連盟からの依頼という形のほうが、許可を出しやすいとのことです」

教師たちは顔を見合わせた。

「ふむ、文部省のメンツか」

「そこはわかるが、全国大会開催が決まってからでは遅すぎるのではないか。いつ決まるんだ」

「それは、この連盟の成立にかかっています」

「なんだ、卵が先か鶏が先か、みたいな話になってきたな」

苦笑が広がる。尖りかけていた空気が和らいでほっとしたところで、「おい、あんた」と再び禿頭が口を開いた。

「ここに来るまでに、地元の学校のひとつでも見たか？」

「……申し訳ありません、昨夜遅くに到着したもので。この後、拝見できればと思っております」

「見ても、大会だ連盟だとほざけるのならたいしたもんだな。どう考えたって、今野球なんぞやっている場合じゃないだろう」

「もちろんそういう意見もあります。しかし現に関西では、すでに試合が行われています。今月末には大阪でも大会が開かれますし、中等学校以外でも、すでにご存じとは思いますが三日前に早慶戦が復活しました」

十一月十八日には、神宮球場でオール早慶戦が開催された。学徒出陣直前の昭和十八年秋の早慶戦から二年。現役選手が揃わず、ほとんどがOB選手とのことだったが、なにしろ二年ぶりの早慶戦である。そもそも神宮球場は五月の大空襲で炎上した上、GHQに接収されていたために、試合などできる状態ではなかったはずだ。それを、終戦からわずか三ヶ月で開催にこぎつけたのだから、早稲田と慶應関係者の行動力には目を瞠るものがある。

とはいえ、神宮球場はまだ返還されていない。松本らの嘆願によって一日だけ借りることはできたが、それだけだ。最初の感触は良かっただけに、年内には返還してもらえるだろうとふんでいた関係者たちはいたく落胆していたが、来春からは他球場を借りて春季リーグ戦を行うと張り切っている。

中等学校野球の聖地である甲子園も依然接収されたままだが、ならばよそでやるまでだ。幸い、西宮球場は一度接収されたものの返還された。あの球場ならば、規模も交通の便も、全国大会に堪えるだろう。

「大阪の学校でもボールが圧倒的に足りていませんが、OBや関係者に頼んでサインボールや記念バットを譲っていただいたりと急場をしのいでいます。我々も、あまり大きな声では言えませんが、米軍のＰＸ（売店）からボールが流れてくるという情報を得ればすぐに闇市に飛んでいき、購入しております。用具は、どうにかなるはずです。球場もあります。ですが生徒たちの心は我々にはどうにもできません。生徒たちは野球を必要としています。それは、調査の結果を見ても明らかです。だからこそ――」

「大阪と一緒にするな」

滔々と語る神住を、荒々しい声が遮った。

「あんたら関西の人間の態度は前々から腹に据えかねていた。野球王国だかなんだかしらんが、自分たちが中等学校野球の中心だと思っとる。全て自分たちの物差しで野球を見とる」

「堀田（ほった）さん、そのへんで」

隣の達磨（だるま）のような男が冷や汗を垂らしつつ窘めるも、止まらない。ますます激昂した様子で男は続けた。

「そりゃあそっちではもう健気な生徒たちが野球を始めているのかもしれんけどな。あんたたちが煽るからじゃないのか？　栄養も充分でない子どもたちに過酷な練習をさせることが本当にいいと思っているのか。それで体を壊したら、あんたらどう責任をとる」

ずいぶん痩せたのだと苦笑していた平古場の姿が脳裏をよぎった。行く先々で見た野球部員たちは、みな活力に溢れていたが、体がついていかない場面もたしかにあった。

「若者はな、無理をするもんだ。甲子園なんて言われたら、無我夢中でやる。体がぶっ壊れるのも構わずな。あんただってそれでぶっ壊れただろう、神住さんよ」

　神住は目を見開いた。

「私をご存じなんですか」

「同じ年に甲子園に行ったもんでな。あんたは覚えてないだろうが、勝っていれば次にうちと当たっていた」

「……そうでしたか」

「大会前の展望でも神住匡の名前はよく見たし、試合も見させてもらったよ。全く腕が振れてなくてひどいもんだった。肩をやったなとひと目でわかったよ。肘ならまだいいが、肩やっちまったらもう駄目だ」

　あんたはあの絶望を知っているはずだ。あの場所がどんなに残酷か。なのに、子どもたちをけしかけようというのか。堀田の暗い目はそう言っていた。

「あんたらは、文部省の連中となんにも変わりゃしねえよ。青少年の育成のためと言えば、何をしても許されると思っている。人の犠牲をあてにして当然。どうせ大会復活などと嘯いたところで、軍の狗として信用を失ったあんたたちにとっては、国民に取り入る最大の武器だからだろうが」

「堀田さん！」

隣の男が、今度は腕を引いて止めた。堀田は横目で彼を睨みつけると、すぐにその手を払い、立ち上がる。

「帰る」

短く吐き捨て、彼は用意された会議室から出て行った。引き留めるべきなのだろうが、神住は声が出なかった。まさか、こんなところに過去の自分を知っている者がいるとは思わなかった。

「申し訳ない。我々の知るかぎり、このあたりで一番の指導者といえば堀田さんなので、むりやり引きずってきたんだが……裏目に出たな」

一番年かさの男が嘆息まじりに言った。

「いえ……堀田さんのようなご意見は、今までもありましたので……」

調査を始めて二十日弱。あちこちの学校を回ったが、ここまでの拒絶を受けるのははじめてだった。無謀だと怒る者はいても、こちらが説得すれば最終的には納得した。彼らの心にも、やはり野球を復活させたいという思いがあるからだ。

だが、かつての文部省と同じと詰られるとは。衝撃が大きいのは、堀田の言葉が痛いところを衝いているからだ。少なくとも神住が大会復活を推進したきっかけは、まさに保身のためだった。

「野球を深く愛し、生徒たちにも愛情深い、まさに名監督だったのですよ。野球部のことも最後まで守ろうと奮闘されて。しかし、配属将校との相性が最悪でしてね。運も悪かった。野球をアメリカの象徴として憎悪している相手だったのです。最終的に、生徒たちの目の前で、バットやボールを焼くことになって……その時にもう、二度と野球はやらないと決めたそうです。教員もやめられました」

自らの手で、愛する宝を焼かねばならない。しかも生徒たちの目の前で。どんな思いだっただろう。

権力には逆らえない。仕方がない。誰もがそう言うだろう。彼を責める者などいない。だが、そうではないのだ。屈して自ら火を投じた時点で、彼は永遠に自分を許すことができなくなった。

ああ、そうか。得心がいった。

堀田にとって、文部省に屈して大会を明け渡した朝日は、かつての自分と同じなのだ。

説明会を終えた神住は、地図を片手に田舎道を歩いていた。道の両側は見渡すかぎり畑である。雑草が目立つ。手入れされていないのは明白だった。

やがて道が尽きる場所に、立派な門構えの校舎が現れる。ちょうど帰宅時間なのか、生徒たちが続々と校門から出てくるところだった。

賑やかだが、やはりみな痩せている。ここに来るまでいくつかの中等学校を見てきたが、どこも似たようなものだ。地方のほうが食料はあると聞いてはいたが、今年の秋はひどい不作だった。都市部よりむしろひどい状態なのかもしれない。

生徒たちの不審そうな視線にも構わず、校門の中へと足を踏み入れる。すぐ左手には、夏ならばさぞ涼やかであろう木立があり、その中央には、神社ふうの小さな建物が建っていた。どの学校にもある奉安殿だ。かつては登下校の際に必ず最敬礼せねばならないとされていたが、生徒たちはみな一瞥もせずに校門から出て行く。目を逸らすというよりも、そこにあることすら忘れているようだった。

脳裏に、一枚の写真がよぎる。九月下旬に発行された新聞に掲載されたものだ。マッカーサーと天皇の会見を伝える記事で、二人が正面を向いて並んで立っていた。この写真が掲載されたのはじつは会見の二日後で、会見翌日には記事だけが載った。さすがに不敬と判断されたためだが、マッカーサーから掲載せよと命令が下り、翌日一面にて写真を載せることとなった。あの時の国民が感じた衝撃は、いかほどのものだったろうか。天皇は正装の上に直立しているが、隣のマッカーサーはタイもせぬラフな恰好で腰に手を当てている。彼は厚木に降り立った時も同じような恰好だったが、さすがに天皇相手にまで不敬を通すとはなんたることかと、新聞社にも怒りの投書が殺到した。

しかしアメリカ人の不敬を詰りながらも、今や奉安殿にいちいち敬礼する者などいない。御真影に見向きもしなくなり、戦犯たちにはおまえらのせいでと遠慮なく罵声を浴びせ、それでも米軍に軽んじられれば我がことのように激怒する。崩壊した価値観と自尊心の欠片を必死に集めてかろうじて立っている、それが今の日本の姿だ。

薄汚れている奉安殿に軽く頭を下げ、神住は足を進めた。正面に聳える校舎を迂回し、校庭へと向かう。

校庭には人気がない。それもそうだろう、走れるような場所がほとんどない。十月から通常授業も再開されているため、校舎に近い場所は体育用に整備されているが、校庭の大半が畑である。蕎麦の赤い茎がずらりと並ぶ姿はなかなか壮観だ。大阪ではだいぶ校庭の整備も進んでいるが、地方に来るとほとんどがまだ畑のままだ。戦争が終わって食糧事情が改善されるどころか悪化しているのだから仕方がない。

痩せた、どこか生気のない生徒たち。そして夜だろうと街中をうろつく子どもたち。

大阪でも見慣れた光景だ。あまりに日常となっていて、もはや気にもとめていなかった。だがそれは異常なことなのだ。

終戦直後、平古場を見た時に、ああ彼は他の子どもたちとちがうと感じたではないか。こういう子どもをこそ増やしていかねばならないと。

前を向く子どもたちを見つめ続けるあまり、瓦礫の中の希望を見いだそうとするあまり、いつしか現状を認識できなくなっていたのではないか。

最近、新聞にある投書が載った。政治の混乱も我慢しよう。交通の苦難も耐え忍ぶ。ただ生きるのに必要な食べ物の確保だけでいい。切々と訴える投書には、こうも書かれていた。

「野球なんて復活しなくていい」

簡潔で、誰もが共感するような内容だった。そこに政治や交通とあえて並べられていた「野球」。大会復活に邁進する朝日の動きを苦々しく思っている者は少なからずいるのだ。そして、これを載せると決めた以上、朝日の中ですらそういう者は存在するはずだ。

「青少年の育成のためと言えば、何をしても許されると思っている――か」

熱意さえあれば、どうにか押し通せる。誰もが明るい未来を望んでいるにちがいない。くさい物に蓋をするようにして、ひたすら進んできた。自分たちこそは、新たな正義を実現するために奮闘する志士であるような気分になってはいなかったか。

神住はその場に立ち尽くし、収穫を終えた蕎麦畑をひとり眺め続けた。

2

薄暗い階段をのぼり切り、観客席に出る。

この瞬間が、自分は一番好きなのかもしれない。神住は球場に行く度にそう思う。狭く暗い空間から、一気に光降り注ぐ空間へ。眼下に広がる土と芝の鮮やかなコントラスト。

何度見ても、視界が一瞬にして広がる時、心躍る。今から試合を観られるという期待と、明るい世界がどこまでも続いていくような錯覚に、くらりとする。

今まで数え切れないぐらい経験してきた喜びが、この日も神住を包み込んだ。いや、襲いかかったというほうが近いかもしれない。

「……凄い」

思わず漏れた声は、唸るような歓声にかき消される。

白球が二遊間を抜け、ランナーが猛然と走る。芝に転がるボールのまぶしさに、目を細める。美しい。そう思うと同時に、羨ましく思った。真っ白い、正式な硬球。それに真新しいバット。グラブ。ここには、渇望した道具が揃っている。

スコアボードを見ると、「東軍」「西軍」の文字が見えた。試合は九回に入ったところで、六対六の同点。半月以上にわたる視察からようやく関西まで戻ってきたその足で西宮に飛んできたが、どうにか終了前に滑り込むことができてほっとする。

職業野球の組織として、中等学校より一足早く復活したばかりの日本野球連盟、その記念すべき東西対抗戦。十一月二十三日の神宮球場から始まり、桐生の新川球場での第二戦を経て、本日十二月一日と二日はここ西宮球場で第三戦と第四戦が行われることになっていた。できれば神宮球場での第一戦を見たかったが、東北行脚でそれどころではなく、どうにか第三戦には間に合った。

東軍は巨人、名古屋、そして新しく誕生したばかりのセネタース。西軍は阪神、阪急、近畿、朝日で構成されている。いずれも中等学校野球、および大学野球でならした選手ばかりで、神住の友人も多かった。

なかなかの熱気である。五千人近くは入っているのではないか。職業野球でこれならば、先月のオール早慶戦など大変なことになっていただろう。

「千葉、ぶちかませ！　得意の右にぶっとばぜ！」

「笠松、ここは死んでも抑えろ！」

怒号といっていい声援があちこちであがる。いずれも耳に馴染んだ、懐かしい名前。グラウンドを見下ろし目をこらした。

打席の東軍三番・千葉茂は東京巨人軍の選手だ。華麗な内野守備でファンを魅了し、巨人黄金時代を築いた二塁手だが、松山商業時代は「四国のビッグフォー」と称される投手だった。

一方、マウンドに立つ笠松実（みのる）は阪急軍。大阪の興國（こうこく）商業のエースだった男だ。いずれも、中等学校時代も職業野球時代もよく知っている。かつては当たり前だった光景に、鼻の奥がつんとする。

一球ごとにあがる歓声、バットが奏でる球音。誰もが、食い入るように観ていた。一瞬たりとも目を離さず、全身全霊で試合を楽しんでいる。

東西戦となったのは、ひとえに選手が足りないからだ。各球団は、ちりぢりになった選手たちを必死にかき集めてはいたが、充分な数にはほど遠い。巨人ひとつ見ても中島や川上といった有名選手は名簿に入っていなかった。須田博（すだひろし）と名を変えていたスタルヒンなどは、すでにGHQの通訳として活躍しているので、しばらくは戻ってこないだろう。その点は球団に全く同情できない。巨人は戦時中、スタルヒンをろくに守らなかったのだから。

だが、それだけではない。自分の意思で戻らない者は、それでもいい。

どうやっても、永遠に戻ってこられぬ者も大勢いた。

たとえば、昭和九年に神宮で大リーグ選抜チームを迎え撃った沢村栄治。そして、そのライバルとして名を馳せた、大阪タイガースの四番・景浦将（かげうらまさる）。彼は、神住のふたつ年上だった。松山商業から立教大に進んだ彼の、六大学リーグでの活躍も鮮明に覚えている。大学を中退し、入団した大阪タイガースでは、沢村をもってしても抑えられぬ最強打者としてチーム黄金時代を築き上げた。

二人はまさに職業野球の花形で、彼らの勝負を観に多くの客が詰めかけた。大阪タイガースの本拠地である甲子園で試合がある時は神住もよく観に行った。今ここに彼らがいれば、この熱気はもっと膨れ上がっていたかもしれない。しかし沢村も景浦も、戦死した。

同世代、そしてもっと若い者たちも次々と散っていった。

三つ年下の嶋清一は、才能は申し分なかったが繊細な性格があだとなって、大学ではぱっとしなかった。それでもいずれはと期待していたのに、学徒出陣で召集された。

彼と最後に会った時の言葉を覚えている。大阪朝日で忙しい毎日を送っていた神住に、いつもの気弱げな微笑みを浮かべながら「じつは、僕も野球選手より記者になりたいのです。帰ってきたら、ぜひいろいろと教えてください」と言った。約束を果たさぬまま、嶋は翌年、南の海で水漬く屍(かばね)となった。

ああ、佐賀商業から名古屋軍に入った石丸進一(いしまるしんいち)など、もっと若かったではないか。彼も学徒出陣で応召し、特攻で散ってしまった。

無事生き延びて、大歓声を浴びてプレーする選手たちを見て本当によかったと思うかたわらで、ここにいない者たちの在りし日の姿が胸をしめつける。

熱気に沸き立った血が、再びすうっと引いていく。震えるような寂しさが、足下から這い上がるのを感じた。足を踏みしめなければ、立っていられない。

突然、ひときわ大きな歓声があがった。

「大下(おおした)ぁ！」

「でかいの見せてくれえ！」

観客たちはみな、一人の名前を呼んでいた。ネクストバッターズサークルからのしのしと打席に向かうのは、東軍の五番。大下弘(ひろし)である。

「大下……」

戦時中はいなかった選手だ。だが聞き覚えはある。第一戦と第二戦はすでに地方におり、翌朝新聞で結果を確認しただけだが、大下の名は大きく載っていた。せっかくの記念すべき試合ではあるが、写真はいっさい掲載されていないのが残念だった。マッカーサーが撮影を禁じたためだ。それでも、大下の華々しい活躍はしっかりと文字に残っていた。

そう、たしか初戦で六打数三安打五打点をあげた殊勲選手。観客たちの熱狂度を見ても、彼の活躍は相当なものだったのだろう。観客の中には、ＮＨＫの実況で彼の痛快な活躍を知り、いざこの目で見んと駆けつけてきた者もいるにちがいなかった。

「ああ、そうだ、高雄(たかお)の」

新人とは思えぬ堂々たる風格で左打席に入る姿を見て、ようやくはっきりと思い出した。たしか台湾の高雄から明大に来た選手だ。大学では活躍する間もなくリーグが解散してしまったが、現東軍監督であり明大の卒業生でもある横沢三郎は、彼の打力に目をつけた。横沢は、戦前の人気チーム東京セネタースの監督を務め、先日には同名ながら全く別の球団であるセネタースの監督に就任したばかりだった。

さて、横沢が見込んだ男は、どれほどのものか。ざわめきの中、見定めるつもりで腕を組んだ神住は、その直後に、球場じゅうの観客ともども呆然とすることとなった。

大下の上半身が、ぐるんと回転する。

豪快なフォームや、と思った時には、白球は高く舞い上がっていた。

今日は小春日和で、風もない。青い青い空を引き裂くように、凄まじい速さで突き進むボールは、夢のように美しい。もっと長く見つめていたいほどだったのに、それはあっというまに球場を越え、右翼後方へと消えた。

一瞬の沈黙の後、地の底から沸き上がるような歓声が爆発した。今までの比ではない、球場を揺るがすような歓喜の声。

「なんだありゃあ！」

「あんな打球見たことねえぞ！」

神住は声も出なかった。

驚きが去った後、こみ上げてきたのは懐かしさ。

とんでもない飛距離の、奇跡のようなホームラン。だが昔、自分はこの人間離れした一発をたしかに見た。そう、あれは——。

「和製ベーブ・ルースだ！」

誰かが叫んだ。

途端に、賛同の声が次々あがる。

「そうだ、こりゃベーブ・ルースだ！」

「日本にもこんなホームランを打てる奴がいるたぁなあ！」

彼らは喜び叫び、次々と立ち上がる。

そして、ゆっくりとダイヤモンドを回るルーキーに、万雷の拍手が送られる。

「大下！」

「ベーブ・ルース二世！」

歓呼の声がこだまする。球場を揺るがす響きを、神住は不思議な思いで聞いていた。

ベーブ・ルースは、かつて日本でも英雄だった。しかしいざアメリカとの戦争が始まると、瞬く間に英雄は悪魔になり変わった。

アメリカの邪悪な野望の権化。日本に来たのも、洗脳とスパイ行為のためではないか。根も葉もない噂が次々と流れ、人々は彼をアメリカの象徴として憎んだ。

それなのに今、またここで、彼の名を聞くとは。今、観客たちが興奮して叫ぶその名は、邪悪な野望の権化ではなく、野球少年たちが憧れるヒーローそのものだった。

「和製ベーブ・ルース」

噛みしめるように、神住も口にした。胸が熱い。かつて、彼の一打を見た感動が鮮やかに甦る。

彼のプレーに目を輝かせた少年時代と、今というこの瞬間が、繋がった。その間の重苦しい戦争が、一瞬にして消え失せる。ただ純粋な喜びだけが、ここにある。興奮さめやらぬ観客の中、気がつけば夢中で拍手していた神住は、しみじみと思った。

ああ、たいしたもんや。

たった一球、たったひと振り。それだけで、何もかも変えてしまう。

それが野球。それがベースボールなのだ。


試合後、どうにか記者席に入り込み、横沢監督に挨拶を済ませると、大下にも声をかけた。特大ホームランを褒めちぎると、彼は照れながら応えた。

「八月の末に除隊して、これからどうしようかと思っていたら、横沢監督に声をかけていただいて……。俺、甲子園にも出てないし、大学でも試合なんてほとんど経験がないので、こんな状態でプロなんてやっていけるのか不安だったんですが、ひとまず出だしは順調でよかったです」

明大に入るなり六大学リーグ戦が禁止となってしまい、練習試合にひとつ出場しただけで、学徒出陣で駆り出されたという。当時の明大野球部の主将は嶋清一で、彼を筆頭に多くの部員が召集された世代だ。

新生セネタースに入団後は、大宮球場で細々と練習していたそうだが、大宮球場も戦後しばらくは芋畑だったはずなので、練習できたのは実質一ヶ月程度だろう。

それだけで、あれだけ飛ばすのか。スイングも見事なもので、こういう男が天才というものなのだと感嘆した。もし彼が甲子園や神宮に出場していたら、まちがいなく嶋にも劣らぬ大スターになっていたことだろう。時代に恵まれなかったのは気の毒だが、なによりも彼は生きている。怪我もなく、全き健康体。これ以上に素晴らしい幸運も才能もない。

「君がこれから、日本の野球をつくっていくんや。期待してるで」

先輩風を吹かせつつ、神住は心から激励した。

その後、知己や顔見知りに挨拶をし、久闊（きゅうかつ）を叙（じょ）し、快い疲れに身を浸しながらそろそろ引き揚げようかと通路に戻る。

西宮に来るまでは、体が鉛のように重かった。ただただ体を横たえて眠りたい一心だったが、今は一杯ぐらい引っかけたい気分だ。

軽い足取りは、しかし通路の途中で止まる。

男が一人、壁に背を預けて立っていた。大きな目を見開き、虚空を睨んだまま微動だにしない。口にくわえた煙草の先がじりじりと灼け、灰となってその場に落ちるが、まるで構う様子がなかった。尋常ではない様子に、人々はできるだけそちらを見ないようにしてみなそそくさと通り過ぎていく。

「嘉治井さん、お疲れさまです」

しばし迷った後、神住は思い切って声をかけた。

真っ黒に日焼けした男は、数秒遅れてまばたきをし、ようやくこちらを見た。

「……おお、神住くんか。すまん、寝とったわ」

思った通りだった。目こそ開いてはいたが、これは寝ているなと神住にはすぐにわかった。

嘉治井は、日本野球連盟関西支部の部員である。大阪ではよく顔を合わせていたが、西宮でこうして会うのははじめてだ。

「ずいぶん疲れてはるみたいですね」

「いやすまん、最近立ったまま寝る癖がついてしもてなあ」

燃え尽きる前の煙草を指に挟み、嘉治井は苦笑した。よく見ると、ずいぶん日に焼けていると思ったのは、疲労で顔色がどす黒くなっているだけだった。

「なんせしょっちゅう長距離列車に乗っとるもんやから。そやけど目を瞑ったら何されるかわからんやろ、今はこうしてかっ開いたまま眠れるようになったわ」

大げさに見開いた目は、充血している。職業野球復活に向けて、彼もあの地獄のような列車に乗って毎日飛び回っていたのだろう。

「わかります。俺も東北の視察から戻ってきたばかりですねん。ここのところ毎日、列車に乗ってました」

「ああ、神住くんとこも、大会の再開目指しとるんやったな。首尾はどうや」

「どの学校も熱意はあれども……いうとこですね。校庭はまだ畑のままのとこが多いですし、なにより道具が全くあらへんのです」

「せやろなあ、こっちも、西宮はまだマシやけど、神宮は大変やったわ。都内に新しいボールが全く残ってへんからな。早慶戦の時は早大が保管しとったボールを使たみたいやけど、まさか彼らに借りるわけにもいかんやろ。神宮の使用許可をなんとかGHQからもぎとっても、ボールもバットもないんやったら試合にならんやろゆうて、開催前に頓挫しかけたわ」

「ほなら、ボールはどないしたんですか」

「西宮球場から全部運んだんや。俺と、鈴木(すずき)さんの二人で」

神住は目を見開いた。

「鈴木さんゆうと、鈴木竜二(りゅうじ)理事ですか」

「そうや。止めたんやけど、危険な仕事やから理事の自分がやるべきやゆうてきかへんのや」

まさか、という思いで尋ねたが、あっさりと肯定された。戦前、大東京軍や朝日軍の球団代表および日本野球連盟理事を歴任した大物である。まぎれもなく職業野球の立役者の一人だが、もともとは国民新聞社社会部の記者で、野球には全く興味がなかったらしい。今でもしばしば、「俺は頼まれてやってるだけだからなぁ」と冗談まじりに零すこともあり、単に野球を商売道具としか思っていないと彼を嫌う者もいる。

「四ダースのボールと、八本のバット、五個のグラブ、一個のミット。これを二人で運んだんや。神戸から東京まで二十四時間乗り換えなし、参ったで」

「えっ、神戸から一本で？」

神住はますます驚いた。上京する時は、大阪からまず金沢へと向かい、それから上野へと向かう。会社が用意しているチケットもほぼこれだ。

じつは、こんな遠回りをせずとも、一本でも行き来はできる。事実、関東からは穀物、関西からは繊維や砂糖が毎日ピストン輸送されていた。しかしこの列車に日本人が乗ることはできない。今や物資の列車輸送を牛耳っているのは、朝鮮や台湾出身の者たちだった。

「あの夜行に乗ったんですか？　なんでまたそんな危険なことを」

「金沢経由で行く時間がなかったんや。そのころ西宮球場は米軍が使用しとって、申請が通るんにごっつい時間がかかったからなぁ。結局ぎりぎりやったわ。まあ、金沢を回っても試合当日には間に合うし、何も危険冒す必要はないと説得したんやけど、鈴木さんは選手たちに一刻も早う届けてやりたい、少しでも長く練習させてやりたい言わはってね。ここでしょうもない試合でもしたら、職業野球復活の芽は摘まれかねへん」

「なるほど。ご立派なお心がけやとは思いますけど、どうやって列車に乗らはったんですか」

「幸い……言うてええんかわからへんけど、鈴木さんはなんちゅうかこう、蔣介石（しょうかいせき）に似てはるやろ？」

　そう言われて、神住は頭の中で中国国民党の総裁と鈴木を並べてみた。……たしかに、似ている。くわえて肌の色が濃く、目鼻立ちのはっきりとした嘉治井も、どことなく日本人離れした風貌だ。なるほど、言葉さえ喋らなければ、二人とも非日本人で通せるかもしれない。

「ずいぶん思い切りましたね。でもたしか、あの列車には総点検があるやないですか。それやったらどのみち露見せえへんのですか」

　夜行列車は、牛耳っているやくざ者たちによる深夜の総点検が必ず行われるともっぱらの噂だった。闇市で得た砂糖などの禁制品をもっていようものなら容赦なく没収される。

　革で包まれた野球のボールは大変な貴重品だ。それを、連中が見逃すはずがない。まして二人でこの大荷物。目立つに決まっている。

「そうや、すぐバレてしもた」

嘉治井は笑って頷いた。

「俺はボールを入れた背嚢を網棚にあげて、その前にずっと立っとったんやけどな。引きずり下ろされて中身を開けられたんや。誰のものか、ゆうて怒鳴られて、どないしよかと思てたら、鈴木さんが〝俺のだ！〟と怒鳴り返しはってなぁ。いやあれは生きた心地がせえへんかった」

「……よくご無事でしたね」

「相当睨まれたで。結局そのまま何もとらんと行ってしもた。助かったわ」

「無茶なことを。そやけどなんで取り上げられへんかったんでしょうね。こっちが日本人やてわかれば、その場でたたき出されそうやのに」

「わからへん。ただとにかく、俺も鈴木さんも必死やったから。連中が鈴木さんにびびったんかもしれへんし、俺ももしボールを取り上げられたら刺し違えてでも奪い返すつもりやったからな。ま、気迫勝ちゅうとこかな」

「たいしたもんや思いますけど、それで万が一のことがあったら、元も子もないやないですか。戦争やないんですから」

「戦争や」

嘉治井は煙を吸い込むと、ゆっくりと息を吐いた。

「それが当たり前なんや。今、この国で野球を本気でやろうゆうんは、そういうことや」

頭を殴られたような衝撃だった。

何があってもボールを届ける。球場を借りるために、米軍に何度も頭を下げる。そこまでしてようやく、試合ができる。それもあくまで米軍の「お情け」で。

ここ西宮球場ではなんの問題もなく二日間の試合が開催できたものの、本来は神宮球場での東西対抗戦も十一月二十二日と二十三日の二日にわたって行われるはずだった。しかし初日はあいにくの雨。米軍が予備日など許可してくれるはずもなく、試合は一日きりとなった。

必死にやって、たった一日。だがその一日は、神宮に駆けつけた者たちにとって、どれほど幸せなものか。

今日だって五千はいた。食べるものにも事欠く中、六円という入場料は決して安くはない。それでもこれほど大勢の人間が駆けつけた。子どものように目を輝かせ、選手たちの一挙手一投足を食い入るように見つめていた。

そして最後に、あらゆる鬱屈を遠い彼方へと吹き飛ばす、大下の豪快な一打が、閃光のように輝いた。あの光を見た者たちはきっと、今日この瞬間から世界が変わっていくような予感を抱いたにちがいない。神住が、そう感じたように。

「嘉治井さん、ありがとうございます。今回のご成功、感銘を受けました」

深々と頭を下げる神住を、嘉治井はぽかんとして見やった。

「なんやねん改まって、気色悪い」

「自分が恥ずかしなったんです」

「ほう？」

「説得に赴いた先で、俺らは文部省と同じや言われたんです。気持ちはわかるんですけど、ここまで必死にやってるのになんでわからへんのやゆう思いもありました」

状況が厳しいのはどこだって同じ。道具や人が失われる悲しみは、俺だって知っている。

自分自身の鬱屈や悲憤を、ぶつけるのはやめてほしい。本当に生徒を思うなら、力を貸すべきじゃないのか。そういう思いが燻っていた。

「おそらく相手は、俺の中にある白けたもんを見抜いてたんでしょうね。俺にはどこかで、みなのためにやってやってるんやゆう思いがあった。嘉治井さんらのような覚悟なんか、ぜんぜんありませんでした」

野球に興味がないのだと嘯きながら、命懸けでボールを守り切る。奪われたら刺し違えてでも奪い返す。最前線で敵とやり合う覚悟がなければ、実現などとうてい不可能なのだ。

「いやあ、そっちは北は北海道、南は九州までカバーせなあかんやろ。そらきついわ」

嘉治井は苦笑まじりに慰めてくれた。

「せやなあ、大会復活にあたってひとつ忠告するとしたら、用具はともかく、まず会場を確実に押さえとくことやな。そいつがないとどうにもならへん」

「はい、そこは問題ない思います。もちろん理想は甲子園開催ですから交渉はしてますけど、まあ正直言うて来年は無理でしょう。そやから、西宮を想定してます。ここやったらまず問題ありません」

「いやあ、今手つかずやゆうて、今後もそうとはかぎらへんで。実際、今、後楽園があかんねん」

「あかん？　後楽園は巨人が使うゆうことで許可が下りたゆうて聞きましたけど」

関東を支配するアメリカ第八軍は、神宮球場に続いて後楽園も接収しようと動いていたという。そこに待ったをかけたのが、日本野球連盟幹部の鈴木惣太郎である。貿易会社の社員としてアメリカで長く生活していた鈴木は英語に堪能であり、第八軍スペシャルサービス（将兵の娯楽を担当する部署）の責任者ウィルソン大佐に直談判をした。

彼らはジープで後楽園に出向き、例に漏れず一面芋と大根が植わっているグラウンドを見た。その周囲には、鉄くずと化した機関銃や高射砲などが放置されたままになっていたという。鈴木は近くの石ころを手にし、大佐を説得した。

「自分たちには食べるものもないけれど、日本人が復活するには、なんとしても娯楽としての野球が必要だ。それはあなたがたの目的にも沿うものだろう。とにかく自分たちの手で石を拾い、草を抜き、野球場として整備してみせるから、プロ野球をやらせてほしい」

ウィルソン大佐は納得し、後楽園は接収しないということになったという。そこで懸命に整備をして、どうにか来月からは使えそうだということになった矢先、やはり接収するという知らせが来たらしい。

「整備させてからですか？　ひどい話や。なんでまた」

「それがなぁ、整備を手伝ってくれたんは第一騎兵師団ちゅうとこなんやけど、その時に後楽園を気に入ってしもうたらしくてな。突然、接収する言うてきたんやて」

「アホな！　そんな道理が通りますかいな！」

あまりのことに、ついつい神住は声を荒らげた。一方の嘉治井は、「通らんわなぁ」と静かに苦笑する。

「……通らんかったんですよね？」

「まあ、そこはどうにか退けたらしいんやけど、他にも歩兵部隊だの砲兵部隊だの、お次は航空部隊と、まあどんどん乗り込んできたらしくてなぁ。連中、スペシャルサービスを通したら接収は無理やてわかっとったんやろな、使用希望を終戦連絡事務局や東京都に直接つっこんできたんや。後楽園側に何度も泣きつかれて、鈴木さんも死にそうになってはったわ」

「なんちゅうことや……」

呆れて声も出ない。どうやら米軍は、同じ第八軍内でも横の連係がまるでとれていないらしい。

「そういうのは全部、スペシャルサービスが担当するんですよね？」

「せやで。鈴木さんが今、連絡を徹底させるよう抗議しとるところや。せっかく来年のリーグ戦の日程組んどるのに、後楽園があかんようになったら水の泡やからな」

とうとう燃え尽きた煙草を床に落とし、嘉治井はやたらと念入りに靴で踏み潰した。

「恐ろしい話ですね。神宮も松本さんが必死に交渉してはるみたいなんですけど、こちらはどうにもならへんみたいで……」

「六大学は気の毒やな。後楽園のほうは、とりあえず一度は巨人に〝返された〟けど、神宮は問答無用で奪われてもうて、その後もとりつくしまもあらへん。連中、学生野球が日本においてどれだけ重要かを全く理解してへんからな。プロがあれば充分やろと思てるふしがある」

その言葉に、血の気が引いた。

「ほなら……中等学校野球も危ないゆうことですか」

「西宮球場を連中が接収するつもりやったら、配慮はせえへんやろ。進駐軍の反応はどうなんや？」

「……正直なとこ、あまりよくはないです」

佐伯たちがＧＨＱに打診してはいるものの、反応は芳しくない。まずは教育体制の立て直しが先決で、学校のクラブ活動にすぎぬ野球の大会などは環境が整ってから考えるべきではないのか。ごもっともな返答だった。

だからまずは、多くの学校が参加を熱望し、現実に可能であるという実績をつくらねばならない。そう思ってここまでやってきたが、にわかに不安になってきた。

「そうですね。あちらに戻ったら早急に球場の件は確認しておきます」

神住は硬い声音で言った。文部省、各都道府県。国内にばかり目を向けていたが、相手どらねばならないのは彼らだけではない。むしろ、最大の敵が残っているのだ。ＧＨＱ。もし彼らが潰しにきたら、全ての努力は無駄になる。そして今までの経緯から、そうなる可能性は充分にあるのだ。

3

「ステートサイドパーク」は明るい声に満ちている。

クリストファー・エヴァンス中佐がはじめてこの球場を訪れた感想としては、「狭いものの、予想よりは悪くない」程度だ。そのころは夏の名残りがそこここに漂う九月も半ばで、快適だった。船での長旅に縮こまっていた体を試合で解放するのはそれなりに気分が良かった。

しかし、それから二ヶ月以上経っている。寒い。猛烈に寒い。試合に夢中の兵士たちは楽しそうだが、普通十二月に試合はやらない。

エヴァンスは鳥肌をたてている腕を擦り、くしゃみをした。明らかにサイズの合っていないユニフォームの下には、長袖のTシャツ一枚きり。守備位置についていると、風が吹くたび震え上がる。

畜生、と舌打ちするが、風ふきすさぶライトの位置では、声が拾われることもないだろう。とにかく寒い。早く暖かいところに戻りたい。寒かろうがウィンタースポーツでもできれば大歓迎だが、スキーにはまだ早いし、他に娯楽もない。こんな日は帰って昼寝をするに限る。

この国は本当につまらない。その上、おそろしく汚かった。

砂漠。はじめて「日本」を見た時、頭に浮かんだ言葉がそれだ。

四方を海に囲まれ、はっきりとした四季があり、山と川が多い国。雨もよく降る、水の国。そう聞いていたが、目に映ったのは、無残な砂漠だった。見渡すかぎり、何もない。瓦礫はある。だがそれだけだ。価値あるものなど何ひとつない、不毛の大地が延々と広がっている。歩く人々はみなひどく汚れ、ボロきれを纏いつかせ、ふらふらと歩いている。みなとても姿勢が悪かった。

国民の性根をそのままあらわしたような光景だ、と思った。早くアメリカに帰りたい。こんなところで過ごすぐらいなら、戦場にいたほうがはるかにマシだ。渇きと寒さと退屈で死ぬよりは、前線で果てたほうがよほどいい。

「いったぞエヴァンス！」

寒さのあまり遠くなっていた意識が、鞭のような声に一気に引き戻される。が、声をかけられてから動くのでは遅すぎる。気がついた時には、ボールは左前方で大きくバウンドして後ろへと抜けて行った。

軋む足を叱咤して慌てて追う。ようやく捕球して振り向いた時にはもう、走者は二塁へと到達していた。返球する時、腰から肩にかけて引き攣れるように痛んだ。情けない。本来ならばなんということのないシングルヒットだ。

セカンドで悠々と笑っているのは、エヴァンスよりはるかに年上の男だった。背丈はエヴァンスよりいくらか低いが、体つきはがっしりとしている。口の上に髭をたくわえ、厳格さと愛嬌を共存させたよく焼けた顔が、肩で息をするエヴァンスを見て、明るく笑う。

「おいおい、若者が情けないじゃないか！」

ウィリアム・フレデリック・マーカット少将。GHQの諮問（しもん）機関である連合国対日理事会のアメリカ代表を務める彼は、「バターン・ボーイズ」の一人でもある。ボーイズとはいうものの年齢は五十一。一九四二年、迫り来る日本軍と戦うことなく逃亡したマッカーサーとともに、バターン半島南のコレヒドール島からオーストラリアへ脱出した側近グループで、マッカーサーが最も信頼する側近たちをそう呼ぶ。

将官の肩書きに似合わず立ち回りが軽快で口が立つのは、もとは新聞記者という経歴も影響しているのだろう。だがなによりの特徴は、熱狂的な野球好きという点だった。

東京方面の占領を担当する第八軍司令官アイケルバーガー中将もかなりの野球好きとして知られているが、マーカットは度を越している。今日の試合も、新人歓迎というより彼の熱望で開かれたのではないかとエヴァンスは疑っていた。

「近々、ＥＳＳ（経済科学局）局長に就任するそうだ。自分のチームをつくるとはりきっているらしいぞ。ここで活躍したら、ＥＳＳに引き抜かれるかもな」

試合前の練習の際、監督を務める先任将校がご丁寧に教えてくれた。エヴァンスたちが所属しているのは、ＰＨＷ（公衆衛生福祉局）である。占領直後、ＧＨＱ内では日本の行政組織に対応し、民政を担当する専門局として九局の幕僚部が置かれたが、その中で真っ先に動き出し、多忙の日々を送っているのは、日本の公衆衛生および福祉に関する政策を担当するＰＨＷだろう。なにしろこの国の不健康と不潔さは、目を覆うばかりだ。

エヴァンスは衛生関係には士官学校で学んだ程度の知識しかないが、ともかく猫の手も借りたい忙しい部署ゆえ、上陸するなりこちらに回された。もともと武闘派でデスクワークは非常に苦手なので、憂鬱な日々だ。どちらもそつなくこなす、同期のスミスとは違うのだ。交渉ごとも苦手だし、日本赤十字社の面々に、薬が足りない食糧が足りない国民を殺す気かとせっつかれると胃が痛かった。気晴らしは野球をはじめスポーツだが、さすがに冬に野球を好んでするほど酔狂ではない。

が、マーカットはその酔狂を極めているようだった。ESSに配属になったら、雪の中でも野球をすることになりかねない。できるだけ目立ちたくはなかったが、エヴァンスは守備はともかく、打つのがとにかく好きだった。バッターボックスに入ると、一瞬にして意識が切り替わってしまう。

この日も、第二打席に入った時に、これはいけるなと直感した。三球目、内角に来るなと思った球が、そのとおり内に落ちてきた。

ボールがバットに触れた瞬間、総毛立った。覚えのある心地よい痺れが、手から骨を伝って脳みそまで駆け上がる。一・二塁間を抜け、外野を駆け抜けるボールを追うように、地面を蹴る。

血が沸き立つ。さきほどまでのだるさは、どこかに飛んだ。一歩ごとに体は生気を取り戻し、一塁に到達した時には、昔クリーンナップを打っていたころの肉体を取り戻しているような気すらした。

「あの内角を打つとはなあ。ジョンソン得意のコースなんだぜ」

一塁手が笑って、マウンド上の投手を顎で示した。

「あいつ、よく投げてるのか？」

「こういう試合ではたいてい。少将お気に入りのエース殿だ。３Ａの投手だってよ」

「なるほど、どうりで」

二十代半ばとおぼしきジョンソン投手は、球速はそこそこだがコントロールは良かった。変化球のキレもよい。ただ、内角に切り込んでくる速球は不運なことにこちらの大好物だったというだけだ。

――いや、そういえば昔は苦手だった。だが、同じコースに投げ込んでくる投手の球がどうしても打てなくて猛練習をしたおかげで、気がつけば逆に得意になっていた。

自分の両手をじっと見下ろす。快い痺れがまだ残っていた。珍しく心が浮き立っている。思えば、まともに野球をしたのはずいぶん久しぶりだ。キャッチボールや少人数でのゲームならば経験はあるが、こんな立派な球場で野球をやるなどそれこそ十年ぶりである。

調子に乗ったエヴァンスは、次の守備ではフェンス際の難しい球をジャンプで捕り、喝采を浴びた。さらに、三打席目に入る時などは、ベンチから歩く時にすでに予感めいたものがあった。

じつに気分がいい。体と心が完全に繋がっていると感じる。このコンディションで打席に入って、何も起こらぬはずがない。

果たして、エヴァンスはホームランを打った。

フルカウントまで追い込まれ、直球を待っていたところ、前打席と全く同じところに食い込んできた。予想はしていた。この試合の中で見るかぎり、ジョンソン投手は同じところで勝負をしかけてくるタイプだと。

　どんぴしゃだったので、遠慮なく打たせてもらった。打った瞬間、いったとわかった。ジョンソンもわかったのだろう。顔をしかめ、天を仰いでいた。

　ボールはライトの頭上を越え、松林に飛び込んだ。思わず、高々と右手をあげる。こんなシチュエーション、現役のころだってそうそうない。こんなに歓声を浴びたことも、こんなに体が軽いこともなかった。


　エヴァンス自身は夢のような絶好調だったが、試合は結局八対七の惜敗だった。自分でも意外なことに、悔しかった。どうやら仲間たちも同じようで、「次はマーカット軍に必ずや雪辱を果たす」と暑苦しく誓い合う。

　当のマーカットはといえばご満悦そのもので、自軍の選手たちをひとしきりねぎらうと、整備中のエヴァンスのもとに軽快な足取りでやって来た。

「やあ、さっきの打球は凄かったな！　ああ、敬礼はいらん。フィールドでは肩書きなど無用だ」

　慌てて敬礼しかけたところを制止され、エヴァンスはまっすぐ伸ばしかけた背中からわずかに力を抜いた。

「光栄です、閣下」

「ジョンソンをああも見事に打つとはおそれいったよ。知っとるかね、ジョンソンは3Aでプレーしていたんだが、メジャー昇格を目前に徴兵された。運がないものだ。君も、あの様子では入隊前までやっていたのかね」

「士官学校に入るまでですが」

「ほう、どうせならプロを目指せばよかったのに。あの打撃は天性のものだろうに、もったいない」

本当にもったいなさそうに少将は言った。

「今日は、我ながらできすぎでした。二回とも、好きなコースに来たので」

「ああ、やはりあそこは君の好きな場所なんだな。彼もむきになって勝負にいったからねえ。私はどうにも内角は苦手でな。みな知っているはずだが、どういうわけか私には投げてこんのだよ」

声をあげてマーカットは笑う。こういう時、どういう反応をするのが正解なのだろうか。

「はは……もともとは一番苦手でした」

「ほう。どうやって克服したのかね」

「どうやってといいますか、ただ……」

ふいに、脳裏に鮮明な映像が浮かんだ。

黄みの強い肌と炯々と光る黒い目。全身がばねのような、思い切りの良いフォーム。唸りをあげて迫る、白い閃光のごときストレート。そして同じ軌道を描きながら、突然視界から消える、雷のごときドロップ。

「どうした？」

突然黙りこんだエヴァンスを、マーカットは怪訝そうに見やった。

「……失礼しました。いや、高校時代、必ずあそこに投げ込んでくる投手がおりまして、どうしても打ちたくて猛練習したのです。ただ、がむしゃらでした。それが今活きるとは」

「そいつはいい話だ。そんなに良い投手なら、プロに進んだのかい？」

「いいえ。志望していたかもしれませんが、日系人でしたので」

「ははあ、なるほど。高校あたりだと、日系の選手はなまじなアメリカ人よりレベルが高かったりするからねえ。〝キベイ〟かね？」

「はい。彼が在籍していた高校は日系人が多かったですね」

一瞬濁りかけた空気を変えるように、マーカットは笑顔で訊いた。

「出身はどこかね」

「アーヴァインです。私はウッドブリッジ、相手はユニヴァーシティ高校でした」

たしかマーカットはセントルイスの出身だし、カリフォルニアのオレンジ郡などわからんだろうと思っていたが、相手は「名門だな」と頷いた。

「まあ、その世代の日系人はほとんどが志願しているから、どこかの部隊にはいるだろう。むしろ、同じ日本にいる可能性が高いぞ」

「はい。語学兵として赴任していそうですね。ここは良い球場ですし、対戦できたら嬉しいですが」

「そういえばここは、日本の学生野球の聖地だったそうだ。キベイなら、また感慨深いものがあるかもしれんな」

「聖地ですか。〝コウシエン〟ですか？」

するりと口から出た言葉に、エヴァンスは驚いた。コウシエン。なぜ自分はそんな言葉を知っているのだろう。

「ほう、よく知っているな。だが残念ながら、甲子園は西。第六軍の管轄だ。中等学校野球の聖地だな。ここは〝神宮球場〟といって、大学野球の聖地だそうだ」

「大学のほうですか。日本はずいぶん学生野球が盛んなんですね」

「そう、我が国とはちがう。日本にもプロ野球はあるが、地位は学生野球に比べるとはるかに低いそうだ。先月、ここでもプロの試合があったが……まあそれなりの客入りだったがね、熱狂度でいえば、その前の大学野球のほうが凄まじかったな」

マーカットは見てきたように語る。いや実際に見てきたのだろう。激務のはずだが何をやっているんだ、と呆れたが、もちろん口には出さなかった。

「ここをスペシャルサービスが接収してからも、大学野球のために開放してくれとやかましくてなあ。日本の復興のためにも野球は必要だというのは理解できるが、学生野球とプロ野球が球場を取り合うというのがよくわからん。そこはまず、プロだろう。大学にはおのおの球場があるのだから、そこでやれば済む話ではないか」

アメリカの大学リーグはそうしているし、大リーグの国である彼らの感覚としては、プロの興行こそ優先するのが当たり前だった。そもそも高校における部活動はシーズン制だから、エヴァンスも野球をやるのは春だけで、後はバスケットボールやフットボールをしていた。それとは別に、地元の強豪チームで野球を長年続けてはいたものの、ユニヴァーシティの日系人たちとはじめて対戦した時は驚いた。強かった上に、やたらとストイックなのだ。聖職者相手に野球をしているような気分だった。

「日本野球の特異性については、私も違和感を覚えたことはあります。その点は、ベーブ・ルースたちも語っていましたが」

日米関係が著しく悪化した一九三四年、日本側の尽力によって綺羅星のごときメジャーリーガーの面々がはるばる日本へと遠征した。そして帰ってきた時には、行く前は全く気乗りしない様子だったベーブ・ルースはじめ、ほとんどの選手が日本贔屓になっていた。日本各地で熱狂的に歓待された彼らは、日本人の礼儀正しさや真面目な態度を賞賛し、「政治的な問題はあれども、大半の日本人は思慮深く、真心をもった人々だ。双方の悲しい誤解によって友情が失われることはあってはならない」と熱弁を振るいすらした。

同時に、日本の野球のことも評価していた。まだまだ実力差は大きいものの、予想以上にきっちりとベースボールをやっている。日本では野球は本当に人気があり、学生たちが熱心に打ち込んでいることも喜んでいたはずだった。

それが、日米開戦で評価が一変した。美質と捉えられていた点は全て、日本人特有の陰湿さや残酷性のあらわれと言い換えられた。熱狂する観客はみな異常、攻撃的で恐ろしく、大リーグの選手たちは不安に苛まれながらプレーしたと語った。賞賛していた学生野球についても、周囲の大人たちが興行に学生たちを使い、健全な精神を奪って軍国主義を助長していると批判した。

ひと言で言えば、「日本の野球は断じてベースボールなどではない」。日本で奇怪な変貌を遂げた醜悪なモンスターであると。

「まあ彼らも帰国した当初は、日本野球を激賞していたのだからあまり信用はできないが、一理あるな」

マーカットは顎を撫で、渋い顔で続けた。

「学生たちは純粋に野球が好きなのだろうが、そこに教育機関以外が介入して興行にするというのは納得がいかんね。大学野球はまだいいが、中等学校大会なんざ新聞社が開催しているというんだよ」

「新聞社ですか？　国ではなく？」

「そう、新聞社だ。理解しかねる。しかも彼らも、すぐにでも大会を再開したいと矢の催促だ。正気の沙汰とは思えん。まずは教育をどうにかするのが先決だろう。学校のクラブ活動はあくまでその一環にすぎん。興行としてのベースボール大会は、あくまでプロがやるべきだ。ブン屋が自分の都合でしゃしゃり出てくるとは恥知らずもいいところではないか」

　自分もそのブン屋だったはずが、マーカットは憤然と言った。

「この数ヶ月日本人を見てきたが、あれは幼い子どもだ。良く言えば素直で純粋だが、揃いも揃って自立心がない。上がこうと言えば、疑問もなく従う。彼らに圧倒的に足りないのは、思考力だな。思考できぬ者に民主主義など理解できん。野球は本来、高度に戦術的で、民主主義的なスポーツなのだ。我々が今こそ、本物のベースボールを教え、学生野球の歪みを正す必要があるとは思わんか」

　マーカットは自分の言葉に刺激を受けたのか、その口調は次第に熱を帯びていく。

「ごもっともです。日本の子どもたちのためにも早急な矯正が必要でしょう」

　エヴァンスは眉根を寄せ、もっともらしく同意してみせたが、内心じつにどうでもよかった。

　負けた連中の再教育など知ったことではない。そもそもこんな島国の、西欧とはあまりに異なる歴史と文化をもつ国を矯正するなど不可能だろうという思いがある。マーカットの言うように思考力のない子どもの群れなら、洗脳はたやすいのかもしれないが。

——ただ、ユニヴァーシティの彼らは、たしかに強かった。

そうだ、自分が必死に練習をする程度には凄かった。日本との長くおぞましい戦争の間にすっかり忘れていたが、感銘を受けた瞬間はたしかにあったのだ。

ベーブ・ルースらが言うように、あれがベースボールではなく、日本で変化を遂げた醜悪なモンスターだと言うのなら、寂しいことだ。勝負に熱くなった自分が道化にしかならない。

あの白い雷光のようなドロップを投げていた投手は、あの後どうしたのだろう。化け物に成り果てたか、そもそも生きているのか。

気にはなったが、それだけだった。この場を離れた途端に、彼のことは忘れるだろうことをエヴァンスは知っていた。青春時代の記憶というものはやたらと鮮やかで、思い出した瞬間こそ盛り上がるが長続きはしない。そういうものだ。

日本人は負けた。かつて不敗を誇ったあの投手にも、等しく敗北は訪れた。生きていればの話だが。

アメリカが勝った。そして日本は矯正されねばならない。

今大事なことは、それだけだ。

第五章　懸河のごとき

1

懸河のごときドロップ。最初にそう称されたのは、誰だったのだろうか。

中等学校時代、どうにかドロップを投げたくて奮闘していたころ、ふと疑問に思った。素晴らしいドロップを表現するのによく使う言葉だが、懸河のごときを最初に思いついた者はなかなかの詩人だし、そう言わしめた投球はさぞ美しかったことだろう。神住の疑問に答えたのは、当時バッテリーを組んでいた捕手だった。

「小野三千麿（おのみちまろ）やないか？」

大正十一年に来日した大リーグ選抜チームと対戦し、その剛球と凄まじい落差を誇るドロップで日本初の勝利をあげた大投手だ。現在は大阪毎日の新聞記者として活躍しているので、神住にとっては今も偉大な大先輩である。しかし残念ながら、現役時代の投球は見たことがない。

神住が「懸河のごときドロップ」と聞いて思い浮かべるのは、やはり沢村栄治だった。左脚を大きくあげ、体全体を使って投げる直球の重さ、そしてドロップの鋭い落ち。その力感溢れるフォームも、球の軌跡も、いくら見ても見飽きなかった。憧れるあまり、タイプがちがうと捕手に言われていたにもかかわらず、あのようなドロップを投げたいと練習を続けて肩を壊すほどに。

ドロップを決め球とする投手は少なくない。だがやはり懸河のごときドロップといえば、神住にとっては沢村なのだ。あれが一番素晴らしいと信じていたから、記者となって野球の試合に赴いても、意地でもこの表現は使わなかった。おきまりの枕言葉のようなものとわかっていても、これだけは譲れなかった。

しかし、あれから十年経った今、神住はつぶやいていた。

「懸河のごときドロップ」

目の前で見事な投球を披露しているのは、浪商の平古場だ。

彼は左投げだし、フォームも沢村とは全くちがう。沢村はしなるような上手投げだったが、平古場は横手投げに近い。

が、この雪崩れ落ちるようなドロップの軌跡は同じだ。ホームベース上でぐんと伸び上がるような直球と組み合わされれば無敵だろう。名門・市岡中の打者もみな面白いぐらい空振りしている。

これを打てる中学生がいるだろうか。いや六大学だってそうそういまい。市岡中のスタメンには、卒業生もまじっている。今はどの学生大会でも現役選手が足りないので、ＯＢとの混成チームが普通だ。

しかしその中にあって浪商だけは唯一、現役生徒だけで揃えている。そして平古場は、大人相手にも五分以上にわたり合っていた。

全身の血が沸き立つような興奮が神住を襲う。球場につめかけた観衆も同様のようで、さきほどから「平古場！」と叫ぶ声があちこちから聞こえる。

年末から年明けにかけて、ここ西宮球場で開かれた大阪野球大会には、府内十一の中等学校が参加した。決勝は浪商と市岡中。いずれも終戦直後から瓦礫の中で練習を再開した強豪同士だが、平古場の好投の前に市岡はなすすべもなく、一方で浪商打線は相手をよく打ち崩し、七対〇で浪商の優勝となった。

「まだ三ヶ月やぞ」

信じられない思いで、神住は心から拍手を送った。平古場の本気の投球を見たのは、じつに四年ぶりだ。あの時も素晴らしい一年生が現れたと思ったものだが、ここまでとは。もし戦争がなければ、甲子園でいったいどれほど伝説をつくったことだろう。同じ左腕として、あるいは海草中の嶋を超えたかもしれない。

いや、マウンドから陽炎のように立ち上るこの凄まじい気迫は、おそらく長い空白があってこそ生み出されたのだろう。四年ぶんの無念が、一気にここで爆発しているのだ。

たとえグラウンドが瓦礫に埋もれようが、道具がなかろうが、近年まれにみる大凶作だろうが、やる者はやる。

若者は凄い。天才とは、凄い。

なるほど、これでは堀田が、大阪と一緒にするなと怒るのも無理はないかもしれない。平古場の、そして浪商や市岡の復活ぶりは予想をはるかに上回る。

まちがいない。今年は、平古場の年となる。きっと誰もが、彼の投球に熱中する。夏には、今日の何倍もの歓声がマウンド上の少年に降り注ぐことだろう。

「必ず甲子園で優勝します。神住さん、甲子園、大丈夫ですよね？」

優勝後にインタビューに訪れると、平古場に逆に訊かれた。

「甲子園は厳しいな。けど、ここで夏の大会は必ずやるで」

「ほんまですね」

平古場は爛々と輝く目で念を押した。

「まだ正式な告知出てへんから、みんな心配しとるんですわ。はよ安心させてください」

「おう、今月中には出すから安心せい」

胸をたたいて請け合ったが、内心冷や汗である。

朝日側としても、一刻も早く告知を出したい。全国支局を通しての問い合わせも増えてきている。秋から年末にかけて神住らが走り回ったおかげで連盟の設立も実現のめどがついた。

　が、いよいよという時になって——あるいはその時を待って、文部省から爆弾が落とされた。

「はぁ？　連盟会長に文部省の元体育局長を据えろ？」

　年明け早々の横槍に、運動部の面々は激怒した。報告をもたらした佐伯も、苦い顔をしている。

「連盟会長となるとそれなりの地位が必要やから、とりあえず小笠原さんはどうかゆうて推薦してきたんですわ」

　小笠原の名に、一同はますます激昂した。

　小笠原道夫といえば、文部省体育局の初代局長であり、戦時中の全国中等学校優勝野球大会を中止に追いやった張本人である。和歌山中から東京帝大という経歴の間ともかくずっと野球をやっていたという人物で、野球に懸ける情熱は誰にも負けないことは事実だが、朝日側から見れば、その過度の愛情と権力が結びつくと最悪なものになるという証明のような存在だ。それを会長に据えろとは、ふざけている。

「まあ北沢さんが言うには、もちろんこれは名目上だけで、副会長には君がついて好きに運営したらええゆうことなんですけど……正直、全く信用できんのですわ」

　嘆息まじりの佐伯の言葉に、伊藤部長も同じように息をついた。

「全くです。なんで、文部省から切り離すためにつくった連盟に、文部省のお役人つけなあかんねん」

「しかも小笠原て。介入する気まんまんやないか！」

「去年の会談の時は、あちらもえらい殊勝な態度やったし、おかしい思たんですわ。お役所も反省したんやな思たんがアホやった」

　四年越しの怨嗟が噴き出し、会議室はシベリアのように冷え込んだ。

　文部省もやはり必死である。アメリカは、民主主義の普及を阻害する日本の官僚統制主義をとりわけ嫌っている。スポーツ方面も例外ではなく、どの種目も徐々に体育局の管轄から外れようと動き出しており、中でも最も顕著で注目も高い学生野球はなんとしても引き留めておきたいのだろう。紳士的な態度を崩さず、あくまでこちらを立てる形で刺客を送り込んでこようとする北沢課長は、高圧的だった小笠原より油断ならぬ相手だった。

「小笠原さんをお断りできるような人物を、早急に会長に据えなあきません。となると、私には一人しか思い浮かばへんのですが」

　佐伯の言葉に、一同は頷いた。おそらく、全員の頭に同じ人物があった。

「ほなら、会長は上野社長にお願いしましょ」

「異議なし」

　善は急げとばかりに、佐伯たちはさっそく直談判に向かった。が、当の社長は、いきなり連盟会長をお願いしたいと懇願されて、目を白黒させたという。

「いや俺はあかんやろ。大会は、朝日と連盟の共催ちゅう形なんやろ？　朝日の社長が連盟会長はおかしい」

「主催はあくまで朝日さんです。朝日さんが育てた大会なんですから、何もおかしいことはありません」

「そうゆうてもな……東京もあんなやし、社長っちゅうか、新聞社が表に出るのもどうか思うんやけど」

東京の村山社長と経営陣は、十一月に戦争の責任をとるという形で退陣している。読売の正力社長は、社員たちからの突き上げも無視していたが、結局は年末にA級戦犯に指定され、現在は巣鴨（すがも）拘置所に勾留されている。

大阪朝日本社は無事ではあるが、世間の目は厳しい。野球の記事が増えだした新聞への抗議をしたためた投書は、日に日に増えている。

「いや、今やからこそです」

煮え切らぬ社長に、佐伯は毅然と言った。

「全国中等学校優勝野球大会をここまで育ててきたんは、朝日のみなさんやないですか。それこそ社員にかぎらず守衛や給仕に至るまで会社の人間全員が一丸となり、我が社の大会と信じての協力があったからこそ、大正四年の創設以来成長を続け、全国の球児が憧れ、国民が熱中する大会になったんでしょう。この努力が失われることがあってはあきません。あなたがたは誇りをもって、そして責任をもってこれからも主催であってほしい」

我が社の大会。

その言葉は、社長の胸にも、そして伝え聞いた神住の胸にも深く沁みた。

全国中等学校優勝野球大会は、大正の時代、野球害毒論が世を席巻していたころに、真っ向から刃向かうように大阪朝日が開催した大会だった。野球害毒論を大々的に展開していたのは東京朝日だったので、当時は東京と大阪の間で戦争でも起こりかねない勢いだったという話も聞いている。

青少年の教育を妨げている。仮にも新聞社が若者を食い物にして恥ずかしくないのか。さんざん批判もされた。だからこそ、当時は全社をあげて団結した。存続に力を尽くした。軍部が力をつけ、非国民的だと圧力をかけられても、ぎりぎりまで抵抗し続けた。

それはある意味、満洲事変以降、軍部への批判をいっさい控える方針をとらざるをえなかった社員たちの、最後の抵抗と言えたかもしれない。ここだけは何を言われても変えてはならないと、必死に守り続けた。

「わかった。引き受けましょ」

しばらく熟考していた上野社長は、まっすぐ佐伯を見据えて頷いたという。

かくして一月二十一日、朝日新聞紙面に「全国中等学校優勝野球大会　今夏から復活開催　社会情勢の許す限り」という見出しの社告が掲載された。

〈朝日新聞社主催全国中等学校優勝野球大会は、昭和十七年、第二十七回大会予選半ばで中止されたまま今日に至りましたが、終戦以来すでに五ヶ月、スポーツ復興への逞しき気運とともに本社では全国各地から寄せられる同大会復活への力強き要望にこたえて社会情勢の許すかぎり今夏を期し「全国中等学校優勝野球大会」を復活開催することに決定いたしました。

衣、食、住、社会生活全般にわたる窮乏、殊に食糧事情の極端なる窮迫に加えてスポーツ用具ならびに各種資材の甚だしき欠乏など悪条件の数々は大会再開上多大の困難を伴うものでもありますし、数年にわたって〝スポーツ〟から隔離されていた青少年学徒の技倆が甚だしき低下を来していることも申すまでもありません。しかし〝新しきもの〟〝はつらつたる前進〟への出発は消極的であってはなりませんし、明朗健全たる国家の建設はスポーツによって培われるフェアプレーの精神即ちスポーツマンシップにその基礎を置かねばならぬことはここに申すまでもないのであります。

本社が以上の悪条件を押して大会再開を期する所以のものは惨烈なる今次戦争によってゆがめられた若き心をスポーツによってその本然の姿に立ち返らせるとともに野球を通じて民主主義精神の育成を助長し、あわせて明朗闊達なる気風を醸成せしめ、将来新生日本の各分野に活躍する清新はつらつたる青少年の輩出を期するにあります。

炎天酷暑のもと純真はつらつたる青少年学徒が伝統の誇りにかけて若さと意気をフェアプレーの一球一打に傾注するところ、スポーツ日本の復活ひいては民主主義日本の再建に資するところ少なからざるを信じて疑わぬからであります。

大会関係者各位を始め各方面におかれても本社の微意をくまれ倍旧のご後援を賜らんことを〉

「〝民主主義〟と〝新生日本〟、〝はつらつ〟がぎょうさん出てくる記事やねえ」

新聞を読んだ美子は、ひいふう、と言葉を数えて笑った。全く同じことを思っていた神住も、煙草の煙を吐き出し笑った。

「文部省とGHQをぐうの音もでえへんようにする名文中の名文や」

「胸焼けしそうやわ。熱いアッピールが届くとええねえ」

美子は新聞記事に目を戻し、愛しむように指で文字を撫でた。

「うん、やっぱりこういう記事はええねえ」

「そう思うか」

以前の投書が脳裏をよぎる。野球なんて復活しなくていい。あれを書いた者は、この記事をどう読むだろうか。

「あたりまえやんか。ずっと、暗い記事ばっかりやったし。誰それが殺されたとか、自殺したとか。そんなんばっかり。なんや久しぶりに、人が死なん、明るい記事読んだ気がするわぁ」

「……そうやな」

不覚にも熱くなった目頭を隠すようにうつむくと、美子は笑いながら下からのぞき込んできた。

「それとな、あんたもだいぶマシな顔になってきたで」

「そうか?」

手が伸びてきて、頬に触れる。指先の荒れた感触に、驚いた。と思ったら、左手に挟んでいた煙草をすっと取られる。

「久しぶりに洋モク見たわ」

「スミスさんから餞別にもろたやつや」

マッカーサーは、十二月には四十五万にまで膨れあがっていた進駐軍を半数以下の二十万まで減らすと発表した。予想された軍事抵抗もなく日本占領がことのほか順調にいっていることと、朝鮮半島方面がきなくさいため、関西に駐屯していた第六軍が朝鮮に異動となった。

スミス大佐も移ると聞いたので、昨年末、大阪大会で西宮に行った折に挨拶に向かった。彼はたいそう喜び、なにか記念の品を贈りたいと言われたので、「では煙草を」と一箱譲ってもらったのだった。どうせならと一カートンくれようとしていたが、さすがにそれは遠慮した。

「そういえば、日系人の調査は進んでいるのかい」

別れしな、スミスが訊いた。覚えていたのかと驚いたが「いえ、なかなか」と頭を掻く。連盟発足の準備で全くそれどころではなくなってしまったことを語ると、相手は少々残念そうな顔をした。

「そうなのか。それは残念。せっかくクリスの居場所がわかったのに」

「そ、それはぜひうかがいたいです」

思わず身を乗り出した神住を、スミスは愉快そうに見返した。

「ESS本部だよ。もともとPHWにいたようなんだが、今回の大改編で異動になったらしい。先日、東京のESS本部に行ったら士官学校時代の後輩がいてね、近々クリスが来ると言っていた。彼に直接訊いてみたほうが早いんじゃないか？」

「もちろん、そうするつもりです。非常に助かりました、ありがとうございます」

頭を下げると、スミスは「ドウイタシマシテ」と同じようにお辞儀をした。日本滞在は四ヶ月に満たなかったが、お辞儀はなかなか堂に入っていた。日本語もだいぶ覚えたらしい。

「では、健闘を祈っているよ。試合が実現したら、見に来よう」

そう言って、最後まで爽やかにスミスは去って行った。大会を見に来ると言ってはくれたが、海の向こうからでは難しいだろう。それでも、気にかけてくれたのは嬉しかった。単なる社交辞令だとしても。できることならば、せめて友人のエヴァンス中佐とやらには見届けてほしいと思う。

社告も出た。ここからはともかく、夏の大会復活に向けてまっしぐらに走るだけだった。

2

一月一日より関西を担当するのは、第八軍の第一軍団である。大阪は、第九十八歩兵師団から第二十五歩兵師団に変わった。前者はハワイのオアフ島で訓練を重ね、大半の兵士は実戦の経験がないまま戦争を終えた部隊らしく、日本人に対して激しい憎悪を抱くことはなく、そこそこ友好的といっていい兵士も多い印象だった。しかし第二十五歩兵師団は、ソロモン諸島にあるガダルカナル島、ニュージョージア島を渡り歩いた歴戦の猛者だ。神住が日本に帰国した後にフィリピンにやって来て、ルソン島で七ヶ月以上にわたり日本軍と激しい戦闘を続けたと聞いている。

前者より厄介な相手かもしれない。新しくやってきた部隊が、自分たちのために新しい球場を欲する可能性は高かった。

厭な予感は当たるものだ。

スミス大佐の一件から、何かとＧＨＱまわりの取材も任されることになってしまった神住は、運動部へ異動となってようやく解放されたと喜んでいたが、結局こうした交渉ごとには率先して行かされる。

　一月中旬、しぶしぶ司令部に出向いた神住は、真冬の雪嵐に遭遇した気分だった。

「西宮球場は再び接収する。申請すれば貸し出すことは可能だが、一週間以上にわたる大会など論外だ」

　新しい担当官の対応は、どこまでも冷ややかだった。こちらを見る灰色の目には、隠すつもりのない侮蔑がちらついている。資料を揃え、痛む胃をおさえて出向いた神住が、「中等学校野球大会の件で……」と切り出した矢先だった。厳しい対応は覚悟していたが、話もろくに聞いてもらえぬとは思わなかった。むっとしたが、負けじと神住は反論した。

「失礼ですが、なぜ接収する必要があるのですか。進駐軍の娯楽施設としては甲子園がすでにあるはずです。充分ではありませんか。実際、前任者は我々のためにすぐに開放してくれました」

「西宮球場は、良い球場だ。このまま日本人に使わせるのはもったいない。そういうことだ」

　体温が急激に下がった。もったいないだと？

「どういう意味でしょうか。我が国も、貴国同様、野球がじつに盛んです。スポーツもするなということですか」

怒りを押し殺して尋ねると、担当官が口許をわずかに緩ませた。

「いやいや娯楽は結構。ヤキュウも存分にやりたまえ。だがあのように立派な球場は必要あるまいと言っているのだよ。子どもがやるのであれば、学校のグラウンドで充分ではないか」

「しかし我が国では、全国中等学校優勝野球大会には長い歴史があります。スポーツマンシップを通じ、民主主義精神の育成に寄与するものです。それに野球は貴国と我が国がともに愛好するスポーツです。両国の友好にも大きく……」

「思い上がるな」

低い声が、神住の説得を乱暴に遮った。それまで冷笑を漂わせていた担当官の灰色の目には、怒りが燃えていた。

「我々が語るならばともかく、敗戦国が友好とは片腹痛い。そもそも、君たちがやっているのは、ベースボールではない。君たちにスポーツマンシップなどなかろう」

神住の顔からも表情が消える。冷水を浴びせかけられた気分だった。

「……ベースボールではない？」

「日本における学生野球の体質は、ベースボールの本質と大きくかけ離れている。まして大会主催は新聞社？」

担当官はこめかみに指を当て、信じがたいと言いたげに首を振った。そういえばスミス大佐も、主催が新聞社と聞いて驚いていた。

「新聞社では何か問題があるのでしょうか」

「君たちの国の野球教育は、安易なプロパガンダに繋がりかねん。実際、戦時中は大会で手榴弾投げ競争などを行っていたそうだが」

「それは文部省が開催したものです。我々は決してそのようなことは……」

していない、と自信をもっては言えないところが辛いところだ。朝日が開催していた時代も、だいぶ軍に阿った演出はしていたからだ。だがそれは、大会を守るためでもある。

「我らは一貫して、政治から距離を置き、中等学校野球を守るべく奮闘してきました。だからこそ今、あらゆるものが欠乏している中で、どの学校も復活を熱望しているのです」

「やはり君は、何が問題か理解していないようだ」

担当官は、話にならんと言いたげにため息をついた。

「プロ野球はともかく、学生野球の全国大会は時期尚早である。まずは教育を正し、道具が整う状態になってから始めても遅くはあるまい」

「……遅いのです。今年しか出られぬ子どもたちもいるのに」

「結論は変わらん」

とりつくしまもない。

年明け早々、大会復活は暗礁に乗り上げた。

寒風吹きすさぶ中、快音が響く。

途端に周囲が、わっと沸いた。

身を竦めていた神住も、身を乗り出した。打席に入った京都二中の選手が、見事センター前へとボールを弾き返す。

選手は勢いよく一塁に向かって走った。力強く地面を蹴る足は、古びてはいるがきちんとスパイクを履いていた。身に纏うのは、京都二中の名の入ったユニフォーム。京都二中だけではなく、守備側の京都商の選手も同じようにみなユニフォームを着ていた。このあたりは、さすが京都といえよう。

昭和二十一年二月九日から、ここ同志社中では中等京都野球大会が催されていた。十三校が参加した大会も、今日が決勝戦。二対二で延長にもつれ込んだ試合は、見応えがあった。十月の、審判が畳を防具がわりにつけていた大会とは雲泥の差である。今日も全ての学校がユニフォームを用意できたわけではなかったが、なにより特筆すべきは、十三校全てにおいて現役の生徒のみが参加しているという点だ。今までは中等学校も大学も、OBがいなければ試合が成立しなかったことを考えると、格段の進歩である。

「たいしたもんやなあ、こら夏の大会は京都二中が優勝で決まりやろ。なんせ始動が早い」

　一気に三点を追加し、五対二で優勝を決めた京都二中の生徒たちがはしゃぐ様を眺め、近くの記者が感嘆したように言った。戦前、球場で顔を合わせたことがある。毎日の記者だ。彼も運動部に復帰したらしい。隣の産経記者が「いやいや」と反論する。

「大阪の浪商も相当なもんですよ。打線もよう振れとるし。決勝で市岡中のOB混成チームを向こうに回してピシャリ完封。とくにあの左のエース……あーなんちゅうたかな。神住さん、誰でしたっけ」

　水を向けられ、神住はメモをとりつつ返事をした。

「平古場ですね。そのあとの滝川中との試合も、三振を十六とりましたわ」

　こころなしか、誇らしげな口調になった。

「そうそう平古場。ありゃあ凄いわ」

　取材をする記者たちもみな熱がこもっている。プレーをする生徒たちはもとより、詰めかけた観客の熱気もここまで押し寄せてくるようだ。

「けどあれやろ、平古場も今年繰り上げ卒業かもしれへんで。大会出られるんですかね？」

　繰り上げ卒業、と聞いて、鼻の頭に皺が寄る。大会開催を華々しく告知してからというもの、嫌がらせかと思うぐらい問題が次々起こるが、一番頭が痛いのがこの繰り上げ卒業問題だ。

中等学校は本来、五年制である。しかし学制改革の煽りを受け、今年は急に、四年で繰り上げ卒業ということになってしまった。もっとも強制ではなく、希望者はそのまま五年生に進学できるという、またずいぶんあやふやな通告だった。慢性的な物資不足で、生活が苦しい家庭がほとんどである。多くの四年生が三月に卒業し、働くことを決めたという。

それはそれで立派だが、野球の現場としては大いに困る。ただでさえ人数が少ないのに、最上級生が抜けてしまっては部が成立しない学校も少なからず出るだろう。たとえ人数が足りたとしても、戦力の大きな減退となる。

「いや、平古場は残ります」

神住は渋面をつくりつつも、きっぱりと言った。平古場が残らないはずがない。終戦後数日でもう、甲子園に出たいと頭を下げてきた男なのだ。

「ほんなら優勝は浪商で決まりやな」

「どうせなら繰り上げやのうて卒業を延期して、来年の選抜まで出てくれたらええけどなぁ」

「毎日さんも選抜やらはるんか」

「そらまあ。連盟からもぜひにっちゅう話やったし。けど朝日さん次第やろなあ」

記者たちの物問いたげな視線が、神住に集中する。

「なんやGHQとモメとるちゅう噂聞いたけど、大丈夫なんか」

「西宮がアカンて聞いたけど」

冷や汗が流れる。しかし内心の動揺は見せず、神住は微笑んだ。

「あちらさんの頭が固うてなあ。ま、話せばわかってくれはる思います。来年にはうちも甲子園での開催を目指してますし」

「ほんまか。頼むでえ、この夏がアカンかったら選抜もとうてい無理や」

「中等学校野球は朝日さんにかかっとるからな」

　ここで朝日が躓けば、大会復活は遠のく。正式に発足が決まった全国中等学校野球連盟も頓挫しかねない。神住は肩に目に見えぬ重圧がのしかかるのを感じた。「まかせてください」と笑い、半ば逃げるように優勝チームのもとへと走った神住は、そこでさらに重いものを背負うはめになった。

　最初に取材をした監督は、安心したようにやわらかい笑顔で記者たちを出迎えたが、

「周囲の方々の尽力でこうしてみなで再び野球をし、優勝できたことは、非常に幸せなことです。我々が恵まれていることも、承知しております。だからこそ、我々がこれからの野球界を牽引する覚悟でもって、夏の全国中等学校優勝野球大会では必ずや全国制覇を成し遂げるつもりです」

　熱のこもった口調で、夏への覚悟を力強く語った。次に取材した主将は、感無量といった面持ちで目もうっすら赤かったが、それを恥じるようにまばたきをこらえ、

はきはきと答えた。

「この五年、甲子園への思いを断念せざるを得なかった先輩たちのためにも、必ず今年の夏、深紅の大旗を取り戻します。今年の優勝は特別な意味をもつことになるでしょう」

先輩がたのために。家族のために。中等学校野球のために。

優勝校だけではなく、準優勝の京都商の選手や監督も、そして先月の大阪大会に参加した者たちも、揃って同じことを口にする。ボールも道具も満足に揃っていないチームであろうとも、本気で優勝を夢見ている。

いや、むしろ、今年だからこそ優勝を目指す学校も多い。関西ではいちはやく中等学校野球が復活してはいるものの、壊滅的な打撃を受けた東京をはじめ、練習どころかまだ野球部が復活すらしていない名門校が少なくない。長らく優勝から遠ざかっていた学校でも、今年ならば優勝旗を手にとる可能性は高いのだ。

夏の大会復活の社告を出し、連盟を創立してからの各校の熱気は、予想をはるかに上回る。みな本気で、優勝旗を目指している。

もはや、ただの大会などではない。これは、戦後の再生の象徴となる、大きな儀式だ。

だからこそ、何がなんでも今年の夏に復活させねばならない。甲子園は不可能でも、それなりの格式ある球場で、必ず。

「安斎さん、久しぶりの野球どうでした」

　球場から出るなり、神住は同行していたカメラマンに声をかけた。どこか上の空で歩いていた安斎は、我に返ったようにまばたきをした。

　終戦直後はよく組んで取材に出かけたものだが、最近の安斎は報道部から独立した社会部の取材や、スポーツでも相撲やラグビーに出向くことが多かった。全国中等学校野球連盟の下働きとして走り回っている神住とは、顔を合わせる機会すら減っていた。

「ああ……すごい熱気だったな」

「うっすい反応やなあ。相撲やラグビーとはまた違った熱気がありますやろ」

「まあな。だが、大会開催は危ういんだろう」

「いやいや、明日から連日ＧＨＱに押しかけて必ずウンと言わせてみせますわ。記事とは別に、今日徹夜で先方に送る資料つくりますんで写真選んでもろてもいいですか」

　鼻息の荒い神住を、安斎は複雑そうに見返した。

「逆効果にならないか」

「子どもたちの生の声聞いてなんも感じへんのやったら、人としておかしいですわ」

　安斎はしばらく黙っていたが、やがて迷いを滲ませた口調で言った。

「俺はむしろ、今からでも中止にすべきだと思う」

神住はぎょっとした。

「なんです安斎さん、今さら。もう告知も出て、生徒たちのやる気見はったでしょ。ここで中止なんちゅうことになったら、暴動起きますわ」

「なら、米軍が西宮球場を接収するというのは、良い理由になるんじゃないか。俺は、今日の試合を観てなおも大会をやるというあんたたちが信じられんが」

神住は呆然として安斎を見上げた。

「なんでです？　ええ試合やったでしょう。子どもの成長はほんまに早いて実感しましたよ。充分、大会はやれます」

「無理に開催したところで、大阪と京都の一騎打ちになるだけだろう。地方はまだ野球部が復活すらしていない学校が多いんじゃなかったか。そんな状態で全国大会をやる意味があるか？」

怒りに染まった堀田の顔が脳裏に浮かんだ。

「……それはまあそうですけど、アンケートでも圧倒的に参加したいという回答が多かったですし」

歯切れの悪い口調に、安斎は口許をわずかに歪めた。

「そりゃ、訊かれればそう答えるだろう。だが、今日見たのは現在もっとも恵まれているであろう球児たちだ。それでも俺には、あんたらが言う新生日本を担う若者の姿には見えなかった。優勝したいというより、周囲のためにしなければという悲愴感が前面に出ている」

「べつに周囲の圧力でむりやり行かされるもんやないんです。なにより生徒が、あそこに立つことを望む。そういう場所なんです」

「こういう時に、それをけしかけるのがまともな大人がやることか？　こんな時代だから希望になるとあんたたちは言うが、こんな時代に子どもたちを祭り上げて、重荷を背負わせているとは考えないのか」

　神住はまじまじと安斎を見た。普段の彼は黙々と写真を撮るのみで、その思考を開陳することはまずない。表情もほとんど変わらない。何を考えているかわからない、だが写真の腕は確かという、典型的な職人肌の男だと思っていた。

「野球が希望になるというのなら、プロも都市対抗もある。なぜ未熟な少年たちのプレーこそが日本野球だと言うんだ？　あんたたちはいったい何を求めて彼らを見ている？　あれが本当にデモクラシーか？　体を壊すほど必死にプレーする彼らを見て、それを感動という言葉に置き換えるあんたたちが、俺は時々怖くてならない。統制令が出る前の無法地帯と何が変わったというんだ」

　安斎がこんなに長く喋ることができるとは思わなかった。口調はいつもと変わらなかったが、炯々と輝く眼光がそれを裏切る。

「……まあ、一理あるかもしれません。野球害毒論の時から、その手のことはよう言われてきましたし」

腹の底から湧きあがるものを抑えつけ、神住は言った。この手の批判は昔からある。身内と思っていた相手に喰らうとは思わなかったが。

「けど、そんなん考えて足踏みしてるほうが、よっぽどあかん思いますわ。それに子どもや言いますけど、上の学年なんか大人とそう変わりません。甲子園に出てしんどい目に遭うても、それぐらいで潰れたりしませんわ」

甲子園で抜け殻になった自分も、こうして問題なく生きている。二度と甲子園なぞ見たくないと思っていたのに、今度は運営側として関わっているのだ。若いうちなら、腹を切りたいと思うような挫折からも、持ち直すことができる。

「野球で人生潰された言うてええんは……たぶん沢村とか、あのへんぐらいですわ」

「そうか。なんとなく、わかった」

納得がいったように、安斎は言った。

「何がです」

「あんたはまだ、沢村を捜してるんだな」

神住は目を剝いた。言葉も出ない彼を、安斎は憐れむように見つめて続けた。

「あんたの中で甲子園は、ずっと終わってないんだ。生き残ったことを、どこかで悔いている。だからなんだな」

「……何言うてはるんですか。悔いとるとか、そんなんあるはずないやろ」

やっとの思いで絞り出した声は、震えていた。

「悔いてるよ、あんたは。だからムキになって走り回る」

「ちがいます。わかったようなこと言わんといてください」

鳥肌が立ちそうな怒りに駆られて睨みつけても、安斎の憐れむような目は変わらない。この男が何を考えているのか、自分の中に何を見ているのか、神住にはさっぱりわからなかった。

ただひとつだけ、確かなことがある。

今こいつの中で自分は気の毒な人間なのだ。そう思うと、腹が立って仕方がなかった。だが何を言い返しても今はより惨めになるだけに思えて、結局神住は本社に帰るまで、それきり口を開かなかった。

3

昭和二十一年二月二十五日、朝日新聞大阪本社にて、全国中等学校野球連盟が誕生した。

会長は上野社長、そして副会長は佐伯である。もっとも会長はあくまで文部省へ対抗するためのお飾りにすぎず、実際の責任者は佐伯だ。文部省も承知だろうが、さすがにそれ以上は文句を言ってはこなかった。

文部省の軛(くびき)から離れ、大きく前進したのは確かである。

まずは、屋台骨となる全国組織が創立され、地方連盟はこれからおのおので創立していくことになる。春からは指導班が全国を回り、予選および本選に堪える環境を整えることになっていた。

終戦の翌日に、佐伯が突然本社を訪れ、夢物語のような希望を語ってから、わずか半年。あの時は失笑された夢物語が、着々と実現に向かっている。

しかし、ある意味もっとも重要な問題が解決していない。

西宮球場の件だ。

けんもほろろに断られてからも、神住は諦めずに住友ビルへと通った。米軍もさすがに強引に西宮球場を接収しようとはしなかったが、春になればどう出るかわからない。ともかく一刻も早く、接収しないという確約が欲しかった。が、結果は芳しくない。

連盟発足の翌日も神住は司令部に赴いたが、客人がいるからとしばらく廊下で待たされた。

一時間近く待たされ、ようやく開いた扉から現れたのは、一人の日本人だった。仕立てのよい三つ揃いを着た初老の紳士だ。神住は、あっ、と声をあげた。

「鈴木さん?」

「おや、神住君じゃないか」

彼は眼鏡の奥の目を丸くして言った。まちがいない、日本野球連盟の鈴木惣太郎であった。同じく連盟と言っても、こちらは職業野球。鈴木はたしか副会長だったはずだ。

「驚きました、まさか大阪でお会いするとは」

「そりゃあ西宮球場についてはこっちも困っているからね」

鈴木は大仰に嘆いてみせた。職業野球も今年の四月から公式戦を復活させる予定で、甲子園が使えない以上、彼らにとっても西宮球場の確保は死活問題である。時間的には、神住たちよりはるかに切羽詰まっていると言えるだろう。

「去年一度は接収解除になったはずなのに、新しい師団が騒ぎ出すとはひどい話だ」

「まったくです。後楽園問題は解決したんですか？」

「ああ、スペシャルサービスが第八軍内にも告知を徹底させてくれたよ。シーズン開始にぎりぎり間に合いそうだ――とほっとしたら、今度は西宮だからねえ、参るよ」

大仰に肩をすくめる仕草は、あまり日本人には縁がない。貿易を学ぶためアメリカで過ごした経験のある鈴木は、神住とは違い英語もじつに流暢に操るし、戦前から日米間の野球交渉の第一人者と目されていた。読売の正力社長の企画を受け、ベーブ・ルースらを日本につれてきたのも他ならぬ彼である。

戦後すぐにプロ野球復活を目指し、GHQとの折衝に奔走して後楽園を確保したのは、さすがの一言だ。以前、松本が「俺のほうが先に、神宮を開放してかわりに後楽園を接収すればいいと言ったのに……」とぼやいていたが、さすがに鈴木には言えない。もっとも鈴木のほうも、神宮をそのまま米軍が占領するかわりに後楽園はこちらに残せと交渉していたのだろうから、おあいこだ。

「はい、第二十五歩兵師団は以前の師団よりはるかに手強く、手を焼いています。まさに木で鼻をくくったような態度で、つけいる隙がなかなか」

「ああ、あの担当官はよろしくないねえ。日本蔑視を隠そうともしない」

鈴木は鼻の頭に皺を寄せて言った。

「不愉快ではあるが、まああの手合いは同時に扱いやすくもある。案の定だったよ、だから神住君も安心したまえ」

「安心？」

彼は一転してにやりと笑うと、神住の肩をつかみ、顔を寄せた。

「今日で問題は解決した。西宮球場は、接収されない」

「え？」

思わず、まじまじと鈴木の顔を見つめ返すと、鈴木は得意げに目を細める。

「だから、西宮球場は接収されないとさ。彼が断言したよ」

と、鈴木は自分が出てきたばかりの扉を指で示した。

「……ほんまですか。いったいどうやって」

たやすく首を縦に振るような相手ではない。なのに、たった一回で？　信じられないという思いが前面に出ていたのだろう。鈴木は得意げに笑った。

「なに、担当官の目の前で、アイケルバーガー中将に電話して説得してもらっただけさ」

いや、「だけ」っておかしいやろ。神住は、心の中で叫んだ。

アイケルバーガーといえば、マッカーサーに次ぐGHQの実力者だ。戦後いちはやく日本にやって来て、マッカーサーを迎え入れる準備を整えた将軍である。とてもではないが、簡単に会えるような人物ではない。

「彼は野球好きで有名でね。マッカーサーが来る前に面会して、職業野球の復活がいかに重要かと訴えたんだ。自分にできることなら協力しようと言ってくれたよ。それで今日、関西に来る前に話を通しておいたんだ。だから電話での説得もスムーズだった」

はあ、と感嘆の息が漏れた。

「さすがの行動力ですね」

とてもではないが真似できない。スペシャルサービスの担当官もさぞ慌てたことだろう。アイケルバーガー直々の説得とあっては、頷かざるを得ない。

「こういうのは、どこから話を通すかだよ。それだけにかかっていると言っても過言ではない。真正面から行っても無駄だ」

「肝に銘じます。ともかく、助かりました。鈴木さんのおかげで、中等学校野球人会もぶじ開催できそうです。ありがとうございます」

ここばかりは心からの感謝を込めて、頭を下げる。

「あーいや、じつはそうとは言い切れないんだな」

「え？」

神住はすぐに頭を上げた。鈴木はいささか気まずそうな顔で、顎をかいている。

「アイケルバーガーはね、電話でこう言ったんだよ。〝西宮球場は、日本のプロ野球に使わせてやれ〟ってね」

プロ野球。高揚していた気分が、一気に下がった。野球ではなく、プロ野球。将軍は、わざわざそう言ったのだ。それはつまり、鈴木が説得の際に、学生野球とプロ野球を明確に区別し、後者の支援のみを望んだということだろう。

「そういうわけで、西宮球場は、我々が使っていない時は米軍も使っていいということになった。アイケルバーガーに申請すればね」

「米軍が日本の球場を使用するのに、米軍の将軍の許可がいるんですか？　そらまた、皮肉な話や。よほどアイケルバーガー閣下は、鈴木さんを気に入らはったようですね」

「それだけ、日本のプロ野球を育てたいと真剣に思ってくれているんだよ」

皮肉にも動じず、鈴木は嬉しそうに応えた。なにしろ、今までの学生野球至上主義は、異常だからね。声にならない言葉が、聞こえたような気がした。

「だからまあ、学生野球はこのくくりではないんだ。八月の大会開催時期に、むこうが使用申請をしたら、通ってしまうかもしれない」

つまり、こちらはこちらで折衝を続ける必要があるということか。正直、落胆はしたが、すぐに気を取り直した。

「なるほど、わかりました。そやけどやはり、接収がなくなったゆうんは大きいです。改めてお礼を申し上げます」

「いやいや。まあ、分野は違えど同じ野球さ。ただね神住君、我々はこの機をおおいに利用させてもらうつもりだよ」

鈴木は笑みをおさめると、まっすぐ神住の目を見据えて言った。

「私はね、野球とはもっと民主的で、エンターテインメントであるべきだと思っている。精神論が幅をきかせる今の日本の野球はあまりに窮屈すぎるんだ。これから日本の野球は、学生野球ではなく、プロによる野球が主流となっていくだろう。アメリカ側もそれを望んでいる」

「それは、そうかもしれません」

神住の返答に、鈴木は目を丸くした。

「おや。怒らないのかね」

「十二月に、西宮で大下のホームランを見たんですよ。あのでかいアーチが、未来への象徴みたいに見えましてて。それで、プロ野球もええもんやなー、てしみじみ思たんです」

「おお。たしかにあれは、素晴らしかったね。大下はスターになるよ」

「そうですね」

　昔の沢村や景浦のように。研ぎ澄まされた大人たちの美技を見るために、いつか多くの人が詰めかけるようになるだろう。ただただ楽しい、野球という最高の娯楽を味わうために。これから必要なのはそういうものだと言われたら、たしかにそうなのかもしれない。

「最近、社の同僚に同じようなことを言われましてね。ただ、自分の意思で朝日に入社した以上、責任があるんです。我々は、球児の夢をつくってしまった。そしてそれは、戦争の間も決して潰えへんかった。それやったら、たとえそれが外から見ていびつやろうとも、我々は責任をもって守らなあかんのです」

「ふむ」

　鈴木はしばらく考えこんでいたが、やがて人の悪い笑みを浮かべた。

「まあ、それは君たちの問題だからな。私には何も言えない。だが、茨の道を行く君にもうひとつ助言を」

　彼は、あたりをうかがうように素早く目を走らせ、声をひそめて続けた。

「おそらく君は今、主催について、私がしたように東京の幹部連中に直接交渉しようと思っているだろうが、アイケルバーガーは避けたほうがいいかもしれんぞ」

「なんですか」

「言っただろう、彼が贔屓にするのはあくまでプロだけだ。ついでに言うとだ、彼はマッカーサーと折り合いが悪いんだ。今回はうまくいったが……今後は、マーカット少将あたりと接触をもてればいいかもしれない」

その名は最近よく聞く。神住は急いで記憶を探った。

「マーカットというと、最近、ESSの局長に就任した？」

「そう、間もないが。なんせ経済を握るのはそこだ。さらにマーカットはマッカーサー側近のバターン・ボーイズの一人だ。くわえて、熱狂的な野球好き。アイケルバーガー以上のな」

それは初耳だった。

「野球好きの将官が多いんですね。やはりベースボールの国なんやなて実感します」

「軍内の割合でいえば、日本より多いかもしれんな。ともかくだ、彼を説得できれば、球場や物資の問題も一気に片付くかもしれんぞ。来年の甲子園開催も実現に近づくな」

なるほど、たしかに。経済と流通の元締めを味方につけられれば、これほど心強いことはない。

もちろん、鈴木がわざわざ名を出すということは、とっくに接触済みなのだろう。プロ野球とマーカットが強く結びついてしまったら、こちらはますます不利になる。

だが、当たってみるほかない。

「ありがとうございます、鈴木さん。おかげで、だいぶ希望が見えてきました」

心から礼を述べると、鈴木は肩をすくめた。

「言ったろう、君たちは不利だと。だからささやかなハンデさ」

「はい」

「最後にもうひとつ。我々の今季のテーマを教えてあげよう。我々の今季のテーマは、"Follow the American Baseball"なんだ」

それじゃあ、と右手をあげて、彼は去って行った。

「アメリカ野球にならえ！　か」

遠ざかる背を見送り、神住は苦笑した。

どうやら敵は、アメリカだけではないらしい。

第六章　キベイ

1

東京はひどい風である。

空は晴れ渡っているものの、雲すらかけらも存在を許さぬ猛烈な風が吹き荒れているせいで、地上の視界ははなはだ悪い。

有楽町駅に降り立った神住は、改札を抜けた瞬間に正面から吹きつけた風に息を止め、とっさに目を瞑った。埃っぽい風が弱まり目を開けても、光景に薄い褐色の紗がかかっていて、遠くまで見えないのは変わりない。

これは、数歩進んだだけで埃まみれだろう。向かい風の中、意を決して歩き出す。

ガード下には、靴磨きの子どもたちがずらりと並んでいる。大阪にも同じような子どもたちが多く、油断すると勝手に靴を磨かれるので思わず警戒したが、子どもたちは神住に見向きもしない。

この風で今日は繁盛していることもあるが、手の空いていた子どもたちが向かったのはいずれも米兵だった。実際、今磨かれている客の大半も米兵である。たしかに子どもたちにとっても、いかにもくたびれた日本人よりも、気前のよい米兵のほうがいい客だろう。群がられることなくほっとしたが、どことなく面白くない思いを抱えつつ、神住は砂埃の中、目的地へと踏み出した。

郵船ビルディングは米兵用宿舎のひとつである。休日ということもあって、半端な時間ではあるがロビーに人が多い。入り口のところですれ違ったのは、日系人の二人連れだった。

受付には、若い兵士がひとり座っている。こちらも日系人だ。

「こちらの方に、面会の予約があるのですが。こういう者です」

名刺とメモを差し出しつつ、いちおう英語で用件を告げると、相手はにこりともせずに電話を手にとった。早口に何かしゃべると、がしゃんと受話器を置き、「そこでお待ちください」と近くのベンチを指した。神住は、観葉植物を傍らに置いたベンチにおとなしく腰を下ろした。

さきほど米兵に群がっていた靴磨きの子どもたちのことを思い浮かべる。そういえば先日、自宅の近所で、新聞紙でつくったＧＩの帽子をかぶって遊んでいる子どもを見た。定番の兜をつくる子どもは、ほとんど見かけなくなったような気がする。鬼畜米英という言葉は、終戦から半年で聞かれなくなった。実際、アメリカ将兵は、民衆にはおおむね親切である。ものをバラまいて懐柔しているだけだという陰口もあるし、それは事実だろうが、国民から絞り取るだけ絞り取った政府に比べればはるかにマシだ。くわえて、進駐軍兵士による犯罪は新聞もおおっぴらには書けないため民衆に情報が届きにくく、長年耐え忍んできた国民には、物資の力に裏付けられた華やかさがどうしても目につきやすい。娯楽に関しても、それぞれの質は決してこちらが劣っているとは思わないが、大がかりな興行という点ではやはりあちらが先を行っている。

――アメリカ野球にならえ。

先日の、鈴木惣太郎の言葉が頭にこびりついている。

野球は、もっと民主的で自由であるべきだと彼は言った。神住たちが、中等学校野球が青少年のために今こそ必要だと訴える理由のひとつも、野球は民主的なスポーツであるという点にある。

だがアメリカ側は、日本の野球はベースボールではないという。その一方で、職業としてのプロ野球は推奨する。

鈴木が、プロ野球こそが「ベースボール」であると米軍幹部に吹聴したからと言えばそれまでだ。しかし神住は、以前のスミス大佐の反応が気にかかっていた。西宮球場で会った時、日本の学生野球について説明した際に、彼は最後まで理解できないといった顔をしていた。

ベースボールと野球には、明確な差がある。それは神住も承知している。そしてこの時代には、鈴木の姿勢がふさわしいのだろう。これから、あらゆることがアメリカナイズされていく。その中で、戦前の大会を取り戻そうと躍起になっている自分たちは、警戒されても無理はなかった。

米軍の目的は、日本の完全なるアメリカ化だ。プロ野球はよくて学生野球が駄目というのは、そういうことだろう。彼らには理解しがたい「日本」が、学生野球の中にはある。スミスが首を傾げたもの、そして同じ朝日の人間である安斎ですら眉をひそめたものが。

「やはり、アメリカの〝ベースボール〟を、我々もよく知る必要があると思います」

思いがけず鈴木と会ったその日のうちに、神住は伊藤部長に訴えた。西宮球場接収なし、との知らせに部長は口許をほころばせたが、鈴木とのやりとりを伝えると、眉間に皺を刻んだ。

「アメリカ野球にならえ、なぁ。まあ、ずっと学生野球の陰に隠れてきたプロとしたら、こんな好機を逃すはずないわなぁ」

「はい。まあ、プロはプロとして我が道を行ってもろて、うまいこと棲み分けできればええと思います。ただ、このままでは大会に横槍が入る可能性はないとは言いきれません。なんとかＧＨＱにも、中等学校優勝野球大会の意義を理解してもらわなあきません。けど、闇雲に訴えたところで平行線やし、まずこちらも、あちらさんの言う野球のデモクラシーがなんなのか、理解せなあかんと思うんです。それで、アメリカ側にも、理解者を増やしておく必要もある思います」

「せやなあ……ほなら、ラッシュ氏はどうや」

部長が最初に名をあげたのは、GHQ参謀第二部配下・CIS（民間諜報局）のポール・ラッシュ中佐である。大正十四年に来日した彼は、戦争が始まった後も日本に残ることを希望したほどの親日家だ。敵国人ゆえ残ることはかなわず、キャンプに収容後アメリカへ帰ったが、そこでも早期講和のために精力的に講演を行ったと聞いている。その語学力をかわれ、アメリカにいる間は陸軍情報部の語学学校人事課長に就任し、日系人を語学兵として育成していたが、昭和二十年に戦争が終わると、九月に再び日本へやってきた。以来、検閲などを行うCISに所属している。日本にアメリカンフットボールを広めた人物でもあり、神住をはじめ運動部員はたいてい面識もある。

「たしかにラッシュ氏も、日本のスポーツ事情にはよう通じてはるとは思います。けどできれば、自分も野球をやってきてて、後のことも考えたらマーカットに近しい人物がええんちゃうかと」

いざという時マーカットに仲介を頼めれば、この上ない味方となるだろう。ただ、こちらが認めろと迫っても無意味なことは、今までの経緯からわかっている。

ここにも、仲介が必要だった。日本野球を知り、色眼鏡で見ない人物であれば最上だ。

「マーカットなあ。まあたしかに保険としては最適やけど……ＥＳＳは難しいで」

部長が渋い顔で唸ると、待ってましたとばかりに神住はにやりと笑った。

「一人、心当たりがあります」


「面会の記者は君か？」

待っている間に考えに耽っていたらしく、低い声に我に返る。いつのまにか右斜め前に男が立っていた。神住は慌てて立ちあがった。

背は高い。カーキ色のセーターに覆われた胸は厚く、その上に載った顔は妙に長い。そのせいでどこか間延びした印象を与えるが、ずいぶん奥に引っ込んだ目の上の眉毛が妙に太く、まずそこに目が行く。髪と同じ金だからまだいいが、これが黒かったら眉毛が歩いているように見えるかもしれない、とだいぶ失礼なことを思った。

「合ってたか。日本人は区別がつかないんだ。名前を書いた札でもぶらさげておいてくれないか？」

顔を合わせるなり、大層な言い草だ。スミスの同期だが、彼のような愛想の良さはかけらもない。

むっとしたが、実際ここには日系人の姿が目立つ。大阪の司令部でも日系の米兵は多く見かけたが、こちらはさらに比率が高かった。さすが経済を担うＥＳＳというべきだろうか。目下、彼らの最大の仕事は財閥の解体だ。日本の経済界の根底を揺るがす大事業ゆえ、人も多い。

「はい、大阪朝日の神住です。はじめまして、エヴァンス中佐。お目にかかれて光栄です」

「貴重な休日なんだ、手短に頼む」

くすんだ金髪のアメリカ軍将校は、神住が差し出した手をおざなりに握る。つくづく無礼だが、まだ差し出した手を無視されなかっただけましだろうか。

エヴァンスの手は大きく、かなり分厚い。スミスの話ではなかなかのスラッガーということだったが、この体つきといい手といい、たしかに遠くまで飛ばしそうだった。

「休日にお時間を頂き、大変失礼いたしました」

「スミスの紹介だそうだが、何か用かな」

「我が社は今夏、中等学校野球大会を復活させる予定なのです。今こそ、野球の精神を見直すべきだと考えております。本場であるアメリカでプレーされている方にぜひ、お話をうかがいたいと思ったのです」

ここに来るまでに何度か練習してきただけあって、ずいぶん滑らかに言えたと思う。が、得意げな神住を前に、エヴァンスは白けた顔をした。

「そういうことなら、俺より適任は大勢いるだろう。徴兵直前までマイナーで投げていた者もチームにいるからな」

「はい、関西でもそういった方はいらっしゃいました。ですが私は、ぜひあなたの話をうかがいたいのです」

　エヴァンスは眉を寄せた。

　進駐軍と接するようになってしみじみ思うのが、彼らは顔の筋肉がじつによく動くということだ。とくに眉毛だ。エヴァンスはスミスと違い、あまり表情が豊かではないが、太い眉毛は自在に動く。別の生き物のようだ。

「なぜ。俺は高校までしかやっていないぞ」

「でも夢は大リーガーだったとか」

　エヴァンスの眉がまた大きく動いた。

「あいつ、そんなことまで喋ったのか」

「なにしろ、野球場でお話ししたものですから。エヴァンス中佐は今も、チームでご活躍だと聞きました。ならばやはり、天性の才能があるのでしょう」

「第八軍内だけでどれだけチームがあると思っているんだ。ただのお遊びだよ」

「そうでしょうか。西宮球場で第六軍内の試合を観ましたが、レベルは高いと感じました。ですから一度、ぜひ神宮――いえ〝ステートサイドパーク〟での試合を取材させていただきたいと願っています」

「そういう話なら、スペシャルサービスに頼んでくれ。まあ、許可は下りないと思うがね」

彼の言う通り、神宮での取材は今までにも何度か申請しているが、全て断られている。日本側に貸し出された時ですら撮影禁止で、普段は軍の施設として完全に禁足地と化していた。

「残念です。一度、あの球場で本場のベースボールを見てみたいのですが。ご存じですか、ベーブ・ルースたちもあの球場でプレーをしたのです」

「らしいな」

「〝スクールボーイ・サワムラ〟に聞き覚えは？」

当時アメリカでは、あの大リーグの打線をわずか一点におさえた沢村栄治を、そう紹介したらしい。期待をこめて尋ねてみたが、エヴァンスはそっけなく「知らん」と言った。

「失礼だが、日本の野球には全く興味がないんだ。昔話がしたいのなら、他を当たってほしい」

「本当に興味がありませんか？」

間髪をいれずに切り返すと、エヴァンスははっきりとその面に不快を表した。薄い唇はもともと口角が下がっていたが、下唇の下に皺が寄る。が、彼が口を開く前に、神住は畳みかけた。

「アーヴァイン時代、どうしても打てない投手がいたのでしょう。日系人の」

エヴァンスは半端に口を開いたまま、虚を衝かれた顔をした。ずっと眠たげだった目がわずかに開く。灰色に見えた目は、こうしてみると青みを帯びていた。

「……それも、スミスが話したのか？」

「はい。速球と、凄まじい落差のドロップが持ち球の投手だったと」

エヴァンスは頭を振った。

「相変わらず、くだらんことをよく覚えているもんだ」

そこでようやく得心がいったように、彼は「なるほど」とひとり頷いた。

「君が聞きたかったのはそのあたりか。日本人がアメリカ本国で誰も打てない球を投げていたと聞けば、さぞ痛快だろうな」

「たしかに中佐のことを知ったきっかけは、スミス大佐から投手のことを聞いたからですが、私が今日ここに来たのは、彼の武勇伝を聞きたいからではありません」

「ほう、では何かな」

「あなたの野球観、そして当時のあなたに日系人の野球はどう見えたかということをうかがいたいのです。我々にはそれが、必要なのです」

エヴァンスは呆れた顔をした。

「野球観？　そんなたいそうなもの、考えたこともないが」

「ですが大リーグの選手になりたかったのでしょう」

「子どもはえてしてそういうものだろう。ただそれだけさ。……ああ、でも、今の君の言葉で思い出した」

長い顔に、急に意地の悪い笑みが浮かぶ。眉毛以外でも、それなりに表情は動くようだった。

「君お望みの日系人チーム。彼らは、不気味だったね」

「不気味。どのあたりが？」

「とくに投手だ。修道僧でも相手にしてるような印象だった。何があっても表情ひとつ変えなかったし、野球を楽しんでいるようには見えなかった。ああいうのは、対戦しているこっちも疲れる」

「ふむ。野球を楽しんでいるようには見えない、ですか」

野球はもっと自由で、エンターテインメントであるべきなんだ。鈴木の言葉が、頭に谺する。

「ああ。なにかの苦行にでも打ち込んでいるようだったよ。もっとも、彼が特別というわけではなく、日本に来て、この陰気さは君たち日本国民の特性なんだと理解したけどね。たぶんベースボールを楽しむのは、君たちには難しいんだろう。ベーブ・ルースだって、あれは断じてベースボールではないと言っていたから」

「ですが開戦前は、激賞していたそうですが」

「必死に自分たちの真似をする子どもは、かわいいものなんじゃないか？　俺は子どもがいないから知らないが。まあそれも、本性を知るまでのことさ」

エヴァンスはおおげさに肩をすくめると、また来た時のような無表情に戻った。

「これで質問には完璧に答えたな。では、失礼するよ。昼寝の予定から十五分も過ぎている」

神住の返事も待たず、エヴァンスは踵を返すとエレベーターのほうへと歩いて行った。

「……昼寝」

遠ざかる大きな背中を見送りながら、神住は茫然とつぶやいた。

「エヴァンス中佐は、日本人が嫌いなんですよ」

ふいに、日本語が聞こえた。驚いて目を向けると、あの無愛想な日系人の受付が、右手で器用にペンをくるくると回しながらこちらを見ていた。

「聞いてたんですか」

「そりゃ、あれだけ大声で喋っていれば」

「騒がしくて申し訳ない。エヴァンス中佐は日本に恨みでもあるんですか。いやまあ、全くない人のほうが珍しいやろけど」

受付に近寄り、こちらも日本語で話す。あたりで英語が飛び交う中、日本語を話せるのはなんとなくほっとする。受付の兵士も、あたりを憚るように周囲を見回してから、声をひそめて続けた。

「エヴァンス中佐と交戦した部隊は、降伏勧告もいっさい受け入れず、最後まで凄まじい抵抗をしたそうです。あちらは全滅でしたが、エヴァンス中佐の部隊にも相当な被害が出たとか。ずいぶん酔われて帰ってきて、世界一無駄な攻撃だった、と喚いていたことがあります」

神住はまじまじと受付の顔を見た。不思議だ。日本語で話している時の彼は、はるかに表情が豊かなように感じる。

「中佐は喚いたりもするんか」

「酒癖が悪いです。そういうわけで、野球のことを訊きたいのなら他の人を当たったほうがいいですよ」

「いや。彼は粘ればいける」

神住がにやりとすると、兵士は目を丸くした。

「へえ？　記者のカンてやつですか」

「まあな。あのテの人間は、記者魂を刺激するわ」

「そういうもんですか。日系人のチームの話は僕も興味があります。僕もカリフォルニア出身なので、もしかしたら調べられるかも」

「ほんまか⁉」

思いがけない申し出に、神住はついつい声を張り上げた。ロビーにいた数名が、なにごとかとこちらを向く。慌てて口を押さえ、受付のカウンターに肘をついた。

「部隊に、同郷の日系人が結構います。年が近そうな者に訊いてみれば、辿りつくかもしれません。お名前はわかりますか？」

「見てわかる通り、名前訊く前に帰ってしもたんでね」

もうとっくにエヴァンスを飲み込んでしまったエレベーター指し示すと、「そうでした」と相手は苦笑した。

「でも、中佐と同い年ぐらいで、地区で評判の投手ともなれば、知っている者もいるはずです。見つかったら連絡しますよ」

「ありがとう。ほんま助かるわ」

「うまいこと第八軍に入っていればいいのですが。主のご慈悲に期待しましょう。エヴァンス中佐は、マーカット少将お気に入りのスラッガーなんですよ。彼が一本も打てない日本人がいたなんて、痛快です」

兵士の目は輝いている。この兵士は、かつて選択をつきつけられた時、迷わずアメリカに忠誠を誓ったはずだ。それでもやはり、ここに至る道は平坦ではなかったのだろう。

「君はキベイか？　日本語が自然やな」

賞賛すると、受付の兵士は目を丸くし、それから嬉しそうに微笑んだ。

「いえ、生まれも育ちもカリフォルニアです。全て一から勉強しましたよ」

「それでそこまで？　たいしたもんや。ああなるほど、こういう時に口笛が吹けたらええんやな」

するとＨ士は巧みに口笛を吹いてみせた。

「ありがとうございます。あなたの英語もまあまあですよ、ミスター・カスミ」

2

クリストファー・エヴァンスは困惑していた。

「ああ、やっぱりうまいもんですねえ。いいとこに来る」

胸の前でボールをキャッチして笑うのは、この二ヶ月ですっかり顔なじみになった日本人記者だ。タダシ・カスミと名乗った彼は、軽く左足をあげ、なかなかのフォームで投げ返してきた。

同じく胸の前でとらえた球は、力がある。投げすぎて肩を壊したと聞いたが、悪くはない。

「今も投げているのか」

「いやいや。ただ、講習のために全国を回っているんで。実技ができなきゃ話にならないから、最近ちょっと練習しているんですよ」

カスミは笑って肩を回した。そうか、と応じて、再び球を投げる。少し外れたが、カスミは軽快にバックして捕った。

まだキャッチボールを始めて十五分程度だが、相手がかつてはそれなりのレベルにいたことは充分にわかる。

それはいい。だがなぜ自分が、日本人とキャッチボールをしているのだろう。

四月の足音が近づいたこの季節、昼の日差しはうららかだが、河川敷は風が冷たい。そこでなぜか、エヴァンスは大阪からやってきた日本人記者と楽しく球遊びをしている。こころなし、周囲の視線が痛い。新橋からは離れたが、同僚に見つからないことを祈るばかりだ。

ここに至るまでは、たいして面白くもない経緯があった。

カスミが突然面会にやってきたのは、二月の半ばを過ぎたころだった。スミスに紹介されたという彼は、エヴァンスの野球歴を聞きたがった。いちおうスミスの顔をたてて一度は会ってはみたが、じつに馬鹿馬鹿しい用件だったので、すぐに追い返した。これでもう二度と来るまいと思っていたのに、あろうことか、一週間後に再びカスミはやって来た。

あなたの野球観についてうかがいたい。彼は、馬鹿の一つ覚えのように繰り返した。この記者が、新聞社主催の学生野球大会復活に尽力していることは知っていたので、いちおう「こういうことはＣＩＥ（民間情報教育局）に依頼するべきなんじゃないのか」と忠告してやった。ＣＩＥは、マスコミや宗教、教育の自由化といった日本人の思想的再編成を担当する部署だ。中等学校の野球大会というならば、担当はそこだろう。まさか知らないはずはあるまいが、念のため教えてやると、奇妙な日本人は澄んだ目で言った。

「はい、CIEからは大会開催についての許可は頂いていますよ」

ならなんの問題もないだろう。と言ってやりたいが、ことはそう簡単ではないらしい。GHQは一枚岩というにはほど遠いのでわからないではないが、それで自分に接近してくるのは迷惑も甚だしい。

目的は、わかっている。エヴァンスが所属するESSトップのマーカットだろう。彼が大の野球好きということは、日本人もすでに知っているらしい。たしかに彼の野球愛は尋常ではなく、何か具申する時にはまず野球の話を振るのがよいと言われているぐらいだ。正直なところ、エヴァンスには自分がPHWからESSに異動となったのは、マーカットが自身のチームにほしがったからではないかという疑念が今もある。

マッカーサーの懐刀であるマーカットに、この日本人はなんとしても近づきたいのだろう。もちろんエヴァンスとしては協力してやる気はない。もともと日本人にはいい感情を抱いてはいなかったが、ESSに来てから財閥という特殊な人種と接する機会が増えて、いよいよ駄目になった。米軍からすれば、財閥による経済支配は日本の悪行を産んだ主要な原因のひとつである。彼らが軍部と結びついたからこそ、日本は過った道を進むこととなった。

が、当の財閥は、罪の意識がまるでなかった。政府要人が次々と逮捕され、あるいは公職から追放される者が続出しても、GHQは自分たちの味方であると信じこんでいる無邪気さには呆れた。言い分を聞けば、積極的に軍閥に協力していたのは日産コンツェルンなどの新興財閥であり、三井、三菱、住友、安田の「伝統ある」四大財閥は、戦時中はむしろ圧力に苦しめられた被害者であるという意識があるらしかった。彼らは、GHQが日本経済の自由化のために自分たちも解体するつもりであると知ると、青ざめて抗議し、自分たちの有用性を訴えたが、もちろんそんなものが通るはずはなかった。

エヴァンスが日本人と接していて嫌悪を覚えるのが、この無邪気な被害者意識である。財閥に限ったことではない。悪いのは一部の連中であり、自分たちは哀れな被害者にすぎない。戦争責任に話が及ぶと、そういう思想が透けて見える者が大半である。

視点が偏っていることは自覚しているが、直すつもりもない。どうせ任期が終われば、二度とこの地に来ることもないのだ。仕事以外の場で、日本人をまともに人間扱いしてやる必要もないので、エヴァンスはカスミがやって来た時も冷淡にあしらった。

が、どういうわけかこの新聞記者は、毎週やって来る。暇なのかと問えば、野球大会復活にむけて、全国で指導講習を行うことになったので、東京にもちょくちょくやって来るからそのついでなのだと笑っていた。

「新しい野球を人に教えるには、ベースボールの神髄を理解することも必要です。そしてあなたの目から見た、日本野球の問題点もぜひ教えていただきたいんですよ」

すげなく追い返そうとしても、そう言って食い下がってくる。

タダシ・カスミは、饒舌な男である。英語は決してうまくはないが、日本人にしては珍しく、全く気にせずどんどん喋る。最初は調子のよさにうんざりしたが、「あなたの話を聞きたい」という意思は全く揺らがず、あまりのしつこさに、四度目の今日、仕方なく時間をとった。春になれば、こちらも野球のシーズンである。今は体力維持のトレーニング程度しかしていないが、シーズンに入れば休日は試合が続く。貴重な余暇を、謎の日本人の来訪に怯えて過ごすのは厭だった。

講習の帰りらしく、カスミはボールとグラブ、そしてバットをもっていたので、とりあえずキャッチボールをすることにした。だらだらと話すよりは何かしながらのほうが気がまぎれるだろうと思っただけだが、これが存外楽しい。カスミは、もう十年近く野球から離れていると言っていたが、身のこなしは明らかに一度は野球に人生を捧げた人間のものだった。軽く投げるフォームも、キャッチする姿勢もいいし、なによりボールに意思がある。

こいつがちゃんと投げるところを見てみたいものだ。肩を壊したそうだが、他のポジションならなんとかいけるだろうか。そう考えた自分に、エヴァンスは苦笑した。

　言葉を交わすよりマシかと思ったが、これでは先方の目論見通りではないか。野球が米日友好の礎となるという寝言はともかく、やはり共通のものがあるというのは強い。

　エヴァンスにとって、野球は貴重な娯楽だった。子どものころから体が大きく、スラッガーとしてならしてきた彼は、士官学校に入ってからも四番として活躍した。士官となってからも、部隊対抗の試合には必ず参加した。

　自分は軍人には向いていない。エヴァンスは、ずっとそう思っている。真面目で規則に忠実ではあるが、融通がきかない。機転もきかない。勇気もない。階級があがり、どんどん大きな部隊を指揮するようになると、その責任の重さにいつも胃を痛めていた。血を吐いたこともある。ストレスに弱く、かといって酒で陽気に騒ぐこともあまり得意ではない彼にとって、無心になれる野球は唯一の救いだった。

　幼少期から、野球で辛い練習をしたという記憶は一度もない。彼にとって野球はただただ楽しい遊びだった。ボールを介在すれば、いつもの引っ込み思案もなりをひそめ、いくらでも相手と対話できる。自分が打ち返したボールが空高く舞い上がり、ゆうゆうとフェンスを越えていく光景は、この世で最も美しいと思えるものだった。

　幼いころは天才ともてはやされたこともあり、大リーグに行きたいという思いもあるにはあった。だが、これは職業にしてはならないのだろうなという達観もすでにあったと思う。純粋に、野球はただ楽しい遊びであってほしい。どんな時でも、バットを握れば、息を吹き返せるような存在であってほしかった。十代のはじめには、自分は士官学校に行くのだと決められていたからこそ、エヴァンスは野球に熱中した。父も、分をわきまえている息子のお遊びを咎めはしなかったし、そもそも子どものころに地元の強豪チームに入れたのも彼だった。

エヴァンスが所属していたチームは強く、地元の大会ではだいたい優勝していた。野球は楽しいが、勝てばもっと楽しい。このまま士官学校に入るまで、ずっと負けなしで走り抜けるのが、エヴァンスの夢だった。

が、ある日突然、巨大な壁が立ち塞がった。

隣地区で結成されたという日系人のチームとはじめて試合をした時、エヴァンスたちははじめて負けた。相手エースの、内角を抉るストレートとドロップがえぐすぎた。さらに、非常に動きが洗練された選手が何名かいる。彼らは〝キベイ〟と呼ばれ、少年期を日本で過ごし、徹底して野球教育を受けてきた者たちなのだと聞いた。

日本で基礎を学び、こちらでさらに磨きをかけたキベイの選手たちは、強かった。その中でも筆頭は、やはりあの長身の投手だった。日本人離れした体格に、威圧する眼光。そして唸りをあげて突き進むストレートの重さ。何度も何度も空振りして、なんとか当てた時には腕が痺れてしばらく感覚が戻らなかった。そして、あのドロップだ。ストレートと同じように迫ってきて、急に視界から消える。魔球としか思えなかった。

エヴァンスを三振に打ち取る度に、歓声が沸いた。仲間が彼のもとに駆け寄り、口々に叫んでいたのは――

「〝ジョー〟だ」

もう何球目かわからぬボールを放り、エヴァンスはつぶやいた。

「はい？」

「ジョーと呼んでいた。日系人の投手だ」

ボールを投げ返そうとしたカスミが、動きを止めた。痩せた顔は、軽く上気している。

「ジョーですか。姓はわかりますか」

「いや、さすがに。話したことは数えるほどしかない」

だが、こうしてカスミの鍛えられた動きを見ていると、記憶の扉が次々と開いていく。

今思えば、キベイの多くは――少なくとも〝ジョー〟は、中等学校野球を経験していたのだと思う。日本中が熱狂する、〝コウシエン〟。ああ、そうだ。彼が、そう言ったのだ。

「コウシエンに出たかったと、言っていた」

その地名を口にした途端、カスミの目が急に輝いた。ああ、ジョーもコウシエンを語る時にこんな表情をしていた。

「甲子園を知っているということは、やはりキベイだったんですね」

「親の意向で、小学校から日本で過ごしたと言っていた。そのまま野球の強い学校に進んだが、父親が病気になったとかで、呼び戻されたんじゃなかったかな」

たしか牧場をやっていると言っていたような気がするが、さだかではない。

「なるほど。年齢は中佐と同じぐらいですか?」

「学年は同じだろうな。英語は今の君よりひどいもんで、半分以上は何を言っているかわからなかった」

「小学校から中学の途中まで日本で過ごせば仕方ないでしょう。そうか、甲子園か」

聖地だ、と言ったのはマーカットだっただろうか。現在、甲子園は米軍に接収されたままだが、今年は西宮で大会を開くと言っていた。

ジョーが、そして数多の少年たちが目指した聖地。今なお、大の男がとびきりの宝物を語るような顔をさせる場所。アメリカならばワールドシリーズに相当するのだろうか。だがあちらはプロ。コウシエンは子どもの夢だ。それに熱狂する、大人たち。理解できない。

そうだ。あの時も、そう言った気がする。

日本の、少年野球の頂点を目指して何になる。こんなにいいドロップを持っているのならば、いっそ――

「大リーグを目指せばいい」

エヴァンスの言葉に、カスミは目を丸くした。ジョーも同じ顔をした。顔立ちはあまり覚えていないのに、マウンド上では殺気じみた光を放っていた目が、子どものように丸くなったのがおかしかったことを覚えている。

「大リーグ?」

「ああ、ジョーにそう言った。コウシエンなんぞよりはいいだろうと」

「なるほど。ジョーはなんと?」

「記憶にない。だが、日系人を受け入れる球団なんぞないことぐらい、わかっていただろう」

今思えば、残酷なことを言った。だがあの時は、本気でそう思ったのだ。相手が日系人だということすら、頭から飛んでいた。そもそも試合をしている時は、相手が誰だろうと関係ないのだ。重要なのはうまいかへたか、楽しませてくれる相手かどうかだ。

そういう点では、ジョーは最高の相手だった。エヴァンスが対戦してきた中では三本の指に入る名選手だった。表情ひとつ変えず、全身の力をボールに乗せて投げる姿は、ひどく大きく見えた。彼のボールには、強い意思があった。時々、本当に炎に包まれているように感じることもあった。

ただ、あまりの気迫に、気味が悪いと言う者も少なくなかった。こいつはいったい、何を投げているのだろう。意思どころではない。ただただ愉快なはずのゲームに、途轍もなく重いものをもちこんで、それをためらいなくぶつけてくる。その空気に呑まれて、エヴァンスたちはいつもバットをもって独楽のように回ったものだった。

「ハート」

エヴァンスはつぶやいた。カスミはいつしか手をとめて、興味深げにこちらを見ている。

「あいつ、心臓（ハート）を投げていると言っていたな」

なあ、おまえのボールは、なんであんなに重いんだ。何が入っているんだ？　いつだったか、試合の後に冗談めかして尋ねた時に、彼はそう答えた。

『ここぞという時は、心臓をむしりとって投げている。だから、絶対に打たせるわけにはいかない。そうじゃないと、あんたみたいな打者は打ち取れない』

淡々と語る口調に反して、目はぎらついていた。

思い出した瞬間、エヴァンスは理解した。長らく、日本人は不気味だと思っていたが、発端はあの目なのだ。絶対にねじ伏せてやろうとする闘志が研ぎ澄まされた眼光は、日本刀のようだった。

野球をしていて高揚することは山のようにあっても、恐怖を覚えたのは、おそらくあの一度きりだ。エヴァンスの中で唯一自由な野球というフィールドに、はじめて暗く強烈な色を持ち込んだのが、ジョーだった。記憶は風化しても、印象だけは心の奥深くに刻まれたままだ。

今思うと、あの時のジョーは、なんとしてもエヴァンスには勝たねばならなかったのだろう。日系人への迫害はとどまるところを知らず、彼らとの試合に露骨に敵意を漲らせるチームメイトもいないではなかった。

ジョーは勝ち続けた。なんということのない練習試合ですら、凄まじい気迫で投げ続けた。そのせいか彼らの仲間たちも皆ひどく緊張していて、全く楽しそうではなかった。だが試合に勝った瞬間は、喜びを爆発させていた。

あれから十数年が経過した。アメリカと日本は戦争をし、今は勝者と敗者となった。そしてエヴァンスは、日本にいる。ジョーがどこにいるのかはわからない。だがあの時ジョーが背負っていたものの一端を理解するのに、エヴァンスはこれだけの年月と、広い太平洋を渡らねばならなかった。

「そうですか。それを聞いて、中佐はどう思われましたか」

カスミは笑顔で訊いた。日本人お得意の、笑顔という名の無表情。だがジョーは、愛想笑いのひとつも浮かべたことはなかった。試合に勝った時ですら、周囲の仲間が喜んでも、彼はにこりともしなかった。

「変な奴だと思った。野球は、楽しんでやるものだろう」

エヴァンスは正直に言った。ジョーにもたしか、同じように言った。ジョーがなんと返したかは、やはり覚えていない。だがおそらく、何も言わなかったのではないだろうか。

自分にとってはただ幸せの象徴である野球が、命懸けの勝負であることもあるのだ。そんな単純なことが、当時のエヴァンスには理解できなかった。それがわかっているから、おそらく彼は何も言わなかった。

だが、もしあの時、もう少し会話が続いていたら。たとえば、こう言ったのではないか。

「……まあ、そうだな。変だとは思ったが……少し、嬉しかったかもしれない」

心臓を投げなければ、打ち取れない。自分が認める投手にそう言われたのは、誉れだ。

「もし会えたら、もう一度勝負してみたいと思いますか？」

カスミはやはり笑っている。だが今度は、感情が見えた。そういえば、昔は投手だったと言っていた。やはり彼も、心臓を投げつけると感じたことはあったのだろうか。そう思うライバルは、いたのだろうか。そう思ったら、目の前の男に少し興味が湧いた。

「そういうことがあっても、いいかもしれん」

地元の野球仲間に連絡をとってみるぐらいは、してもよいか。はじめて、そう思った。

3

気がつけば、桜が咲いていた。

昨年の桜は空襲で多くが焼け落ち花見どころではなかったが、今年はサイレンに怯えることなく桜を愛でることができる。

焼け残った桜は、色の乏しい街に、柔らかい灯を点す。待ちかねた春の光景は、昔日のものよりもだいぶ寂しくはあったものの、人々の心を慰めた。

そして桜が散り始めたこの日、神住は花見を口実にエヴァンスを連れ出した。目的地は、桜の名所――ではなく、桜も植えられている学校のグラウンドだった。ここに至るまで何度か話を交わし、今日ようやくエヴァンスに中等学校野球の試合を見てもらうつもりだったが――

「このヘタクソ！　どこに目ぇつけてんだよ！」

「袖の下でも貰ってんのか！　出せこの野郎！」

グラウンドでは、聞くに堪えぬ罵声が飛び交っている。

四方から非難されているのは、球審の男だった。四十前後の痩せた男で、こちらも負けじと激昂し、「俺がアウトと言ったらアウトなんだよ糞ガキが！」と中学生相手に摑みかからんばかりだった。

「おい、あれは何をやってるんだ？」

隣のアメリカ人が、仏頂面で神住に尋ねてくる。

「審判の判定が不服なようだ」

「それは見ればわかる。チンピラの喧嘩じゃないか、ひどいもんだ。こんなものを見せられるために俺はまた貴重な休日を潰されたのか」

「……申し訳ない」

謝るしかなかった。たしかにこれはひどい。都内で大会が行われると聞いて取材に赴いたはいいが、こんなものを見せられるとは思わなかった。

プレー自体は、まだまだ未熟ではあるが、どのチームも必死にやっていることが伝わってきて好感が持てるものだった。しかし決勝終盤、勝負を決める一点をめぐって、乱闘が起きた。逆転タイムリーの走者がすんでのところでタッチアウトを喰らい、この判定を不服とした攻撃側チームの選手が審判に殴りかかったのだ。それを皮切りに両チームの選手たちが雪崩れこみ、これまでの判定のぶんもとばかりに拳を振り上げ、それを押しとどめようとして蹴りを放ち、あっというまに大乱闘に突入した。

「まあ、それだけ試合に熱中していたのはわかるんだがね。審判の判定もたしかに微妙だったし」

目の前の惨状に呆れつつも、神住は球児たちをかばった。

「だからといって審判に殴りかかるなど考えられん。日本の野球はずいぶんと野蛮だな」

「いや、以前はさすがにこんなことはなかった」

礼に始まって礼に終わる。それが、かつての野球だったはず。一人や二人、やんちゃをする生徒がいたとしても、まさか厳しい名門校で全員がよってたかって一人を攻撃するような光景を見るとは。

さらに野次のひどさときたらどうだ。選手がミスをした時のみならず、チャンスで三振したり、投手のコントロールが外れたり、カバーがほんの少し遅かったり、そうしたことでもいちいちひどい野次が飛ぶ。荒っぽい地域ではしばしば見られた光景だが、今回は記憶にある中でも突出していた。一人がやり出せば、次々と続く者が出る。不満が不満を呼び、もはや何をしても野次が飛ぶような有様だった。

当然、選手たちも怒りが溜まる。最初はみな、試合ができる喜びに目を輝かせ、観客が多く集まったことにも喜んでいたが、試合が進むにつれ顔は強ばり、つまらぬミスが増えた。

最後の判定は、引き金に過ぎない。乱闘は、観客にも飛び火した。

「おいそこの、出てこいや！　好き勝手言いやがって、クソジジイ！」

体格のよい四番打者が、野次り倒している男に腕まくりをして突進する。周囲はさっと道を空け、選手は男を容赦なく殴りつけた。そこでまた乱闘が発生する。

「やめろ！」

さすがに看過できず、神住は飛び出した。選手と野次男を全力で引き剝がし、間に入る。

「野球は憂さ晴らしの手段やないぞ！　野次を飛ばすほうもや！」

すると選手は血走った目で神住を睨みつけた。

「真剣にやってるからこそ、くだらねえ判定して台無しにされて腹が立つんだろうが！　文句なら、野球を知らねえジジイどもと審判に言えよ！」

「なんだと！　アウトだからアウトと言ったまでだ！」

「明らかに空タッチだろう、どこに目ぇつけてんだ！　さっきの俺の打席だってクソみたいなボールをストライクにしやがって！」

「退場だ！」

「おう観客に殴りかかるような暴力選手はいらねえわ！　二度と野球すんじゃねえぞガキが！」

四方から罵声が飛び交い、再び蜂の巣を突いたような大騒ぎが始まる。もう誰が誰やらわからない。神住は必死に止めたが、おかげで何度か拳や肘打ちを喰らうはめになった。

「落ち着け！　君ら、これで優勝大会に出るつもりなんか？　こんなもんがＧＨＱの目にとまったら、野球はまたなくなるぞ！」

効果は絶大だった。なにしろ、図体のでかいアメリカ人が、現にそこにいるのだ。しかも強面である。眇められた青い目がじっと乱闘を見詰めていることに気づき、一人、また一人と正気に返り、離れていく。

「悪い。せっかく、いい投手がいると聞いたから連れてきたのに乱闘とは」

「それ以前の問題だな」

「その通りだ。情けない」

思わず天を仰いだ。

中等学校野球は、若い力の復活の大きな狼煙になるはずだった。昨年秋からの動向を見るかぎり、野球はまちがいなく民衆から望まれている。復活にかける選手や周囲の者たちの熱意に触れるにつれ、自分たちのやることは正しいのだと確信を持ったが――現実には、熱はあれども、選手も指導者も審判も、そして観客たちも、すでに細かいルールを忘れてしまっている。みな、自分の記憶の中のおぼろげな野球像に従って好き放題文句を言うので収拾がつかない。なにより、相手を尊重するという絶対的に必要なものが消え失せている。ルールも礼節もない本能のぶつかり合いは、喧嘩となんら変わらない。

困ったことに、今日にかぎったことではないのだ。春になって各地で競って開かれるようになった大会で、似たような暴力事件の報告はいくつもあがっている。

空には、灰色の雲が垂れ込めている。自分の気持ちを反映しているかのような重苦しさに、ため息が漏れた。

「君たち、この状況でも夏に大会をやるつもりなのか。死人が出るぞ」

「それまでにルールを徹底させる。むしろ早急に全国大会という目標を据えて、ルールや体制を迅速に打ち立てねば、徹底できない」

「ベースボールと野球の違いを教えろと言われても、それ以前の話だな」

「ああ、まったく」

苦い思いで頷いた。

日本の野球はベースボールではない。たたきつけられた言葉が、今も頭に残っている。そして「アメリカ野球にならえ」。

理解したいと思っている。いや、しなければならないことだ。だが、わからない。エヴァンスと何度も話を交わし、日系人チームのことを知るようになっても、やはりよくわからなかった。そこで、休日はトレーニングと昼寝にあてると主張するエヴァンスをどうにか連れ出して、実際に中等学校の試合を見てもらうことにしたというのに、このザマだ。名門同士だから大きな問題は起きないだろうと高を括っていたが甘かった。

「まあ、試合は白熱するものだし、白熱するあまり乱闘に発展するなんてのは、どこにでもある。あるんだが……」

　腕組みをして、再開した試合を眺めていたエヴァンスは、ひとり言のように言った。彼の視線の先にいる選手たちの動きは、どことなくぎこちない。

「彼らは余裕がなさすぎるな。アメリカではチームスポーツは相手も同じように楽しませなきゃならん。そういう意識が、全く見えない」

「相手も同じように楽しませる？」

　神住が訊き返すと、エヴァンスは頷いた。

「たとえば、大差がつけば勝っているチームは——まあ言葉は悪いが、わざと手を抜く。盗塁をしないとかそういうことだ。相手をただたたきつぶして終わっては、彼らは野球を嫌いになってしまうかもしれん。苦い思いだけさせるわけにはいかない。だから最後はきちんと楽しませる。それが礼儀ってもんだ。だが君たちは違うだろ。どんな相手であろうと最後まで全力でぶつかって、それこそたたきつぶしてこそ、礼儀を尽くしているのだと考える。手を抜くなど侮辱にあたると」

「それはそうだ。惨敗したほうも、むろん悔しいもんだが、正々堂々と戦ってくれたことに感謝しこそすれ相手を恨むようなことはない。次に勝てばよいのだから」

「それだ。そこが決定的に違うんだ」

　エヴァンスの眉が、得意げにもぞもぞと動いた。

「君たちのスポーツマンシップとは、常に全力を出し切ること。我々にとっては、互いに全力を尽くしつつも、対等に楽しもうとすることだ」

「楽しむ……」

「最も重要な点だぞ」

楽しむ。言葉にすれば簡単だが、改めて考えると難しい。もちろん試合中に楽しいと感じることはいくらでもある。勝てば楽しいし、最高の投球ができていればいつまでも投げられると感じる。だがエヴァンスが言っていることは、そういうことではないだろう。

「どうも君たちは、ともすると楽しむことを罪のように思っているんじゃないか？まるで、苦しみ耐えることこそが、真理に至る唯一の正しい道と信じこんでいるようだ」

そこでエヴァンスは一度言葉を切った。しばらく腕を組み、思案するように選手たちを眺め声を落として続けた。

「我々がフィリピンで戦っていた日本兵たちは、全く降伏しなかった。どれほど勧告しても無駄だった。だが、もうバンザイ攻撃も見たくはないのでね。最後の試みとして、日系人の語学兵を潜入させた。すると、彼とともに、部隊の一部が白旗を掲げてきた」

「ああ、それはよかった」

あの受付の兵士——ヤナギ上等兵は、最後まで降伏しなかったと言っていたが、一部は話が通じる者がいたらしい。「玉砕」の文字は、かつてうんざりするほど書いたが、生きる道を選んだ者がいたと知るのはほっとする。

「それまで俺たちは、日本人を狂信者の集団のように見なしていた。だが実際に会った彼らはただあまりに疲れきって、もう生き延びる気力すらないために降伏してきただけだと感じた。彼らはあくまで、ありもしない大和魂というものを無理矢理後付けされて、逆らえずにここまで来てしまったのだと、語学兵も涙ながらに語っていたな。すっかり感情移入してしまっていて、落ち着かせるのが大変だった」

　エヴァンスは目を細めて神住を見つめた。

「言いにくいが、この球児たちを見ていて、当時のことを思い出したよ。大阪の担当官も、そうなんじゃないか？」

　神住は絶句した。玉砕前の日本兵と今の球児が同じ？　衝撃的な言葉だった。

「語学兵が言うには、日本兵たちはみな口を揃えて大和魂がどうのと言っていたそうだ。もっとも大半の者はただのお仕着せの文句を繰り返しているだけで、あの極限状態でまともに信じているふうではなかったようだがね。そういった、実体のないものに国まるごと押し流されているような違和感と言うか……この目で見て、日本の野球がかえって青少年の健全な精神の育成を阻んでいるのではないかという懸念も理解できたような気がするなにか強迫観念のようなものを感じるのだ」

　腹の底が熱い。神住は服の上から胃のあたりを強くおさえた。

「我々は、戦争時に押しつけられた危険な思想を積極的に取り除こうとしているんだ」

声がかすかに震えた。野球を奪い、妙なものに作り替えようとした連中と一緒にされるのは我慢がならなかった。

「今年、球児たちの熱意が度を越しているように感じられるのは、それこそ戦争で野球を諦めねばならなかった者たちの無念を晴らすために必死になっているからだ。あれと一緒にしないでもらいたい」

「熱意は悪いことではないが」

エヴァンスは鼻白んだように言った。

「彼らが純粋に野球を好きで、試合できるのが嬉しくてたまらないというのも、まあ伝わる。だからこそ、まだ十代の子どもに、なんとしても先人たちの無念を晴らせと圧力がかかっているように見えるのが気にかかる」

ぐ、と言葉に詰まる。安斎が言っていたことと、全く同じだ。

「まだ戦争の記憶も生々しい時期に、まだ若い彼らに地元のあまりに巨大な思いを背負って競わせるのは酷ではないのか。若者の純粋さは、たやすく周囲の思いに同調してしまう。それよりも今必要なのは、単純に野球を楽しむ環境をつくることではないかと思うんだがねえ」

「我が国の青少年を案じてもらえるのは、大変ありがたいことだと感謝しているよ。

ただ我々も、野球を楽しんでほしいと思っているからこそ、復活を急いでいるんだ。そのためにも全国大会という指標はどうしても必要だ」

「ふむ、すれ違いだな。……ああ、もうひとつ〝ジョー〟が言ってたことを思い出したぞ」

エヴァンスは、神住の様子にまるで構う様子もなく続けた。

「日本人は楽しむことが、苦手だ。だからなんでも〝道〟をつくるのだとね」

「道か。それはつまり、茶道や武道といったもの？」

「そう、武士道もだな。日本の野球は、野球道と呼ぶべきものだそうだ。精神・根性至上主義とでもいうか」

「そういえば、日系人チームも修道僧みたいだったと言っていたね。なるほど、野球道か」

言い得て妙だ。神住は深く息をつき、頭の中に漂う靄を吐き出した。

「でも、野球道が育まれてきたからこそ、野球は国民に深く愛されるものとなったと俺は考えているんだ。それは野球の本質をねじ曲げたものではない。むしろ俺たちは、かつて興行に走るあまり本質を見失いかけた学生野球を本道に戻したという自負がある」

野球害毒論が世を席巻していたころ、学生野球は正しく、全国的な人気を誇る「興行」であった。とにかく客が集まるので、企業はどんどん大会を開催し、強豪校の選手は一年中ほとんど試合に出て授業に全く出席できないという状況がまかり通っていた。毎日新聞主催の選抜大会では優勝校にはアメリカ遠征が用意され、そして六大学優勝校は世界一周などという大盤振る舞いが当たり前、著名な選手は学生の身でありながら数々のスポンサーをもち、平均的なサラリーマンの何倍もの収入を得ていたという。

昭和七年に野球統制令が出され、全国大会は春夏の甲子園大会、そして明治神宮体育大会のみと決められ、試合も基本的に休日と土曜の午後と規定されたために、野放図に広がる悪しき興行化は阻止された。しかし朝日はそもそも、布告前から他社のような巨大すぎる飴など用意していなかった。先日佐伯が言ったように、おらが会社の大会だと全社員団結して開催し続けてきたからこそ、学生野球の最も重要な部分を維持し、だからこそ最大の大会として支持されてきたのだと信じている。

「アメリカが言う娯楽や興行としての野球は、今後プロ野球が担うだろう。だからこそ学生野球は、そこから明確に切り離さなければならないし、形を変えてもいけない。野球を利用しようとする思惑を排除しようとするからこそ、〝道〟が必要となる。道とはすなわち、純粋性を保ちたいという意図から生じるものではないのか」

「へえ、そうなのかい？」

全く興味がなさそうに、エヴァンスは言った。明らかに半分も聞いていていなかったような顔だった。

「正直、カスミが言っていることは半分もわからん。が、君がそれをマーカットに伝えたいのだろうなということは理解できたよ。でも彼も理解できないと思うけどね」

エヴァンスは再びグラウンドに目を向けた。整備は終わり、選手たちは疲れ切った様子で引き揚げていく。

「そうだろうね。最近は、君たちに理解してもらうのは半永久的に無理なんじゃないかと思い始めているよ。アメリカ人で理解できるとしたら、キベイぐらいかもね」

「キベイか……」

エヴァンスは思案するように目を細め、顎を撫でた。

「どうだろう、ジョーたちにはわかるものなんだろうか。アメリカにいたころは、彼らは日本人以外のなにものにも見えなかったが、こうして君らを見ていると、彼らは日本人でもなかったとも思う。かといってアメリカ人にも思えない、ねぇ」

「日本人に見えない、しかしアメリカ人かと問われると難しいが」

エヴァンスの言葉を繰り返し、神住は空を見上げた。それは、非常に辛いのではないだろうか。

「会って、話してみたいものだな。そういえば君から見て、彼らのプレーは〝ヤキュウ〟だったか、〝ベースボール〟だったかどちらだ」

神住の問いに、エヴァンスは腕を組み、しばし考えこんだ。

「どちらでもあるが、どちらでもない」

「なんだそれは」

「そうとしか言いようがない。ただ、わかるのは、だからこそ彼の球は凄まじかったのだろうなということだ」

心臓を投げている。ジョーはそう言ったという。日本にもアメリカにも帰属せず、ただジョーという一個人として存在しているからこその、彼だけが投げられるボール。ふと、戦地から帰ってきたころの沢村の姿が頭に浮かんだ。あの時のボールには、すでに全盛期の面影はなかったが、巧みなコントロールと、なにより圧倒的な存在感で打者を圧倒していた。打者たちの多くは、彼の投球術の前に、沢村栄治という存在そのものに呑まれて打ち取られていた。

ジョーも、ひょっとしたらそういう投手だったのかもしれない。

誰もがどこかの国に属し、国のために戦ったあの時代に、どちらでもないものが存在して、ただひたすら投げる。それがどんなに、難しいことか。そして偉大なことか。

胸が震える。ああ、会ってみたい。

「そういえば、君のほうはジョーの手がかりは摑めたのか」

わずかに期待をこめて尋ねれば、案の定「いいや」とつまらなそうな答えが返ってきた。

「地元の仲間に聞いてみたが、彼のことを覚えている者のほうが少なかったよ。日系人の投手と言えば思い出したが、名前など覚えていない。まあ、そんなものだ」

「そうか。長期戦だな」

受付のヤナギ上等兵からも、あれから連絡はない。砂漠の中から針を捜すようなものだから、無理はない。

「せめて名字がわかればな」

「当時は日本人に名字が存在することすら知らなかったからな」

「ひどいな」

神住は力なく笑った。

ジョー。日本名のままだとしたら、ジョウイチやジョウジといったところだろうか。上に兄がいたという話だったから、ジョウジの可能性は高い。いずれにせよ、特定できるような名前ではない。

愛称しか知らぬかの投手は、今どこにいるのだろうか。同じ日本にいるのか。それとも第六軍と共に海のむこうか。あるいは本国。収容所。開戦前に日本に来て、日本兵として戦った可能性もある。どの陣営に所属していたにせよ、今もまだ投げていてくれればいい。どちらにも属さないそのボールを、失っていないようにと神住は心から願った。

4

東京ではすでに桜は散ったが、盛岡ではまだ蕾も固い。

しかし、秋の終わりに訪れた時よりは日差しもだいぶ和らぎ、山や田畑も淡く色づいている。ようやく蕎麦畑から本来の姿を取り戻したグラウンドで、神住はマウンドに立っていた。

「バントとは、まずこのようにバットを短く持ちまして」

神住の説明に合わせ、打席の青年が膝を落とし、バントの構えをとった。手にしたバットに「軍人精神注入棒」と書かれているのは、地元の学校から借りてきたものだからだ。海軍精神注入棒に見立てることで戦時を生き抜いた偉大なバットである。

神住がセットポジションから軽くボールを投げると、打者役の青年はコツンとバットを当てて、グラウンドにうまく転がした。

「このように勢いを殺したゴロを打ち、その間に走者が次の塁へと進みます。中等学校野球においてはとくにこのバントは重要で、守備側の対応もケースに応じて変えられます」

神住の説明を、数名の男たちが神妙に聞いている。春となり、指導班による講習も本格的に始まった。神住と新入社員の松井は、主に東北方面を回っている。神住は昨年にも連盟創立の件で一度訪れているので面識がある者が多いが、大学を卒業したばかりの松井は入社していきなり野球の指導を任されたため、緊張のあまりたまに貧血を起こしている。今日も顔が青い。

つい先日まで早稲田の野球部に所属していた彼は、朝から晩まで野球をやり過ぎたためにある日突然血を吐いて倒れたという伝説をもつほどの野球好きだ。おかげで徴兵を逃れたらしいが、投げすぎで肩を壊した神住も、野球のやりすぎで吐血するという状況が、いまいち理解できなかった。貧血もその後遺症らしいが、青い顔をしながらも松井はよく働く。なにしろ彼を朝日に紹介したのは、同じ早稲田の大先輩・佐伯である。卒業してもこのご時世ゆえ職がないと困っていたら、鶴の一声で大阪朝日への入社が決まったらしい。配属先は運動部。だが実体は、完全に連盟の雑用である。つまり、神住と似たようなものだ。

しかも、彼ら指導班が指導するのは、各連盟の有力者や審判候補。つまり、六大学野球部ＯＢが非常に多い。どこにでも必ず一人はいる。まだ二十代の神住と、昨年大学を卒業したばかりの松井は、大先輩を前にいまさら野球の基礎から丁寧に教えなければならないのだ。正直言って、拷問である。どう考えても、自分たちより詳しい相手に、なぜ塁は一塁から順番に回らねばならないかということを説明しなければならないのだろう。

それでも大半の者は真剣に聞いてはくれるが、中には馬鹿馬鹿しいといった態度を隠そうともしない者や、「そこはおかしい」と間違いを指摘してくる者もいる。もちろん、間違っているのは先方のほうだ。連盟は徹底的に規則を細かく洗い直し、わざわざ小冊子まで制作して指導に乗り込んできている。

ここでも、各地方の連盟を束ねる全国連盟というものがいかに重要か、神住は痛感した。

それぞれの地方に、学生野球を牽引しようとする実力者がいるのは素晴らしいことだ。彼らがいなければ、いかに生徒たちに熱意があれども野球復活もままならない。

ただ、人の記憶というものは薄れるものであり、また自分でも知らぬうちに細かく変化していくものだ。現役を離れて久しいとなれば、おのおのの野球観が現実と乖離していても無理はない。一番厄介なのは、まるっきり無知な素人よりも一家言ある経験者だということを、よくよく思い知ることとなった。

彼らにこのまま監督や審判をやらせたら、この地方の野球は野球ではなくなってしまう。なにしろ周囲には野球を知る者が他にいないのだ。彼らが絶対的なルールになってしまうだろう。

講習のたびに、恐縮と使命感の重圧にそれこそ血を吐きそうになるが、神住と松井は粛々と各地を回った。今日足を運んだ盛岡は、幸い難癖をつけてくる者はおらず、講習はじつに順調に進んだ。

が、それはそれで、不安になる。堀田の姿が、どこにもないのだ。

連盟設立の際に提出された書類にも彼の名はなかったのでそうではないかと思ったが、堀田は連盟はもちろん、監督に復帰することもなかったらしい。

できることなら、堀田ともう一度、話してみたかった。プロの躍進。日本の野球はベースボールではないと拒絶されたこと。平古場たちのめざましい復活。そして少しずつ見えてきた、日本の野球道。今ならば、堀田の言葉の数々も以前より理解ができる。その上で、連盟に復帰してほしいと頼みたい。ああいう視点をもつ者が、連盟には必要なのだ。

「堀田さんのご自宅、わかりますか？　行ってみようかと思うのですが」

連盟の役員に尋ねると、彼は目に見えて狼狽した。が、神住が一歩も引かぬ気配を察したのか、あるいは彼も堀田のことはどうにかしたいと思っているのか、結局は「私が言ったって、言わないでくださいよ」と念を押しつつある場所を教えてくれた。

講習後の交流を松井に任せ、早々にグラウンドを後にする。松井も慣れたもので、「見つかるといいですね」と力なく笑って見送った。見つかるといい、とは、おそらくこの場合は堀田ではなく、〝ジョー〟のことだろう。神住は講習に訪れると、必ず駐屯しているＧＨＱの部隊に近づき、日系人を中心にジョーを知らないか尋ね歩いた。もっとも、わかるのはジョーという名前と身長、目が大きいという程度。カリフォルニアの日系人チームにいたということぐらいなので、捜しようもなかったが、すっかり習慣と化していた。

今回はあいにく、目的はジョーではない。神住が向かったのは、町の中心からやや離れた場所だった。灌漑池を囲むこの一帯は、公園となっているようで、休日ということもあって家族連れの姿も多い。進駐軍に開放されている慰安所も近いため、米兵の姿もちらほら見かける。

踏む足裏の感触はやわらかい。草が萌え、オオイヌノフグリやハコベがひっそりと顔をのぞかせていた。あと半月もすれば、あたりは一気に色づくことだろう。

草を踏んで歩くうち、きれいに草を刈った場所に出た。子どもたちが威勢のよい声をあげながら、駆けずり回っている。ほとんどが小学生だ。

「次、いくぞ！」

彼らに向かって、ノックを打っている男がいる。堀田だ。ノックと言っても、手にしているのはバットではない。どこかの木を切り出した、手作り感あふれる棒だ。しかしそこから繰り出される打球はなかなかのものだ。ボールは真っ黒だったが、おそらく本物の軟球だろう。

軽くバウンドして地面を進むボールに、子どもが勢いこんで飛び出した。見れば、両手とも素手だ。どの子どもも、グラブをもっていない。ボールを捕ろうと伸ばした手は、しかしあと少しのところで間に合わず、トンネルしてしまった。ああ、と悲痛な声をあげて追いかけていく。

「いいぞ、待たずに飛び出すクセをつけるんだ！　ボールを恐れたらダメだぞ！」

堀田が呼びかける。よく通る胴間声だった。ボールを拾った子どもが、大きくふりかぶって男のもとに返球する。

「へえ」

神住は感嘆の声をあげた。なかなかのフォームだ。明らかに、それなりの指導を受けたとわかる。

「おい、何しに来た」

いきいきと走り回る子どもたちを眺めていると、不機嫌もあらわに声をかけられた。ノックを打つ手を止めて、こちらを睨みつける堀田の顔は、昨年会った時よりもややふっくらしている。運動しているせいか、血色もよい。

「講習です。以前、お話したこともあるかと思いますが」

「本当に来たのか。ご苦労なことだな」

「大会のためにできることは何だってしますよ。堀田さんがいらっしゃらないので、残念でしたが。ここで何を？」

堀田はふん、と鼻を鳴らし、休憩がてらボールをつかんで走り回る子どもたちを見やった。

「見ての通りだ。野球を教えている」

「それは素晴らしいですが、なぜ中等学校野球ではないのですか？」

「中等学校のほうは、あんたたちが呼びかけて、どうになるだろう。だが、その下の子どもたちは、本当に野球を知らない」

五年という月日は長い。

現在、中等学校に在籍している生徒たちも野球から遠ざかってはいたが、それでも幼いころに、甲子園のラジオ中継を聞いたことぐらいはあるずだ。しかしその下の世代となると、本当に野球のやの字も知らない者もいる。

「このままでは、何年も地元の野球は低迷することになる。全体の底上げのためにも、小学生に野球を伝える者も必要だろう」

「なるほど」

「あんたたちは、目の前のことには懸命だが、社に関わりのないことは気にしないからな」

地方の現状が何もわかっていない、と以前罵った時とは違い、堀田の口調にも表情にも棘はなかった。彼もまた、この半年で、心の中で諸々と折り合いをつけたのだろう。

中等学校の監督として復帰することはできない。生徒たちから野球を奪った以上、もうそこに戻ることはかなわなかった。誰が許しても、堀田は自身を決して許すことはできないだろう。

　それでも、青少年の野球のために、何かしたい。重い腰をあげてくれたのが、神住は嬉しかった。

「堀田さんのような方こそ連盟に必要だと思っていましたので、残念ではありますが、たしかに堀田さんがなさっていることは、今の連盟ではなしえないことやと思います。素晴らしいです」

　素直な賞賛を送る神住を、堀田は胡散臭そうに見やった。

「なんだ、えらい殊勝だな」

「自分らの傲慢に気づかせてくれたのは、堀田さんです。ですから、お礼を言いたかったんです。こちらには、志願して来ました」

「……そうかい」

　堀田は眉根を寄せ、目を逸らした。棒きれを振り回し、騒ぎながらボールを投げ合う子どもたちをしばらく黙って眺めていたが、やがて気乗りしない様子で再び口を開いた。

「あのあと、俺はまわりの連中にえらい絞られたよ。自分の鬱屈を、あんたにぶつけているだけだってな。まあ、たしかにそれもあっただろう。だが間違ったことを言っていたとも思っちゃいない」

「はい。どだい、今年の夏に開催するというのが無謀なのです。それは確かです。

ＧＨＱにも、さんざん考え直せと言われたぐらいですから」

神住も、無心にボールを追う子どもたちを見つめる。最近、道ばたで野球をする少年たちが増えてきた。

いや、戦争中もいるにはいたのだ。大会がなくなっても、授業から消えても、棒きれと布のボールで楽しげに遊ぶ子どもたちは残っていた。ただ、神住が目に留めようとしなかっただけだ。それを「野球」と認識していなかっただけなのだ。

ユニフォームを着て、きちんとしたグラブをもって、革のボールを追いかけるのでなければ本物ではない。早くそれを取り戻してやらねばという思いは、たしかに傲慢だ。以前、重野に六大学の特権意識を揶揄されたことがあるが、神住自身、やはりどうあがいても野球エリートでしかない。自分たちが受け継ぎ、守ってきたもののみが野球であるという意識が、どこかにある。

野球とは、もっと自由であり、広く開かれたもの。老いも若きも、それぞれの形で楽しめるもの。それをこの半年で、ようやく思い出した。もう二十年近く、忘れていた感動だった。

「今、私たちがやろうとしているのは、たしかに押しつけに過ぎんのかもしれません。それでもやはり、今年にやらねばならんと思うのです。ここにいる子どもたちが再び憧れる聖地を、我々は取り戻さねばならない」

「なら、それでいいさ」

堀田の声は、穏やかだった。

「たとえ今は張りぼてでも、それを望む者が多いなら、必要なんだろう。どんな不具合も抑えこんでもやるというのなら、あんたたちがもう二度と、権力に屈して野球を子どもたちから取り上げないことを祈るよ。それが、あんたたちの義務だ」

「肝に銘じます」

「ところであんた、講習に来たんなら、ここでも少し教えていけ」

「はい、もちろん――は？」

話の流れで反射的に頷いてしまった神住は、ぎょっとして堀田を見た。

「じいどもにルールを教えられて、子どもに教えられないってことはないだろう。元甲子園球児の球、あの子らに見せてやってくれよ」

「甲子園!?」

突然、甲高い声が乱入した。

遊んでいるように見えて二人の会話に聞き耳をたてていたらしい子どもたちが、目を輝かせて神住を見ている。野球に接する機会がなくとも、甲子園という名の大きさは未だに受け継がれているようだった。

「そう、こいつは甲子園に出た有名なピッチャーだ。その後は六大学で活躍した。せっかくの機会だ、ミスター・甲子園に教えてもらえ」

何を適当なことを。慌てて訂正しようとしたが、子どもたちの熱を帯びた視線が開きかけた口をつぐませる。

「……あー、ちょっと肩怪我してもうてなあ、昔のようにはいかへんねんけど。それでもええかな」

我ながら言い訳がましいな、と思ったが、神住の言葉を聞いて子どもたちは歓声をあげた。

5

千林商店街は、人でごった返していた。

公設市場から発展し、周囲の商店街とも連携して成長した大阪有数の商店街は、幸いにも空襲の被害を受けずに済んだ。終戦直後から闇市が立ち、それすら吸収して商店街はさらに膨張し、今では遠く離れた場所からもわざわざ足を運ぶ者がいるほど賑わっている。

神住美子は、人波を巧みにかいくぐり、商店街を進んでいく。もうこの雑踏も慣れたものだ。戦時中、ものもなく閑散としていたころに比べれば、はるかにマシだと思う。そのぶんずいぶん物騒になり、終戦後にこちらへ越してきた義父母などは、「美子はん別嬪やから心配やわ」と一人での外出をしきりに心配するが、一度、彼らを連れてきたところあまりの人混みに中てられて二人とも寝込んでしまい、それからは何も言わなくなった。

　彼らがやってきたことで生活はむしろ戦時中より苦しくはなったが、とりあえず餓死の心配はないのでそれだけでも現状ならば充分だ。少し不満があるといえば夫がほとんど家に帰って来ないことだが、記者と結婚したのだし仕方がない。

　なにより、最近の夫はじつに楽しそうだ。忙しいだの、なんで俺が下っ端みたいなことをと文句を言いながら全国を駆け回っているが、どう見ても厭そうではない。講習で実践しなければいけないからと、長らくしまいこんでいたグラブとボールを出した上、鏡の前で投球フォームの確認を始めたり、客間で素振りをし出した息子を見て、舅が嬉しそうにしていたのは印象的だった。

「やっぱりあいつは、野球をやらんと駄目やなぁ」

　息子とは違い、小柄でずんぐりとした体と、いかつい顔立ちをした舅は、美子の前ではほとんど口を開かなかったが、この時ばかりは、息子の中等学校時代の活躍をいろいろと聞かせてくれた。

　背が高く、がっしりとした姑に似た長男・匡は、薙刀（なぎなた）の名手だったという母の特徴も受け継いで、幼いころから運動が人一倍できたこと。舅が昔打ち込んだ野球を教えたところたちまち上達し、すぐに町でも評判の速球投手となり、野球の強豪校に進むことになったこと。そして初の甲子園、深い挫折。

　本人からはごくかいつまんだ形でしか聞いたことのなかった神住匡の少年期を、

その父親は詳しく語ってくれた。

「当時はえらいもてたんやで。けどまあ、でかい女が好きいうところまで俺に似るとは思わんかったなぁ……。まあ美子さんは、うちのとちごて別嬪やけどな」

縁側で茶を飲みつつ、舅がしみじみそう零したところ、即座に背後から雑巾がとんできたのはいい思い出だ。姑は、もし男に生まれていたら、息子以上によい投手になっていたかもしれない。

夫婦げんかを始めた義父母を眺めながら、美子はその時、うちはなかなか運がえなあと思ったものだった。

美子は、農家の二女、七人きょうだいの三番目という、家族の世話だけで人生が終わることが約束されている位置に生まれたが、きょうだいで一番の器量よしだった。おかげで面倒なことも多々あったが、見た目に反して子どものころから腕っ節が強く、足下の石ころは気づかないうちに蹴り飛ばす性格だったために、総合的に見れば得をするほうが多かった。早々に家を飛び出して新大阪ホテルの受付嬢に採用が決まった時は、今から自分の人生が始まるのだと嬉しかった。戦争は終わる気配を見せなかったが、それはそれ、自分には関係ない。寮での生活は面倒もあったものの、基本的には自分の面倒だけ見ていればよいという生活は素晴らしかった。両親からはたまに釣書が送られてきたが全て開封せずに送り返したし、しばらくは結婚する気など毛頭なかった。

神住国に言い寄られた時も、最初はなんとも思わなかった。職場から目と鼻の先の朝日新聞の社員から口説かれたり手紙を貰ったりするのは日常のことで、言葉よりも食べ物がほしいと常々思っていたが、神住を見た時は、まずアンタが何か食べなあかんと思った。痩せこけて顔色が悪く、眼鏡の奥の目は死んだ魚のようだった。そのくせ口はよく回るし、言っていることはお調子もののそのものなのが不気味だった。

なぜ、彼に決めたのか、今でもよくわからない。同僚には考え直すよう何度も止められたし、いつも美子をいびる先輩のミヨですら「なんでよりによってアレなん？もっとええのなんぼでもおるで、考えなおし」と真剣な表情で諭された。今思えば、ミヨのせいかもしれない。彼女に言われると、逆のことをしたくなる。そういう人間はいるものだ。

ただ、ミヨの言うこともっともだった。神住はお世辞にも評判のいい社員ではない。見た目も幽霊のようだったが、実際に半分幽霊社員のようなもので、ともかくやる気がなかった。報道部の記者が暇なはずはないのに、煙草をくわえてぼうっとしているところがよく目撃されていたし、上司や同僚からもあまり評判はよろしくないらしい。

今でこそ人手不足で、まだ若いから雇われているけれど、戦争が終わって召集されていた社員たちが戻ってきたら、真っ先にクビになるだろう。そう思っていたはずなのに、なぜか気がついたら神住美子になっていた。たぶん、自分がいなければこの人はクビになるだけではなく近々死ぬ、と思ったからかもしれない。常にその場しのぎの風まかせ、気がついたら足を踏み外して崖から落ちているタイプだ。

べつに放っておいてもよかったが、よくよく見れば死神みたいな風体も素材は悪くなかったし、運動部にいたころはなかなかに熱い記者だったという話も聞いた。もうちょっと人間に戻してみたい、と思ったのが運の尽きだった。子どものころ、弟や妹、果てには近所の子どもたちの子守をし続けたせいか、世話好きの性質に火がついてしまった。

神住は心の底から喜んで、奮発して森小路に新居を用意した。新居のあたりはほとんど空襲を受けることもなく、その後すぐに戦争も終わった。こんなに早く終わると思っていなかったので、なんとかして夫の解雇を阻止せねばと思っていたところに、野球復活の話を聞いた。適当に焚きつけてみたら、夫は予想以上の反応を見せた。

今では、戦時中の面影などどこにもない。毎日のように講習だの講演だので各地を飛び回っているところを見ると、果たして記者とはこういう仕事だっただろうかと疑問に思うこともあるが、夫の言うように「今、運動部の若手は連盟の雑用係でしかないから」というのは本当のことなのだろう。愚痴を言いつつも、美辞麗句を並べてばかりいた記者時代よりはるかにいきいきしているのだから、問題ない。

美子は野球がわからない。あまり興味もない。

夫は結婚当初はあまり野球の話をすることはなかったが、最近はたまに家に帰ってくると、平古場だとか各地の期待の選手だとか、そういう話ばかりしている。とりあえずにこにこと聞き流し、多少は肉がついてきてよかった、などと考えていたが、まさか自分まで野球の手伝いをさせられることになるとは思わなかった。

「悪いんやけど、あさって、モリ運動具店に行ってくれへんか？」

夫にそう言われたのは、一昨日のことだった。いつものように、義父母が寝たころになってようやくよろよろと帰ってきた彼は、講習先の土産だという塩羊羹をもそもそと食べながら、疲れた顔で言った。

「モリさんとこ？　商店街の？」

「明後日、ボールが一ダース入るんやて。ＰＸから流れてきた正規品や。買うてほしいねん。金は預かっとるし」

今思い出したといった顔で、鞄から封筒を取り出す。

「そんなん、他の人に行ってもろたらええやないの」

「若いのはみんな講習で出払っとって人出が足りへんねん」

「ボールなんかそうそうすぐ売れへんわ。高いんやし」

「甘いで」

羊羹をさしたままの黒文字を顔の前に掲げ、神住はしかめ面をつくった。

「今は争奪戦やねん。どっかの中等学校が購入するんならええけどな、企業とか大学とかにとられるわけにはいかんのや。たぶん情報はそっちにも行っとるからな、朝イチで行ってほしいんや」

「朝イチ？　いややわ、やることぎょうさんあんねんで」

「おかんにやってもろたらええ」

「お義母さん、掃除雑なんよー。勝手にもの動かすし困るのうちなんやけど」

「そんなんゆうたら雑巾とんでくるで。まあ一日ぐらい我慢したり。な、頼むわ。笹かま買うてくるし」

笹かまにつられたわけではないが、結局、美子は承諾した。仕方がない。たしかにこれは土地勘のある自分が行くのが賢明だ。商店街はとにかく大きい。朝が一番混むし、この人混みを突破して目的地に辿りつくなど、朝日の社員たちにはとうていできそうにない。夫ですら、引っ越してきて一年経つというのに、商店街のことはまるでわかっていないのだ。日本全国、時には海の向こうまで飛び回ってはいても、自分が生活している地元のこととなると迷子同然になる。

商店街に足を踏み入れ、目当ての運動具店についたのは、開店直前だった。それらしい人影はないのでほっとする。朝日の運動部員たちは、闇市でボールを見かけるたびに購入しているそうだが、まだ十ダースほどらしい。全国に配布するにはとうてい足りない。文部省にも製造の交渉に何度か出向いているそうだが、なかなか許可が下りないと聞く。つくづく文部省とは相性が悪いようだった。

　どういうルートかは知らないが、時々こうして、闇市でもない運動具店に、野球用具が入ってくることがあるらしい。闇市よりは良心的ではあるものの、やはり法外な値段だが、ものはたしかなので、情報を摑めばすっとんで行き、頭を下げに下げてどうにか譲ってもらうのだという。

　今回は幸運にも、運動具店と取引のある学校関係者から情報が入ったという。他の学校にも話はいっているはずだから、なんとしても彼らの前にということらしい。べつに大学でも企業でも同じ野球ならばいいのではないかと思うし、まして中等学校の人間が買いに来るなら問題がなさそうだが、いま運動部がこつこつためているのは、全国の野球部に回すためのボールなので、大阪の学校だけで完結するのは困るのだそうだ。

　店の前で開くのを待っていると、突然「失礼ですが」と声をかけられた。驚いて目を向けると、やたらとしょぼくれた中年の男が立っている。知らない男だ。季節はずれの外套を着込み、両手をポケットにつっこんでいる。眼鏡の奥の目は、暗かった。

「なんでしょうか」

「あなた、ボールを買いにいらしたんで？」

美子は身構えた。

「はい。おたくもですか」

「そうですが」

男は疑いを隠そうともせず、じろじろと美子を眺め回した。その遠慮のない視線にむっとして気分を害し、「主人の代理でまいりました」とつっけんどんに言うと、相手の顔に驚きが浮かび、よりいっそう、それこそ穴のあくほど顔を見つめられた。

「もしやあなたは、神住さんの奥様ですか」

ずばり言い当てられ、美子は目を丸くした。

「はい。どこかでお会いしましたか」

「いいえ、初めてです。ですが、ご主人には大変お世話になっております。申し遅れました、私は多々良と申します」

「多々良……」

どこかで聞いたことがある。記憶を探る美子を助けるように、「息子を以前、記事にしていただきまして」と多々良が付け加えた。

「息子さん……ああ!」

どうりで聞いたことがあると思った。夫が以前話していた、野球好きの少年だ。だいぶ話を膨らませて英雄にしてやったのだ、と心なしか誇らしげにしていたことを覚えている。

いつもはなんでもハイハイと聞き流すが、この時は「してやった」という言い方に違和感を覚え、「新聞が嘘はあかんよ」と言った。すると夫は、「ちょっと脚色しただけやし、これで多々良家も少しは慰められるしええやろ」と笑い飛ばした。納得はいかなかったが、まあこの人らしいわ、と美子は話を流そうとしたが、しばらく経ってから「それにな」と夫が低い声音で言った。

「今までさんざん、しょうもない戦死を、護国の鬼だの軍神だの書いてきてんねんで。兵士やない、ごく普通の少年の死を華々しくして何があかんのや。それで少しでも皆、幸せになるんやったら、こっちのが全然マシやわ」

夫はこちらに背を向けていたので、表情は見えなかった。だが、いつものふざけた色が欠片も見当たらぬ声音は心情を伝えてあまりあるものだった。

「息子さん、ほんまご愁傷さまでした」

美子は深々と頭をさげ、あ、と気がついた。そういえば以前、大阪駅前の闇市で多々良がボールを買おうとしていたと夫が話していた。たしか下の息子が野球をやりたいと言っているから、せめて新しいボールを買ってやりたいのだと。多々良さん変わったなあ、と嬉しそうに語っていたことを思い出した。今日ここにボールが届くことを知っているということは、息子の願いはかなったのだろう。

「今日は、野球部で使うボールをお求めに？」

顔をあげて尋ねると、多々良は気弱げに微笑んだ。

「そんなところです。ところで今日、神住さんはどちらに？」

「ああ、今は夏の大会に向けて指導班をつくって、全国を飛び回ってるんです。昨日から四国のほうへ」

「ははあ。着々と前に進んでいってますなあ。お忙しそうで、何よりです」

「ほんまに家に戻ってきませんよ。それにしても、他はおらんのですかね？　争奪戦になるて聞いてたんやけど」

美子はあたりを見回した。もう開店時間まで間もないのに、店の前には自分と多々良しかいない。多々良のところまで連絡が回っているのならば、強豪校あたりはもっと人を送りこんできそうなものを。

「ああ、朝日に連絡を入れたん私ですから」

さらりと答えた多々良を、美子は仰天して見つめた。

「え、おたくが？」

「はい。以前ボールを頂いたんで、お礼をさせてもらえればと思て、神住さんだけにお伝えしようと」

「……ああなるほど、そうやったんですか」

美子はほっと息をついた。さすが教師だけあって、義理堅い。一瞬感心しかけたが、すぐに疑問が頭をかすめた。

いや、どうやって多々良が情報を手に入れたのだろう？　そもそも、そういうことならここに多々良が来る必要がないではないか。もしくは自分で手に入れて、神住に手渡せばよい。

それ以上に、窶れた顔に絶えず浮かんでいる微笑へのこの違和感は、なんなのか。美子は無意識のうちに後ずさっていた。もう開店時間のはずだ。しかし店は開く様子がない。

「おかしいな、開きませんねえ」

多々良はのんびりとした口調で言った。だがその目は、店などまるで見ていない。ずっと、美子の面に据えられたままだ。

「お礼をせな、あかんのに。困ったな」

白茶けた唇は、引きつれたような嗤いを貼りつけたまま干からびている。その直後、出会いしなからずっとポケットに隠されていた右手が、急にこちらに向かってきた。その先に光る刃先を見た瞬間、美子は身を翻し走り出した。

第七章　神宮球場

1

病室に飛び込むと、白い寝台に横たわる妻の姿が見えた。

走ってきたせいで沸騰しそうだった血が、一瞬にして冷える。足が床に縫い止められたように動かなくなった。

「匡、何しとんの」

呆れた声に、ようやく寝台横の椅子に母が座っていることに気がついた。まったく目に入っていなかった。

「美子」

おぼつかない足取りで寝台に近づく。消毒液のにおいが強く鼻をついた。美子は眠っている。顔色は敷布に負けず劣らず白い。掛け布団の上に投げ出された右腕は、浴衣の下に包帯が巻かれていた。めまいがした。

「ほんまにもう、しっかりしいや」

　ふらつく息子に椅子を勧め、母は手ぬぐいを放ってよこした。

「汗と涙と洟でべしょべしょやん。美子さん目ぇさましたら、指さして笑われるで」

「笑われたいわ。生きとるんやな？」

　へたりこむように椅子に腰を下ろし、顔を拭く。呼吸はまだまだ落ち着く様子は見せず、汗もとめどなく流れるが、ひとまず涙は落ち着いた。明瞭になった視界に焼きつけるように、改めて美子を見つめる。おそるおそる顔に触れると、温かい。

「起こしたらあかんで」

「眠っとるだけやんな？」

「せやで。刺されたんは腕だけ。傷は浅いて。それより、逃げる時にこけて足捻挫したみたいなんやけど、そっちのが痛むみたいや。疲れてはったし、よう眠れるよう鎮静剤いれただけや」

「ほんまに眠っとるだけやんな？」

「しつこいわ。腕で払って、そのまま逃げたんやて。いやあ、たいしたお人やわ。うちやったら、足竦んでもうたやろなあ」

　母はしみじみと、眠る美子の顔を見た。普段ならば、いやそれはないわと返すところだが、さすがに今はそれどころではなかった。

　美子が刺された。そう聞いたのは、四国での講習を終えた直後だった。青い顔をした支局長に「神住さん、ちょっと」と呼び出され、その十分後には支局を飛び出していた。幸い四国はまだ近いほうだったが、船がなかなか来ず、いっそ泳いで渡ってやろうかと何度か海に飛び込みかけた。

支局を出たのは昼すぎだったが、大阪の病院に駆け込んだのはすでに夜で、面会時間などとっくに過ぎていた。事情が事情なので通してくれたが、うっかり廊下を走ってしまった時には怒られた。

命に別状はない。軽傷である。何度も聞いたが、この目で見るまでは信じられなかった。

顔色は紙のように白くとも、呼吸は安定している。苦痛の色はない。ようやく、現実に頭が追いついた。大きなため息とともに、頭を抱える。汗に濡れた肘が腿に食い込み痛みを覚えたが、こうでもしなければ上半身を支えられなかった。

「犯人、あんたの昔のお客さんらしいやないの」

母の声が、頭上から落ちてくる。神住は勢いよく顔をあげた。

「え？」

「何や、あんた本社戻らんとこっち来たんか」

「当たり前やろ。犯人わかったんか」

犯人はその場ですぐ捕らえられたという話は聞いている。が、誰かまではまだ耳に入ってはいなかった。

「タタラいう人やて、重野さんが言うてはったで」

「多々良……？」

全く思いがけない名前だった。たしかにボールの情報を教えてくれたのは多々良だ。争奪戦になるから朝一番に行く、と返事をしたら、ご武運をお祈りしますと笑っていた。

「なんで多々良さんが……いや、そもそも、重野さん来はったんか？」

「来はったで、取材に。明日の朝刊に載るんちゃうか」

「取材ぃ？」

思わず声が高くなった。母の目がつり上がり、あわてて口を押さえて美子を見やる。眉根がわずかに寄っていたが、ほどなく呼吸も表情も落ち着き、ほっとした。

「こんな時に取材て何考えとんねん。いやまあ記者としては当然やけど、通すなや」

声をひそめて咎めると、母も同じく小声で反論した。

「もちろん先生やうちは、あかん言うたんやで。けど、美子さんが大丈夫やからって押し切ってな。重野さんにはあんたが世話になったし、この人なら変に話大きしたりせぇへんから安心できるゆうて、むしろ話すならこの人しかおらへんて」

母も、発言した美子も、とくに含みはなかったのだと思う。が、その言葉は神住の胸を深く抉った。

重野は誠実な記者だ。戦時中ですら、上が望むような大言壮語を記事に盛るようなことはあまりしなかった。それでも終戦後、罪悪感から記者をやめるべきかと零した彼を神住は笑ったが、美子のほうは「重野さん、真面目なお方やしなあ」と理解を示していた。ほとんど忘れかけていた他愛ない光景が、今になって神住を打ちのめす。

「……俺のせいや」

茫然と美子を見やり、神住はつぶやいた。母は怪訝そうに「何？」と顔をのぞきこむ。

「美子が襲われたんは、俺のせいや」

「そらまあボール買うてくるようゆうたんはあんたやけど、こんなんなるやなんてわからんやろ」

「ああ、全くわからんかった。それがあかんのや」

最初から、疑いもしなかった。ただの善意だと思い込んでいた。その時点で、もう駄目だ。

「俺、恨まれてたんや。殺したなるぐらいに」

「……そらまあ、記者やったらそういうこともあるやろな」

軍部の怒りも怖いが、どんな小さな記事でも傷つく者はいる。どうやってもそれは避けられない。苦情どころか脅迫状を貰ったことも少なからずあった。

だが、これは予想してはいなかった。多々良には感謝されこそすれ、憎まれているなどとはこれっぽっちも考えたことはなかった。神住の中では、報道部時代における数少ない、いい思い出だったぐらいだ。

『未来見るのはええけどな、過去はなかったことにならへんで。前ばっかり見て、足すくわれんよう気ぃつけや』

そう言った重野は、この日を予測していたのだろうか。大会復活に浮かれていた自分は、彼の言葉を聞き流していた。

「俺のせいや……」

頭を抱えて呻く息子を、母は呆れた様子で揺さぶった。

「ちょっと、しっかりしぃや。なんやようわからんけど、悪いのは犯人に決まってるやろ。美子さんも重野さんも、逆恨みちゅうとったで」

「もちろん犯人は憎い。この手で刺してやりたいわ」

だが一番憎いのは自分だ。多々良も、自分の捏造によって人生がねじ曲げられてしまった被害者だ。逆恨みと言われれば、もちろんそうだろう。だが死んだ多々良肇は英雄でもなんでもなく、その父親も聖人ではなかった。

戦時中に称揚された者は、今は全て唾を吐かれ、憎まれる。わかっていたはずなのに。

自分が刺されるのならば、まだいい。だがまさか、美子にまで害が及ぶとは思っていなかった。

「俺のせいや。すまん、美子。すまん……」

無事な左手を握り、額に当てる。走り通しで火照った体には、美子の手の甲はひんやりと心地よい。その手に熱が伝わるほど握りしめ、神住はただ、すまんと繰り返した。


本社に出向いたのはすでに夜も更けてからだったが、編集局にはまだちらほらと人がいた。

「講習、途中で抜け出して申し訳ありません。明日は予定通り向かいます」

伊藤部長に頭をさげると、相手は呆れた顔をした。

「今日は来んでええちゅうたのに。奥さんとは話せたんか」

「いえ、まだ眠ってます」

「あほ、ほならこんなとこ来てる場合ちゃうやろ。今日ぐらいはついててやらんか」

叱責もごもっともだが、別に勤労意欲に燃えているわけではなく、単に母親に追い出されてしまったのだ。

「いやそれが、家内が起きた時、こない辛気くさいんがおったら具合悪なるゆうて、追い出されたんですわ」

正直に答えると、呆れ顔が気の毒そうな色に変わった。

「はあ、まあおまえベタ惚れやしなあ」

「そうなんですかね……」

そう言いながらも、視線はだだっ広い編集局の中を忙しなく探る。伊藤部長は察して苦笑した。

「重野ならまだ残っとるで。行ってこい」

「すみません」

恐縮して頭を下げ、社会部へと向かう。巨大な大広間のような部屋に、これまた巨大な机が三列並ぶ編集局の中で、最も広い面積を確保しているのが社会部である。最近は運動部も昼夜問わず出入りが多いが、社会部の居残りが多いのもここだった。

の空気はやはり独特である。

重野は一心不乱にペンを走らせていた。彼は速筆だが、気が済むまで何度も書き直し、デスクに書き直せと言われても納得しなければ頑として受け付けなかった。それで記事を差し替えられることも少なくなく、その頑なさを神住は正直なところ疎んじていたし、上司も同様のはずだったが、信頼を得ていたのは重野のほうだった。

「重野さん」

遠慮がちに声をかけると、ペンがぴたりと止まる。振り向いた顔は、以前とはまるで様子が変わっていた。原始人とあだ名されていた髭はきれいさっぱり消え失せており、煮しめたような色をしていたシャツも見るからに清潔そうな布地に変わっている。石鹸の香りは相変わらずだったが、それ以外はまるで別人のようだった。長らく疎開していた妻子が戻ってきたのだろう。

「おう、神住。戻ってきたんか」

つるが微妙に歪んだ眼鏡を押しあげ、重野は痛ましげな顔をした。

「はい。その、お世話になったみたいで」

「すまんな、大変な時に病室におしかけてもうて。けど気丈な奥さんやなあ、あら大事にせなあかんで」

「はい。……あの、多々良のこと、記事にしはったんですよね」

なんと言い出すべきか迷ったが、遠回しに言っても仕方がない。結局、単刀直入に切りだした。

「明日の朝刊に載るで。ちっこいけどな」

「なんて書かはったんです」

「事実のみや。あとはまあ、警察から聞いた動機やな。ゆうても、多々良の言い分めちゃくちゃやけど」

「……多々良はなんて？」

「とにかく、野球が憎いんやと」

息を呑む。

「憎い？」

「ああ。ほんで、大会復活に動いとる朝日の社員がいまいましゅうてならんかった。それで衝動的にやった。ほんまは記者本人を刺すつもりやった——ま、記事にはそれぐらいいやな」

「憎いてなんでや。そやかて下の息子に、ボール贈ろうとしてはったのに」

兄貴の遺志を継いで野球をやりたいと言っていた、そのために白球を贈りたいのだと、はにかみながら話していたではないか。

「まあ戦時中、多々良は勤めとる中等学校の野球部排斥に率先して動いとったようやしなあ。けど息子が弟を助けて死んで、その息子が野球を愛してたっちゅうことをわざわざ記事に書いたアホがおったやろ」

重野は皮肉っぽく笑い、神住を見た。

「その時、多々良の頭に浮かんだんは、なんてことを書いてくれたんや、自分の立場がのうなるっちゅうことやった——やと」

神住は絶句した。初耳だった。

「けどまあ、あの記事がなんやかんや評判になって、恥さらしの息子が英雄になってもうた。野球の件も若者らしいエピソードとして不問。多々良は立場を失わずに済んだ。むしろ評価があがった。けどまあ戦後はそんなもん反転するわな。あげく野球大会復活で周囲はにわかに盛り上がり、校内も早々に野球部復活」

野球が盛り上がるとともに多々良は次第に立場を失い、家でも家長の威厳など消え失せた。息子が事故で死んだ時も真っ先に自分の立場を案じたことを、妻子は忘れてはいなかった。そして下の息子は、率先して野球を始めた。父はせめてもの償いで真新しい白球を贈ったが、一度入った亀裂は戻らない。

「多々良は先週、退職しとるんや。なんでも、野球部の部室を壊そうとして、もみ合いになって生徒を怪我させたとかでな。もう完全にまともやあらへん。家にも、三日前から戻ってへんそうや。まあ家族も捜索願いも出してへんぐらいやから、あれやけど」

神住はただただ茫然としていた。

何も知らなかった。多々良とは闇市で会ったきりで、そのときもずいぶん様相が変わっているとは思ったが、そこまで深刻だとは思っていなかった。まるで人助けをするような気持ちで、ボールを贈らせてくださいなどとほざいたことを覚えている。自分と同じように、彼もまた、なんとか前に進もうとしているのだと思っていた。同志のような思いさえ、抱いていたのだ。

「俺は……よかれと思て……」

衝撃に、息が詰まる。何か言わなければこのまま窒息しそうで、神住はきれぎれの声でそれだけ絞り出した。

「よかれと思て、ゆうんがまず傲慢なんや。記者は真実を伝えなあかん」

ぴしゃりと重野は否定した。

「俺らがやっとるんは人助けでもなければ、政府の太鼓持ちでもあらへん。結果的にそうなったとしても、それを自分に許したら終わりや。その途端に、筆は傲慢になってまう」

「……ああ」

神住はつぶやいた。重野がこう言うのは、はじめてではない。戦時中から、しばしば耳にしてきた。そのたびに、この状況で何を、と内心笑っていたものだった。鬱陶しくて苛立つこともしばしばだった。

「そうやった」

だが今は、なんの違和感もなく、言葉は体の中に落ちてきた。胸の底に触れた途端、弾けるような感覚があった。それは急激に膨れあがり、熱い奔流となって喉を駆け上がる。自分の体の変化に戸惑う間もなく、神住は突然、両目から涙を溢れさせた。

重野は一瞬目を見開いたが、再び目を細め、じっと神住の顔を眺めていた。口許から立ち上るのは、煙草の煙。涙腺が壊れたのかと思うほど塩辛い水が溢れる目に、この煙は痛い。よけいに涙が出る。が、やめてくれと口を開こうとすれば、今度は嗚咽が漏れた。息が苦しい。洟まで出て、口に流れこむ。最悪だ。ますます泣けてくる。

自分が何に泣いているのかわからないまま、神住は泣いた。何も言えない。涙で、重野の顔すらろくに見えないのが、せめてもの救いだった。

神住にわかるのは、重野のシャツの白さだけだった。頭を駆け巡る、さまざまな光景。白い寝台に横たわる美子の、白い白い顔。闇市で出会ったコルクのボールも、目に痛いほどの純白だった。あの雑然とした光景の中、他をよせつけぬほど白く輝く様は、闇夜に迷う旅人に道を知らせる星のようだった。中身はただのでたらめなのに、つくろった表面だけはそらぞらしいほど美しかった。

その後、本物のボールを贈ったけれど、結局それは何ももたらしはしなかった。むしろ、溝をより際立たせるものとなったかもしれない。

多々良の凋落が止まらぬ一方で、野球は昔日の勢いを取り戻していく。復興も何もないまま、全てが放置されたまま、ただ野球ばかりが唯一の希望のように取り上げられ、人々はとびついていく。新聞に告知が載り、神住は昔など忘れた顔で日本中を飛び回る。

次第に野球の記事が増えていく紙面を、多々良はどんな思いで見ていたのだろう。彼はおそらく、闇市でボールを「施された」屈辱を忘れてはいなかった。全ての価値観が反転し、それについていけずただひとり世界から置いていかれる焦燥の中、屈辱が膨れあがり憎悪に姿を変えたとしても、何もおかしくはない。

その気持ち自体は、神住にも覚えがあるものだ。

「あー、ちょっと外でよか」

重野の顔は見えないが、声には苦笑がまじっている。こちらも声がでないのでただ頷き、背中を押されるままに歩き出す。おそらく今、編集局中の視線が突き刺さっているのだろうが、構ってはいられなかった。

階段を上り、出た先は屋上だった。冷たい風が顔面に吹きつけ、涙も吹き飛びそうだった。屋上に灯りはないがぼんやりと明るいのは、今宵が満月だからだ。

「すんません、なんやもう、とまらんで」

どうにか柵のあたりまで辿りつき、神住はかすれた声で言った。どうにかしたいが、本当にまったく涙が止まらない。

「ええ顔やで。世の中こんなもんやってわかっとるふうなツラしとるより、ずっとマシや」

「そんな顔してましたか」

「しとったなぁ」

神住のぼやけた視界の中、一瞬、強い光が瞬いた。風に乗って、ツンとした匂いがした。その後に漂ってきたのは、馴染み深い『朝日』のにおいだった。風体はずいぶん変わっても、煙草はそのままなのがおしい。社内では洋モクを吸う者も増えてきたし、神住もとっくに朝日はやめていたが、頑なに吸い続けているのは、いかにも重野らしかった。

「まあ、ほんまに諦めとるんならそれでもええんやけどな。神住匡ちゅう人間は、ほんまは目的のためにはどんな努力も惜しまんゆうのは、知っとったからなぁ。そらもう歯がゆかったで」

「いや、俺はそんな人間や……」

「今のおまえがまさにそうやろ。ニンジン鼻先にぶらさげて、脇目も振らずに走っとるやんけ。入社してきたころもそうやった」

懐かしそうに、重野は目を細める。が、すぐに真剣な面持ちに戻って続けた。

「聞いてみたかったんや。なんでおまえは、ああなったんや？」

ああ、こういうところが鬱陶しかったなあ、と思い出す。だが、嫌いにはなれなかった。鬱陶しいのに、彼の正論や、誤魔化そうとしても容赦なく切り込んでくるところにほっとする自分がいたことを神住は知っている。自分が放り投げたものが、まだここにあると、確かめたかったのかもしれない。

だから、素直に考えた。なぜこうなったのか。今まで見ようともしなかった心の底を。そこには、何かがいる。それは知っていた。のぞきこんで、今はじめて目が合った。

——ああ、やっぱり、おまえか。

「そうですねえ。たぶん、沢村栄治、ですかね」

「沢村」

意外そうに、重野は目を瞬いた。

「またか。おまえほんまに、沢村好きやな」

「そうなるんですかねぇ。まあ、我ながらしつこい思いますわ。安斎さんにもね、俺はまだ沢村を捜してるんや言われましたわ。最初は、何ゆうとんのやって思いましたけど」

「神住、大会復活の説得する時、沢村のことやたらアッピールしとったやん」

「それが一番、わかりやすい思たからです。沢村の悲劇は、野球人の悲劇の最もわかりやすい事例やから。まあ、少なくとも、自分ではそう思てましたわ」

　重野は何も言わない。ただ、もう半分以下になった朝日をくわえ、じっと神住を見ている。熱くならへんのやろか、と思いつつ、神住は続けた。

「けど、安斎さんの言葉、そらもう腹が立って。腹が立った時点で、図星ゆうてるようなもんでしょ。だから、考えてみたんですわ。俺、中等学校の時に甲子園でつるべ打ちくらって、あげく肩ぶっ壊して、一日で世界が反転したんですわ。それまで地元の英雄やゆうてチヤホヤされてたんが、一日で戦犯扱いで、しばらく家から出られへんぐらいでした」

　嫌がらせも続いた。両親は護ってくれたし、友人たちも慰めてはくれたが、親戚の中には一族の恥と罵る者もいた。時間が解決すると言われても、たとえわずかな時間であろうと、集中砲火を浴びれば骨まで灰となる。迂闊に外も出歩けない日が続いた。あの時代、「地元の星」という期待は、それほどまでに重かった。

正直言って、あの夏の衝撃に比べれば、終戦など屁でもなかった。

大学、そして入社を経て、生死がたやすく入れ替わる戦場も経験した。そこで、昔の傷などとっくに癒えたと思っていた。誰もが、若いころの痛みはどんなに辛くとも思い出になるものだと賢しらに言った。いつまでも引きずるほうが男らしくないし、神住もむしろ積極的に忘れるように努めた。

だが、本当のところは、忘れたと思い込んでいただけだった。そう思い知ったのが、沢村栄治の無残な姿だった。わずか数年で、球速もコントロールも失った天才児。懸河のごときと讃えられたドロップは、ただの緩慢なカーブでしかなかった。あれを見た瞬間、凄まじいほどの怒りが身を灼いた。

進学予定だった彼を奪った読売に？　あるいは戦争に？　そうではない。怒りを超えて、ほとんど憎悪に近い激情を駆り立てたのは、野球という存在だった。そして、すぐに英雄だと祭り上げ、自分の望む結果を出さなければ容赦なく唾を吐く、残酷な観客たち。

何もしてへんくせに。何度、心の中でそう叫んだことだろう。肩が壊れるほど必死に投げ続けたのは、この俺や。おまえらはただ見てただけやないか。

――俺は、沢村は、おまえらの欲求を満たす道具やない。

野球など、ただの娯楽やないか。なんでこんなもんに、命を懸けなあかんのや。なぜおまえらは、まだ少年といっていい者たちに、平気でそんな残酷なことを強いるんや。

「全然投げられへん沢村を見た時、えらい腹が立って、昔のこと思い出して……その後、急に全てがアホらしくなったんですわ。野球やろうがなんやろうが同じや。どうせみんな、見たいもんしか見いひんし、信じたいもんしか信じひん。都合が悪なったらポイ捨てや。ほならもう、何書いても同じやって」

朝日の煙が、また目に沁みる。ようやくおさまりかけた涙が、また溢れてきた。

「重野さんの言う通りですわ。多々良のあれは、むしろ施してやった、ぐらいに思てました。相手、教師でしょ。聖職でしょ。しかも野球嫌い。ほんで息子は野球部。まあどっかで、意趣返しみたいな思いもあったんやと思いますわ。けど、たぶんそれ以上に、肇くんの死を、意味あるもんにしたいって俺が思てたんや」

神住が装飾したのは、多々良肇という少年の死ではなかった。甲子園で打ちのめされて無残に死んだ神住匡という投手を、このまま忘れたくなかったのだ。

傍目から見れば、神住は充分に恵まれた人生を歩んできた。甲子園では活躍できずとも、六大学に進んだ。投手として活躍できずともマネージャーとして最後まで野球部に在籍し、卒業後は大阪朝日の運動部へ。それは全て、野球がもたらしてくれた縁だ。感謝しているつもりだった。

だが、あの日甲子園のマウンドで死んだはずの少年は、まだかろうじて生きていた。ふとした折に、今なお血を流しながら、このまま何も成さぬまま死にたくない、あいつらに目にもの見せてやりたいと叫ぶのだ。多々良肇が英雄として悼まれた時、自分の嘘八百にあまりにたやすく騙される周囲に嘲笑を浴びせながら、あの少年はようやく息を引き取ってくれた。

「だからこれはほんま、自業自得です。俺が刺されて済むんならいくらでも刺されますわ。けど、美子にいったんは許せへん」

「せやけど、記者が腹くくるっちゅうのはそういうことやで。家族も危険に晒しとるからこそや」

　短くなった朝日を、重野は足下に放った。

「せやから、真実を書かなあかんのや。イヤイヤ書いた記事や、書いてやったと思うようなもんで、自分の大切なもん奪われたらかなわんやろ。自分の納得したもんやったら代価で奪われてええゆうことでもないけどな。それでも記者なら、自分の書いたもんの代価を考えるんやったら、絶対にホンモノやないとあかん思うやろ」

「……ほんま、そうですね」

　神住の目は、最後の光を失っていく朝日を見ていた。セッティング・サン。いつぞやアメリカ人将校から投げかけられた言葉が、頭に浮かんだ。

「野球復活に躍起になったんも……出世のチャンスや思うたのも確かやけど、野球で人生奪われたんやから、復讐したいゆうのもあったような気しますわ」

「復讐とは穏やかやないな。まあ、おまえの気持ちはようわかったわ」

「軽蔑しますやろ」

「この場合、そうやなあ、って言うたほうが、おまえを楽にしてやれるんやろなあ」

重野は笑い、シャツの胸ポケットから朝日を取りだした。意外な思いで、足下の残骸を見やる。以前の重野なら、まだ飛びつきそうな程度の長さは残っている。

「俺はガキのころにそんなごっつい挫折を味わったことないしな、容易にわかるでとも言えへん。けどまあ、それも神住匡ちゅう人間なんやろ。なんでそこまで野球を復活させたいんかも、おきれいなお題目よりはよっぽど納得できるし、おまえはそれでええんや思うわ」

「けどこんなん、私怨やし。あんなに昔むかついたのに、結局俺は、昔自分がそうされたように、子どもを見せもんにしようとしてるだけや」

「けど、それだけやないやんか。おまえ、平古場の話とかしとるとき、そらええ顔しとるで。おまえだけやない、運動部の連中も、それに球場に詰めかける観客もや。ああいうの見ると、たしかに野球ゆうもんは、荒野の中のどでかい星みたいなもんや思うわ」

「荒野の星ですか。さすが重野さん、表現が詩的ですわ」

「茶化すな、アホ。つまり、誰も無視できひんってことや。そういうもんに、野球はなってもうた」

だからこそ希望にもなり、復讐にもなる。

それはきっと、この時代、野球だけが——学生野球だけがなりうるものだ。

エヴァンスと話したことが、たった今、腑におちた気がした。

「ほんま、うちの会社は、なんちゅうもんをつくってくれたんやろなあ……」

神住はしみじみとつぶやいた。

「つくったのは朝日かもしれんけど、ここまでにしたんは、日本の国民やからな。まあ、せいぜいこれからもうまいこと祭り上げてもらうしかないやろ。踊る阿呆に見る阿呆。同じ阿呆なら踊らにゃ損々」

重野は鼻歌まじりに言って煙草をくわえ、思い出したように箱を神住に差し向けた。いえ、と短く断って、神住は腰をかがめた。強い風にも負けず、靴先で粘っていたシケモクを拾う。

「これ、吸ってみよかと」

重野は目を瞠り、笑い出した。

「物好きやなあ」

そう言いつつも、黒文字をわけてくれた。シケモク吸いには必須であるらしい。なぜ今ももっているのかは、聞かないことにした。朝日のシケモクは、信じられないほど苦い。たまらず葉っぱを吐き出す神住を見て、重野は声をあげて笑った。

2

翌日無事に面会を果たした美子は、拍子抜けするほど元気だった。

「もう退院してええねんけど、周りがうるさいからしばらくここにおったほうがええ言われたから、のんびりするわぁ」

寝台の上で明るく笑う顔には、すっかり血色が戻っている。それだけに包帯が痛々しく、神住は縋るように妻の上半身を抱きしめた。

「すまん、美子。俺のせいで、こんな目に」

「これに懲りて、運動部の手伝いはさせせんといてね」

「させへん。もう俺は、野球から手を引くべきかもしれん」

腕の中で、美子の体がぴくりと動いた。

「……なんで？」

「俺はただ、美味い汁だけ吸おうとして、おまえをこんな目に遭わせてもうた。野球を利用しようとして、しっぺ返し……」

神住は最後まで言えなかった。急に腕の中の美子が暴れたので思わず腕を緩めたところ、額に凄まじい衝撃が来て、そのまま頽れたためだった。

「あんた、アホちゃう？」

ベッドに突っ伏して呻く夫に、美子は冷ややかに吐き捨てた。

「ここでやめられたら、うち刺され損やないの。なんなん、素直に腹でも刺されといたほうが、仇討ちやる気でたん？」

「縁起でもないこと言うな！」

痛む頭を押さえて、神住は顔をあげた。

「おまえにもしものことがあれば、多々良と刺し違えるわ」

「そやからそういう、実現できひんことはおいといて、現実的に考えてや」

ぴしゃりと美子は言った。目が据わっている。神住はおとなしく椅子に座った。

「そもそも、野球を利用したらええて最初に言うたんは、うちやで。あんた、うまいこと調子乗ってええ感じになってきたやん？　ほんで、今のあんたから野球とったら何が残んの？」

「う、うまいこと調子乗って……」

そんなふうに思われていたのか。

「あんな、動機なんてどうでもええねん。言うとくけどな、調子乗っとった男は、なんやうまくいかへんなった途端に、すぐ行動理念やの何やのと目に見えんこと言い出すけどな、そうなったらまずろくなことにならへんからな。戦争がええ例や。あんたらすぐ、精神論に走って目的見失って迷走して取り返しのつかへんことになるやんか」

「……まあ、そうかもしれへん」

「重要なんは、今どれだけの人が大会を求めてるかっちゅうことやろ。あんたらがやるべきことは、どんな手段使ても、大会成功させることやろ。戦争ん時、おきれいな理念だけやったら大会はできひんて身にしみてわかったんやろ？」

美子の顔に、表情はない。声も決して大きくはない。しかし立て板に水のごとく、無表情で淡々と話されるのは、捲し立てられるよりもはるかに怖かった。神住は膝の上に拳を揃え、神妙に拝聴するほかなかった。

「せやったら、なんでもええやん。朝日が大会を復活させたゆうことだけが大切で、反対意見は全て無視、なんやったら肝心の生徒らが置いてけぼりでもかまへん。昨日までは、あんたそれぐらいの勢いやったのに、たかだかうちがちょっと刺された程度で何ぐらついとんの。ここで野球から手ぇ引いたら、あんた今度こそクビやで？」

「いや、刺された程度て、おかしいやろ……」

「ともかく、うちは無事やった。犯人は捕まった。それでええねん。あんたはもう、ここまで来たら、よけいなこと考えんと突っ走るしかないんやって」

「けどな、こういうことがまたないとはかぎらへん。俺は、覚悟もなんもない状態でここまで来たんや」

野球がどれほど重要かをほうぼうで説きながらも、たかが野球という侮りはどこかにあった。美子の言う通り、参加する生徒の気持ちすらろくに顧みることはなかった。堀田に叱咤された時点で、一度立ち止まるべきだったのだ。

たかが野球、されど野球。荒野の星を、誰も無視はできない。そして人々を等しく幸せにするものでは決してない。かつて自分が背負った痛みを、神住がなんの配慮もなく人に投げつけた結果、美子のもとに跳ね返ってきてしまった。

多々良の件で終わるとはかぎらない。大会が膨れあがれば、悪意も増大する。日本の野球はベースボールではない。投げつけられた言葉が、改めて神住を苦しめる。

今になってようやく、その意味が本当に理解できたような気がする。

自分たちがやろうとしていることは、たしかにもはや「野球」ではないのかもしれない。アメリカ人には理解できないのだと思っていたが、この特異な野球道に首まで浸かってきたからこそ見えていなかった。

今、この大会は本当に日本に必要なのか。いや、正確には、それは狂気を増大させることになりはしないか。今、復興の中でかろうじて蓋をされてきたものが、爆発することになりはしないか。

「悩むんは、大会が終わってからにしとき」

青い顔で黙りこむ神住に、美子は呆れたように言った。

「参加する学校もみんな、悩みはおいといてともかく野球したいからするんやろ？

優勝野球大会は、星みたいなもんなんやろ？　そらいろいろでるけど、しゃあないやん」

「……重野さんと、同じようなこと言うんやなあ」

思わずぼやくと、美子の顔に喜色が浮かんだ。

「え、ほんま。嬉しい。あの人の記事、好きやねん」

「はぁ。そうか」

気が抜ける。見た目に反して、えらく腹の据わった女だということは知っていた。が、知っているつもりだっただけかもしれない。

もし美子が男で、野球をやっていたら。マウンドでどれほど罵声を浴びようと、平然と笑っているのではなかろうか。きっと、とんでもない投手になったことだろう。

いや、もし男ならと仮定する必要はないのかもしれない。いつかあのマウンドに、女性選手が立つことがあるかもしれない。それはきっと、美子のような女なのだろうなと思った。

「さ、わかったら、ＧＨＱの説得いっといで！　西宮使えんようになったら、ほんま洒落にならんで？」

しんみりしている神住を、美子は容赦なく病室から追い出した。

あの母と本当に血が繋がっているのは美子のほうなのではないか。十分もしないうちに病院から退散することになった神住は、半ば本気でそう思った。

美子に発破を掛けられたはいいものの、西宮球場の件は相変わらずはっきりしなかった。

接収はなくなったとはいえ、今度は懸念通り「この時期にそれほど大規模な大会を開催する意義が見いだせない」「中止とまでは言わないが、ふさわしい規模にする必要があるのでは？」と、存在意義の面からちくちくと突かれる。このままいけば、仮に八月に開催できたとしても、大幅な日数短縮は避けられない。

今となってはGHQの言い分に頷きたくなるところもあるが、ここで退けないのも承知している。どうにか打開策はないものかと、まずは第一軍団の野球チームと積極的に接触をもった。彼らと会うのは、難しくはない。先方から、日本の中等学校や大学、または企業に、しょっちゅう練習試合を申し込んでくるからだ。これは、日本の学校側にとっても悪い話ではなかった。学校の野球部が抱える最大の問題点はとにかくボールがないことに尽きるが、米軍チームは、ファウルボールをわざわざ拾いに行ったりはしない。基本的にちらかすだけちらかして帰るので、整備は面倒ではあるが、草むらに放置されたボールは取り放題だ。

また、グラウンドや球場を整備しようにも、こちらからの申請では役所もなかなか腰をあげてくれないが、米軍が使いたいと言えば一発で通ることもあった。むしろ、米軍のほうが整備してくれることすらある。おかげで、最初は米軍との練習試合に二の足を踏んでいた学校も、積極的に応じるようになったぐらいだった。

草の根レベルでは、野球はたしかに日米友好を深める有効な手段となっているのに、大きな大会となると途端に壁が立ちはだかる。現状に鑑みるに、野球を「楽しむ」には、こうした練習試合が最も相応しいということなのかもしれない。

しかし、いかに野球好きの米兵と交流をもったとしても、それで大会開催に繋がるかというとまた別の話だった。彼らにとって野球はあくまでベースボールであり、当たり前だが日本の学生野球には全く思い入れなどない。練習試合を重ねても、それは変わらなかった。

やはり、どうにか中央のほうから天の声を発してもらうのが一番いい。わずかな希望にかけて、神住は講習の合間に東京に通った。エヴァンスに頼み込んで、一度だけ神宮球場での米兵同士の試合に潜りこむことに成功したが、あいにくマーカットは不在だった。エヴァンスは見透かしたように「閣下は滅多に来ないし、そうでなくともヒラのブン屋が簡単に会えるとは思うなよ」と皮肉に笑った。

正直、八方塞がりである。

この日も、エヴァンスやその仲間を郵船ビルまで送り、たいした成果もなく帰ろうとしたところ、受付のヤナギ上等兵に呼び止められた。

「神住さん、〝ジョー〟のこと、わかったかもしれません」

日本語だった。

神住は一瞬、なにを言われたのかわからず、呆けてしまった。なにしろ、ヤナギと〝ジョー〟のことを話したのは、もう三ヶ月も前のことなのだ。

「あ、ああ。ほんまですか」

遅れた反応の意味を察し、ヤナギは苦笑した。

「神住さん、忘れてたでしょ」

「いや、そんなことは。ただ、正直に言えば、まさかほんまに見つかるとは思ってなかったんで、驚きましたわ」

ヤナギは大仰に肩をすくめた。

「まあ、いいですけど。時間かかりましたしね。石川の司令部に、ユニヴァーシティ高校に通っていたキムラという兵士がいるんですが」

「ユニヴァーシティ高校」

「エヴァンス中佐のアーヴァインと近いですね。日系人が多く、野球も盛んだったそうです。おそらく中佐のチームとも対戦していたんじゃないですかね」

「へえ。そのキムラ君も野球を？」

「いえ。でも彼の兄も同じ高校で、そちらは野球をやっていたそうです。兄のほうは在校期間が一九三〇年代前半で、〝ジョー〟とちょうど重なりますから、この兄から直接話が聞ければよかったんですが、残念ながら戦死しまして」

いっそ朗らかといっていい口調で、ヤナギは言った。神住はどう反応すべきか迷ったが、「そうですか」と返すにとどめた。

「ですが、弟のほうも、試合を観に行ったことがあるようで、エースのことは覚えていました。ジョーと呼ばれていたことを話すと、兄もよく彼のことを話していたと、嬉しそうに教えてくれました。たしかにたいした投手だったようですね。大リーグを目指すべきだと相手チームにも言われていたそうで」

「へえ、ほなエヴァンスが打てんかったゆうんも納得いくな」

「キムラも、エースが非常に落差の大きい変化球を投げるのは覚えていました。さして野球に興味のない彼でも覚えているぐらいで、魔球だとみな言っていたそうです。とはいえ、覚えているのはそれぐらいで、顔はすでに忘れたと言っていました」

「まあ、顔より球を覚えてもらってるんやったら、投手冥利に尽きるやろねえ」

そう返したものの、神住は内心落胆していた。興味深いエピソードではあるが、結局ジョーの身元はわからないと言っているのも同然である。

「ふうん、そういうものなんですか」

「はい。魔球いうのは、おそらくドロップでしょう。エヴァンス中佐の話とも一致するし」

「はい、間違いないと思います。ただ、申し訳ありませんが、彼が今どこにいるかはわかりませんでした。あとわかることと言えば名字ぐらいですが、ありふれたものだし、これで第八軍を調べるにしても……」

申し訳なさそうな顔で、彼が続けて口にした名字に、神住は動きを止めた。瞬きも忘れて立ち尽くす彼に、ヤナギが怪訝そうな顔をする。

「神住さん？　どうしました？」

「……失礼、今なんて？」

「え？　いや、名前だけでは第八軍を調べきれないと……」

「その後です。名字」

「ああ、アンザイ、ですか？」

聞き間違いではなかった。神住は口の中で、聞いたばかりの名字を繰り返す。アンザイ。安斎。

「珍しい名字ではないと思いますが……もしや、心当たりが？」

「……いえ。そうですね、珍しくない名字です」

まさか。そんなはずはない。安斎など、ありふれた名字だ。そもそも彼が日系人であるという話も聞いたことはない。

――いや、しかし彼は英語を理解していた。たしか、カメラの勉強で少しむこうにいたのだと話していなかったか？

少し、と言うわりには、彼はスミスたちの会話を難なく聞き取っていた。あれは、ひょっとしたら。いや、まさか。そんな偶然があってたまるか。日本は広い。アメリカはもっと広い。ありえない。

『あんたたちはいったい何を求めて彼らを見ている？　あれが本当にデモクラシーか？』

安斎の言葉が耳の奥でよみがえる。

京都大会の帰り、珍しく怒りをあらわにして、彼は大会を復活させようとする神住を批判した。その内容は奇しくも、ＧＨＱが語るものとほとんど同じだった。

奇しくも？　アメリカの視点をよく承知していたからこそ、あの言葉が出たのではないか？　いや、ありえない。

「神住さん、神住さん」

自問を繰り返していた神住は、ヤナギの声に我に返った。

「この世に、ありえないことっていうのは、ないですよ」

「……口に出してましたか」

「呪文のようにね」

ヤナギは苦笑した。

「出会う人は、どこにいても出会うものです。主のご意思は、人が推し量れるものではありませんよ」

「そうですね。いちおう、確認してみます」

そうは言っても、やはりにわかには信じがたい。そもそも、彼が日系人であるならば、なぜここにいるのか。アメリカに忠誠を誓わなかったのなら、収容所に入れられたはずだ。

もちろん、開戦時に日本に滞在していたために、アメリカに戻れなくなった日系人は大勢いる。そのまま日本兵として戦い、散った者もいる。家族で日本とアメリカに分かれ、戦わざるを得なかったという悲劇も枚挙にいとまがない。安斎が日系アメリカ人だとしても、ずっと日本にいるのならば、日本人として出征し、従軍し、朝日に入社しても何もおかしくはない。

ともかく、早く大阪に戻らねば。逸る気持ちを抑えて、神住はヤナギに向き直った。

「ありがとうございます、ヤナギさん。もしあてが外れたとしても、ここから捜すことは充分に可能やと思います」

深々と頭を下げると、ヤナギも軽く頭を下げた。

「いえいえ、お役にたてたなら嬉しいですよ。私も、興味がありましたし」

「そやけど正直、ほんまに捜してくださるとは思いませんでした」

するとヤナギは、悪戯っぽく笑った。

「あの日から中佐、ジョギングやトレーニング始めたんですよ。そんなのもう、何がなんでも対戦が見たいって思うじゃないですか？」

大阪朝日運動部の片隅に大きなカゴが置かれ出したのは、二月に連盟が発足して間もないころだった。

以前は空だったカゴには、現在、ボールが山と積まれている。編集局の入り口に立った神住は投球モーションに入り、手にしていたボールを投げた。ボールは美しい弧を描き、吸い込まれるようにカゴへと落ちる。

「ストライク」

すぐ後ろで、低い声がした。振り向くと、安斎が立っている。出先から戻ったばかりらしく、大きなカメラケースをぶらさげていた。

「お疲れさんです。今日は岡山やそうで」

「ああ」

神住が自分の行き先を把握していることに一瞬怪訝そうな顔をしたものの、安斎はそのまま写真局へと向かおうとした。

「待ってください。安斎さんの帰りを待ってたんですよ」

「俺の？」

神住はボールを差しだした。

「ひとまずこれ、投げてみてください」

「……なぜ」

「ええから」

安斎は眉間に皺を寄せたが、ひとつため息をつくとケースを下ろした。ボールを受け取り、感触を確かめるように右手で転がす。その手つきを見て、確信した。こいつはピッチャーだ。安斎の指は長く、太い。どんな握りも自在に出来るだろう。彼はじっとカゴを見つめると、ごく軽い仕草で右腕を動かした。それだけで、ボールは見事な放物線を描いてカゴの中に落ちていく。

野球部出身が多い運動部の部員なら、まず間違いなく入れられる距離だ。しかし、素人には難しい。安斎はあっさりと決めた。神住のように大げさにモーションをとるわけでもなく、右腕一本でごく簡単に。だが放る瞬間の指は、明らかに投球に習熟した者のそれだった。

「安斎さん、下の名前は丈二ゆうんですね。アメリカでは、ジョーて呼ばれてはったんですか？」

安斎の大きな目が、神住を見た。あいかわらず感情は見えない。

「まあな」

「カメラの勉強であっちにいたゆうのは嘘でしょ」

「ああ。だが趣味で昔からいじっていたのは本当だ」

口調は淡々としていたが、視線は揺るがない。質問の意図を正しく理解しているのは明らかだった。

「確認します。ユニヴァーシティ高校にいはりました？」

「ああ」

「野球部？」

「地元のチームに入っていた」

「第八軍のクリストファー・エヴァンス中佐をご存じですか」

そこまで淀みなく答えていた安斎の目が、わずかに揺らいだ。

「知っている」

数秒の間を置いて返ってきた答えに、神住は文字通り頭を抱えた。

「ちょっと待ってくださいよ……なんやこれ。ほんまかいな。世間狭すぎるやろ！」

これぞ主のご意思です、と得意げに微笑むヤナギの顔が見えた気がした。

この仕事をしていると、運命としか表現しようのない偶然にしばしば出会う。偶然が偶然を呼び、奇跡のような結果が生み出されることを、神住もよく知っている。人がいかに努力しようが、懸命に回避しようが、運命の荒波は思惑など全て押し流してしまうのだ。

しかしまさか、海を越えてまでこんなことが起ころうとは。幸せの青い鳥はすぐそばにいたという海外の童話を、思い出した。

「俺も驚いた」

鳥とはほど遠い強面の大男は、驚きのかけらもない声で言った。よくよく見れば、たしかに投手にふさわしい体格をしている。彼がマウンドに立てば、さぞ迫力があることだろう。

「いつから知ってはったんですか。そもそも、俺が〝ジョー〟を捜してたこと、知っとったでしょう」

「いつからかと言えば、西宮球場でスミスと会った時だな」

「そんな前から！」

「帰りにあんたが、俺の話を聞いたと嬉しそうに話していただろう。その日系人投手を捜し出して取材をしたいだの、また試合をさせたいだの」

「あー……」

そういえば、あの時は美味しいネタにはしゃいで、思いつくままにあれこれ喋っていた気がする。安斎はろくすっぽ相づちも打たないので聞いていないのではないかと思ったが、しっかり覚えているようだった。

「そんな話を聞いて、俺が名乗り出ると思うか？」

「……思いません」

ハイエナよろしくしつこく嗅ぎ回るに決まっている。あの時の自分なら、いっさいの遠慮なくそうしていただろう。嘆息する神住を見て、安斎はかすかに笑った。

「俺も最初は、自分のこととは思っていなかったがな。だがあんたが東京までクリスに会いに行って、重野さんからその話を聞いた時、確信した。まあ、つくづく神ってやつは、くだらん悪戯が好きらしい。俺はいつも、やつの指先で遊ばれているばかりだからな。よほど気に入られているんだろうよ」

「指先で遊ばれているとは」

安斎は答えず、ちらと周囲を見た。二人が立っているのは、編集局の入り口である。すでに日は沈んでいたが、人の出入りは激しい。編集局の対面にある写真局へ向かう安斎の背中を、神住はその場で見送った。果たして、ケースを置いて身軽になった安斎はすぐに戻ってきた。

「一服するが」

「つきあいましょう」

屋上に出るのかと思ったが、安斎が向かったのは中庭だった。夕暮れの空が美しい。同じように一服しに来ている社員や、朝日ビルを訪れた客とおぼしき一団が、そこここで風を楽しんでいる。

安斎が取りだしたのは、キャメルだった。ずいぶんいいものを吸っている。進駐軍がやって来てから、彼の交友関係がどういう広がり方をしたのか興味が出たが、尋ねるより先に安斎が口を開いた。

「生まれはカリフォルニアだが、親の意向で、尋常小学校から浜松の親戚のもとへ預けられた」

周囲の無関係なざわめきに、溶けていきそうな声だった。

「浜松。浜松商がありますね」

「ああ。昔から野球が好きで、球も速かったんでな、そのまま浜松商への進学が決まった」

浜松商は静岡を代表する名門で、甲子園の常連だ。

「だが二年生の時に親父が倒れて、急遽アメリカに呼び戻された。甲子園出場を決めた直後だった。俺はまだ二年生だったが、上の連中をおしのけて試合にも出ていてな。念願の甲子園に行けると思った矢先だった」

安斎は時折キャメルを味わいながら、煙を吐き出すついでのように語った。

アメリカで兄とともに牧場の手伝いをしながら、彼は日系人が多い地元の学校に通うことになった。英語は完全に忘れていたから、言語に馴染むのに非常に苦労したという。

「日本にいたころより野球に熱中したが、当時は正直言って、好きだからというよりも、野球をしている間は言語に悩まなくてよかったというほうが正しい。投げてりゃいい。それであっちの連中にも通じる。楽だったんだ」

「でもエヴァンス中佐と、何度か話しはったでしょう」

「半分以上、何を言っているかわからなかったが。あいつ早口なんだよ」

たしかに。神住は同意をこめて頷いた。スミスはこちらを気遣ってゆっくり喋ってくれたが、エヴァンスは最初からいっさい頓着しなかった。

数度会って理解したのは、エヴァンスは非常に正直な男だということだった。意見を求められれば、率直に言う。変に取り繕おうとしないので、そのぶん彼の言葉は信用できる。慣れれば、わかりやすく、ありがたい相手だった。

「だが、コウシエンなどより大リーグを目指すべきだと言われたのは、覚えている」

「ああ、たしかに言うてはりました」

「つくづく無神経な奴だと思った。だからあいつが卒業するまで、絶対に一本も打たせないと誓った」

「なるほど。意地やったんですね。そこからどうして日本に？」

「大リーグは無理なのはわかっていた。だが、日本もプロが出来たと聞いた。日本でならば、プロになれるかもしれないと思った」

神住は目を瞠った。当時、恨みに恨んだ職業野球。だが、安斎にとってそれは、ひとつの光明だったのだ。

神に遊ばれている。安斎は言った。

日本人離れしたこの体軀を見ても、彼の能力が突出していたことは容易に想像がつく。それこそエヴァンスが無邪気に大リーグを勧めるほどに。もし甲子園に出ていれば間違いなくスターになっていただろうし、あるいはこんな時代でなければ大リーグへの道も開けていたかもしれない。

野球の神に愛されながら、二つの祖国をもつゆえに、彼は何もなしえなかった。そして日本のプロ野球こそが、最後の希望となったのだ。

ただ、運動部員だった神住ですら、プロの世界で一度も安斎丈二の名を聞いたことがない。他の部員も同様だ。この語りの結末は見えていたが、安斎は煙ごしに遠い日の光景を眺めているように目を細め、穏やかに続けた。

「クリスに言われるまで、プロなど考えたこともなかった。だが、そういう道もあるんだと思ってな。俺がどこまで通用するか、試してみたかった。それで卒業後に働いて金をためて、日本に来た。昭和十年ごろだったと思う」

「球団のテストは受けたんですか？」

「ああ」

安斎の顔がわずかに曇った。

「どこも駄目だった。自分で言うのもなんだが、技術が劣っていたとは思えない。いずれ戻るかもしれないからと、当時はアメリカ国籍も捨ててはいなかった。……まあ、そのせいだと思いたいだけかもしれんがね」

当時の彼の投球がいかほどのものだったかは知らないが、日系アメリカ人という肩書きに怯み、球団側が面倒を避けたというのはいかにもありそうな話ではあった。

安斎はそこで野球を諦め、再びアメリカに戻るために働き出したという。野球を捨て、もうひとつの趣味であるカメラに本格的にのめり込み、各誌に写真を売り込んでいるうちに、戦争が始まった。アメリカに帰る道を断たれ、れっきとした日本人として日本軍に召集された彼は一度目は中国に、そして二度目は満洲に出征したという。そこで大阪朝日の記者と親しくなり、復員後に縁を伝ってここに来たということらしかった。

「日系人やなんて、今まで知りませんでした」

「言えば面倒は起きても、有利になることはないからな」

「……たしかに。あなたが日本の学生野球に批判的な理由が、ようやくわかりました」

「昔はあの根性論もなんの疑問ももっていなかった。だが今となってはな」

「エヴァンス中佐は、あなたが心臓を投げてると言ってたと」

「そんなこと、言ったかな」

安斎は力なく笑った。暮れなずむ空に、紫煙がゆらゆらと立ち上り、消えていく。

「まあ、何だ。誰かのために、国のためにプレーをするってのは、ろくなもんじゃない。あんたにも、それはわかるだろう」

「……はい」

「クリスを見ていて、ただ純粋に野球を楽しみ尽くせるのは羨ましいと思ったよ。ここが日本で、俺が日本人なら――あるいは俺がアメリカ人なら、それも可能だったのかもしれないと」

そして今、野球は日本のもとに帰ってきた。子どもたちの手元に、純粋な姿の野球が戻ってきたのだ。ならば今こそ、なんのしがらみもなく、ただただ楽しんでほしかった。貧困と絶望に喘ぐこの国で、彼らに必要なのは、未来の象徴たることではなく、彼ら自身が生を謳歌することなのだ。安斎にとっての野球とは、そういうものなのだろう。

「だが考えてみれば、そんな仮定は無意味だ。日本の子どもは日本の野球しか知らない。あれほど皆が熱狂するということは、やはりこの国に合っているんだろう。だから彼らは、今の形が充分に楽しいんだろうよ。それで肩を壊そうが、大人になっても夢中になって大会に躍起になる奴もいるぐらいなんだから」

神住はまじまじと安斎を見た。彼から、こんな言葉を聞けるとは思わなかった。どの立場にあっても、おのれの過去の傷を、喜びを、そこに重ねずにいられない。それが、日本の野球にはある。弾ける若い力に、誰もが失われた青春を見る。それがどれほど美化されたものであろうとも、未来へ駆けようとする若者の力は、いつもやすやすとその上を行く。外野がどれほどロマンを語ろうが、野球は、選手は、いつも変わらず真ん中を走り抜けていくのだ。

「安斎さん。エヴァンス中佐と、会ってみませんか」

「いや」

安斎は即答した。考えたこともない、と言いたげな早さだった。

「あいつは米軍のチームで活躍しているらしいが、俺は今じゃ息子にキャッチボールを教えるだけで精一杯だ。話にならんよ」

「投げてはるやないですか。こっから本格的に練習を再開したらどうです。故障したわけやないんでしょ」

「無理だ」

「安斎さんのピッチング、見てみたいですわ。いや、米軍の連中にこそ、見てほしい。エヴァンス中佐かて見たいと思てはります」

「それこそ感傷だ。意味がない」

安斎はぴしゃりと言った。今日はじめて見せる、険しい顔だった。

「そもそも俺が、クリスと試合をするなんぞ夢のまた夢だ。神宮にだって入れないのに、無意味な仮定だ」

「そんなもん、どうなるかわからんやないですか」

「わかりきっている。俺は、感傷で語る未来の話は嫌いだ」

キャメルを投げ捨て、念入りに靴で踏み消すと、安斎は話は終わりとばかりに歩き出した。

その背中には冷たい拒絶が漂っている。しかし神住は気づいていた。

無意味な仮定と言った。感傷で語る未来の話は嫌いだと言った。

だが安斎は一度も、投げたくないとは言っていないのだ。

3

白いユニフォームに身を包んだ男は、満面の笑みで右手を差しだした。

「はじめまして、ミスター・カスミ。君、オオサカなんだって？　はるばるご苦労だったねえ」

よく灼けた肌に、どことなく人のよさそうな印象を与える目尻の皺。この青空と球場という背景にじつによく合う。どう見ても野球が好きな普通のアメリカ人にしか見えない男の手を、神住はにこやかに握った。緊張の震えが伝わらないようにと願う。

「お会いできて光栄です、マーカット閣下。本日は胸を借りるつもりで一同参りました。ぜひ本場のベースボールをご教授いただければ」

「堅苦しいぞ。グラウンドでは肩書きはなしだ。それに私だって元は君と同じ新聞記者なんだからね」

快活に笑って神住の肩をたたくのは、ESS局長、ウィリアム・マーカットその人だ。神住が数ヶ月にわたり、なんとか面会したいと願い続けた相手である。

それがいきなり、ユニフォーム姿で対峙している。正直なところ、あまりの急展開に未だに頭がついていかない。たしかに数日前までは、雲の上の人物だったはずなのだ。

「それにケンソンはいけないよ、ミスター・カスミ。なにしろここにいる全員、コウシエンやジングウの出場経験がある精鋭揃いなんだろう？」

彼は興味深げに、神住の背後にずらりと並ぶ選手を見やった。マーカットの背後のベンチにいるアメリカチームは、真新しい揃いのユニフォームを着ているが、こちらはてんでばらばらだ。いずれも戦前所属していたチームのユニフォームで、大学名や会社名が入っている。神住は明大時代のユニフォームを着ていたが、当時よりはずいぶん痩せてしまったためにだいぶだぶついている。他にも、空襲で焼けてしまって急遽借りてきたという者もいて、全体的にちぐはぐな印象だった。

それでもここにいるのは、彼の言うとおり、ほぼ全員が甲子園メンバーだ。そしてここ神宮球場も経験している。神住ともう一人を除けば、全員、戦時中までは選手として野球に関わってきた者たちだった。

いずれも高揚した様子で、神宮球場――ステートサイドパークを見回している。神住は昨年、一度も神宮の中に足を踏み入れることはできなかった。他の者たちも、戦時中の試合以来だろう。米軍の手によって美しく生まれ変わった球場を噛みしめるように見つめ、中には涙ぐんでいる者すらいる。

まだ泣いてもらっては困る。本番は、これからなのだ。

「はい。戦時中のブランクはありますが、子どものころから野球漬けの野球馬鹿どもです」

神住の答えに、男は満足げに頷いた。

「それは結構！　ブランクはこちらも同じだ。そうそう、君たちが十五名ということで、こっちも人数は同じにしてあるよ」

「お心遣い感謝いたします」

「なんの、存分に楽しむにはフェアでなければね。最高の試合をしようじゃないか！」

マッカーサーの懐刀である男は、グラウンド中に響き渡るような声で言った。


ことの起こりは、五日前。大阪朝日に一本の電話が入ったのがきっかけだった。

「やあミスター・カスミ。暇だったら、土曜に選手を十五名ほど集めてステートサイドパークまで来てくれないか？」

エヴァンスの口調は、まるでランチにでも誘うかのような軽さだった。おかげで、神住は意味を理解するまで十秒かかったほどだった。

「土曜？　まさか今週の？」

「そうだ」

「今日は何曜日かご存じで？」

「月曜だな」

「それで今から十五名集めて神宮に行けと?」

ついでにここは大阪なんだが、という言葉はかろうじて押しとどめた。

「君、喋りもヘタクソだが耳も悪いのか」

「いや内容がわからないんじゃない。五日では難しいと言いたいんだ」

「そういうことか。もちろん断ってくれてもかまわない」

意外にもエヴァンスはあっさりと退いた。神住の頭から困惑が去り、警鐘が鳴り始める。

「……断ってもいいのか?」

「スペシャルサービスからの依頼でもなんでもない。私人としての君に打診しているだけだ。じつを言うと、土曜に予定していた練習試合がひとつ潰れたもんで代役が欲しいという話になってね。せっかくだから、いつもと毛色の違う相手がいいということで、君のことを思い出した。神宮に入りたがっていただろう?　いい機会じゃないか」

「それはどうも……しかし、五日で十五名は」

「気が進まないのなら、他をあたろう。邪魔をしたな」

その瞬間、神住は悟った。これは絶対に断ってはならない依頼だ。

「いや、集める」

受話器を握りしめ、神住は言った。受話器のむこうで、エヴァンスが軽く笑った気配がした。

「おや本当に？　できるのか？」

「ああ。確認だが、神宮……いやステートサイドパークで貴軍と試合をするということでいいんだな？」

「その通りだ。メンツは任せるが、もちろんプロは駄目だ。手続きが面倒くさいから」

どのみちプロは、四月二十七日にリーグ戦が後楽園で開幕している。十五試合総当たりのリーグ戦と聞いているし、とてもではないが選手を貸し出せる余裕もないだろう。六大学野球も今月下旬には上井草球場で復活予定なのでそれどころではない。都市対抗野球も、八月に後楽園での復活を目指しているところだから、そのあたりをあたってみるしかない。

「わかった。他に条件は？」

「わかっているだろうが、取材は厳禁だ」

「カメラ禁止だろう、知っている」

「それだけじゃない。試合を記事にするのも許可できない。これはあくまで非公式の練習試合だ」

神住は眉根を寄せた。撮影禁止は今に始まったことではないが、日本チームと試合をするのに取材自体が厳禁とはおかしな話だ。

「日米友好の恰好のネタになるだろうに」

「今回は、そういうものじゃない。これは、まあ――言わば、テストだ」

「テスト？」

意外な返答に目を丸くして訊き返すと、ああ、とエヴァンスは続けた。

「君はずっと、日本野球の素晴らしさとやらを説いてきた。どうあっても、ベースボールとはちがう〝野球〟を残さねばならないと。だが、どう言われても我々には理解できないんでね、君たちがプレーでそれを証明してみせてくれ」

「そういうことなら、それこそ中等学校や六大学のほうが……」

「子どもや学生と試合をやるつもりはない」

強い語調で、エヴァンスは言い切った。

「君は、その特異な野球の世界で生きてきたのだろう？　そういう人間がたくさんいるのだろう？　ならば君たちが証明すればよいだろう。日本が愛する野球によって育てられた、君たちこそが」

受話器を握る手に、力がこもる。

かつて、ベーブ・ルースたちが繋ぎ、切れた糸。アメリカが否定した、〝ヤキュウ〟。それを、今は現役から遠ざかった者に、見せてみろと彼らは言う。

無理難題だ。だが、彼らが見る日本野球とはおそらくこういうものなのだ。日本軍と同じ。足りないものは全て大和魂で補える。本当にそんなものがあるのなら、きっと勝ってみせるのだろう？　そう問われている。

　ひとつ深呼吸をして、神住は「わかった」と答えた。

「グッド。良い試合を期待している」

「ああ、すぐに選手を集める。ところで中佐、ひとついいか」

「なんだ」

「ヤナギ上等兵に託した、〝ジョー〟の話、聞いたか？」

　一瞬の、間があいた。

「聞いた」

　それだけ言って、電話は切れた。

　その直後から神住はほうぼうに連絡をとり、人をかき集めた。運動部長の伊藤に事情を話すと、記事にはできないという点には落胆していたが、「俺も心当たりをあたってみよ。東京の人間のほうがええよな？」と目を輝かせた。連盟の佐伯にも連絡すると、彼も快く協力を申し出てくれた。

　米軍を相手取るのに生半可な選手は出せない。これはおそらくエヴァンスの「礼」なのだ。どういう流れで試合という話になったのかはわからないが、おそらくこれが、学生野球復活に難色を示す勢力にバットとボールでアピールできる最初で最後のチャンスだ。

　テストだ、と彼は言った。ならば、この試合にはマーカットが来る可能性は高い。

あまりに急な日程は、この日しかマーカットの予定があいていなかったからではないか。

日本野球の神髄を見せつけられる者。我々の野球はベースボールに決して劣らない、民主主義に背くものでは断じてない。問答無用にそう示すことのできる者たち。

かつての名選手、そして今も野球を続けている者でなければならない。だが存外、この後者の条件を満たす者が少なかった。野球が一度完全に消えたのだから、無理もない。終戦からまだ一年未満、学生でもなくプロでもない人間で、再び野球に取り組んでいる者はそう多くはない。大人であればこそ、やはりまずは家族の飯の確保に奔走する。

東京と大阪だけではなく、地方にも声をかけ、どうにか人数は確保できそうだという話になった時、神住は「せや、安斎さんも連れていきますんで」と部長に報告した。

「まあネタとしてはおもろいけど、戦力になるか？」

「硬球を投げたとこを見てませんから未知数ですけど、先日見たフォームは問題ありませんでした。練習を欠かしてへんでしょう。彼も呼びたい――いや、呼ぶべきです」

伊藤は納得のいかぬ様子で首を傾げた。

「声をかけてきたんが、安斎と旧知の将校なんやろ？　わかるけどなぁ、ネタに出来へんのがなぁ。それやったらもっとええ投手入れたほうがええんちゃうか」

「そういう考えもありますけど、おそらくエヴァンスは、安斎さんのピッチングを見たいんやと思います」

伊藤の目に興味の光が灯った。

「ほお、十数年ごしの雪辱戦か。えらいロマンチストやな」

「アメリカは合理的やとは言われますけど、戦いにおけるロマンチシズムは日本もアメリカも変わらんでしょう」

「わはは、たしかに」

愉快そうに伊藤は笑い、切符を手配する約束をしてくれた。

そして試合前日に全員が集結し、どうにか借りることのできたグラウンドで一度だけ練習をした。ユニフォームはばらばらでも、道具が借り物でも、みな意気軒昂であった。

場所は神宮。相手は米軍。

ベーブ・ルースらが来日した十二年前のことを思い浮かべなかった者はまずいないだろう。

絆は全て戦争によって無残に断たれてしまったが、ならばもう一度、野球で繋ぐことができるはず。

国同士の関係はまず文化から、そして政治条約へ、最終的には軍事同盟へと発展する。そこで破綻し、全てが燃え尽きたとしても、互いの文化の切れ端は残る。ならばその切れ端を握り、焼け野原から歩き出すのだ。

ここに集まった者たちは、十二年前、日本の職業野球の先駆けとなった男たちと同じように、アメリカ野球を迎え撃つ。どこにも報道されることはないが、これは正しく、一世一代の大勝負なのだ。

「おそらくここで、日本の学生野球の未来が決まる」

神宮に出発する前、神住は一同を前にして言った。

「プロのように、アメリカ野球が日本を支配するか、それとも我々が守ってきた野球道が受け継がれるか。正直なところ、俺にはようわからん。本音を言えば、どっちもええとこどりをしたい」

彼の言葉に、笑い声が起きる。神住も軽く笑い、続けた。

「ふざけてるみたいやけど、じつは本気や。日本野球は生まれ変わらなあかん。それは事実や。そやけど、そのままアメリカ方式を取り入れるんはちがう。かといって強引にこっちのやり方を先方に認めさせるのもちがう。俺たちは今日、日本野球の神髄を見せつけながら、アメリカ野球の神髄を余さず啜ってこなあかん。それは先方も同じことや。そしてもしアメリカ側が、ベースボールと野球道は共存可能やと理解したら、近い将来、子どもたちのもとに甲子園は返ってくる」

神住の声は決して大きくはなく、むしろ淡々としていたが、よく響いた。聞き入る者たちの顔からも、いつしか笑いは消えていた。ただ爛々と光るいくつもの目が、神住をじっと見据えている。

その目のなんと力強いことか。神住はふと、その視線に激しい羞恥をおぼえた。

ここにいる者たちはみな、筋金入りの野球馬鹿だ。野球を愛し、野球に愛されてきた者たちだ。

自分はちがう。本来ならばここにいる資格はない。ただたまたまの巡り合わせでここに立ち、本物の野球人たちを前にえらそうに演説をぶっている。

それでも今、胸に抱える思いは嘘ではない。この九ヶ月、日本のそこかしこに残っていた切れ端をかき集める中で自分の中に燃え上がったものは、彼らと同じだと信じたい。

「どうか、頼む。先人が、俺らが受け継いだもんが間違いやなかったと証明してくれ。この手に残ったもんまで失わずに済むように。子どもらに、正しく受け継がれるように。どうか、力を貸してくれ」

そう言って、頭を下げた。沈黙の中に、洟を啜る音があった。やがてそれは拍手にかき消され、たちまち大きな音のうねりとなって神住を覆った。

久しぶりに今、心から言える。

ああ、俺は野球が好きなんだと。

マーカットは、最高の試合をしようと言った。楽しむにはフェアでなければならない、と。

ESSでのマーカットは油断ならぬ男らしいが、少なくともユニフォームを着た彼は、無邪気な野球少年そのものだった。そして、自分の言葉を全力で守っていた。

米軍ベンチは、笑いと口笛が絶えない。しかし、野次の類いはいっさい飛んで来なかった。そして十五名のメンバーは皆、予想以上に「本物」が揃っていた。

こちらも最初から全力で当たりはしたが、3A出身だという先発の剛速球には全く歯が立たないし、こちらの先発・久賀も早々に打ち込まれた。久賀は今年法政大を卒業し、東京鉄道局に入ったばかりで、八月に復活する都市対抗での活躍を期待されている若い投手だ。同世代の中では抜群に速いと言われており、実際昨日の練習では打者たちが苦労していたが、今日は一回こそ抑えたものの、二回からは容赦なく打ち込まれた。

初陣に挑む若武者のように意気込んでマウンドに立った彼は、三回が終わったころには二十歳ほど一気に年を取ったように萎れていた。人生でここまで打ち込まれたことはないだろう。甲子園でも準優勝、六大学でもベストナインに入ったことのある投手だ。

「おいおい、試合がひとつ潰れたからその代役って話じゃなかったのかよ。あれまちがいなく、第八軍のオールスターだろ?」

球を受けていた捕手がぼやいた。打席では三番を任されている彼は、前の打席では一球もかすらず三振し、この回はこの回で目の前で振り回されまくったせいで、目から光が消えていた。

他の選手たちも似たりよったりで、すでに士気は奈落の底まで落ちている。

「まあここは連中にとっちゃホームだから、そりゃあ有利だって」

「そうだ、これからこれから。あっちのピッチャー、たしかに速いがコントロールはそんなによくない、次は打てる」

「そうそう、内に投げて腰ひかせたところにズドンだからわかりやすいぞ」

慌てて盛り上げる者もいないではないが、やはり顔色は悪い。

「ふざけんな、何がホームだ。本来は、俺たちのものだ」

誰かが、ぼそりとつぶやいた。沈黙が流れる。まずいな、と神住は思った。案の定、その言葉が引き金となり、不満が次々と噴き出す。

「本気なのは嬉しいけどなあ、あいつらいつもここで練習して、週末はリーグ戦みたいなのもやってるんだろ？　恵まれた環境で毎日やってる連中と対等にやりあうなんて無理だわ」

「なんのために呼びつけられたんや、こんなん見せしめや」

文句が止まらない。

スコアボードを見れば、六対〇。たしかにこのままいけば五回コールドの可能性が高い。正直言って、ここまで差があるとは思わなかったので、神住も焦っていた。

　エヴァンスは、アメリカではあまりに大差がついた場合は手を抜いて相手を楽しませると言っていた。それがフェアプレーの精神のあらわれだと。だが今のところそんな気配は全くない。ベンチは賑やかでいかにも楽しげだが、プレー中は完全にたたきつぶしにきている。

　エヴァンスの話によれば、普段はマーカットも選手として試合に出るらしいが、今日は監督よろしくベンチに陣取っている。こちらにもよく聞こえるひときわ大きな笑い声は、彼のものだ。そして、彼のお気に入りらしいエヴァンスは、今日はスタメンに入っていなかった。だがベンチにはいる。普段クリーンナップを打っている彼がベンチスタートだったので、最初は手を抜かれているのかと思ったが、とんでもなかった。選手の一人が言ったように、これは各チームからの精鋭が集められている。エヴァンスはこの中では控えに回ってしまうのだ。

「なあ神住さん、今日で日本の学生野球の未来が決まる言うたけど、こらあかんのちゃう？」

「まだ三回やぞ。諦めるんは早すぎる。ベーブ・ルースが来た時かて一戦も勝てへんどころかどの試合も大敗やったけど、選手は誰も腐ってへんかったやろ」

　神住が眉をひそめて反論すると、相手も眉尻を撥ね上げた。

「そらあれは大リーガーやし。世界トップレベルの集団や、負けても悔しゅうないわ。けどここにおるの、素人やろ？　あのピッチャーだけは、なんや大リーグの下請けみたいなとこの出身やっちゅうけど下請けやん。アレも打てへんけど、野手もなあ、もう全体的に馬力が違いすぎるわ」

「これ、むこうさんも完全に中等学校野球潰す気で来てるだろ。ひょっとしたらプロみたく早々にアメリカ式の――」

「ふざけんな」

神住は怒りをこめて遮った。

「信じられへん、おまえらかてトップレベルやろが。中等学校の生徒かて、こんな早々にふて腐れたりせえへんぞ、恥ずかしないんか」

まさか大の大人から、こんな台詞を聞くとは思わなかった。戦後、中等学校野球の試合が荒れるところは何度も見てきたが、彼らまで我慢がきかなくなっているのか。それとも、敗戦が自尊心をえぐり取っていたせいなのか。

「あんなぁ、こんな試合やったら誰かて腐るわ！　試合中顔にださんのは監督にぶん殴られるからに決まっとるやん、神住さんかてそうやったやろ」

反論してきたのは、神住と同郷の後輩だった。出身校は違うものの、甲子園で神住の醜態を見ていた一人である。

「俺はふて腐れたりせえへんかったぞ」

「ほー、甲子園のマウンドで打たれすぎて、みっともなくボケーっと突っ立っててはったん誰やったっけ」

「なんやと！」

痛いところをつかれて、頭に血が上った。馬鹿おまえまで、落ち着け神住、といさめる声が聞こえるが、神住は据わった目で前に進み出た。

「もういっぺん言うてみろや」

「おう言うたるわ。あん時あんた真っ先に諦めて逃げとったやろ。それが今さらえらそうに……」

「おい、ちょっといいか」

一触即発の空気をすんでのところでおしとどめたのは、第三者の声だった。複数の視線が、いっせいに声の主に突き刺さる。が、当の本人――安斎は、いつもの表情が見えにくい顔で、顎をかいた。

「あの投手、内角に投げてくるのが多い。全員、腰が引けてるぞ。後ろに下がったところで外に投げられてあえなく三振のパターンだ」

「そりゃわかってるが、あの速さで顔面ぎりぎりでくるんだぞ。当たりそうでなぁ」

「当たらんよ」

反論を安斎はばっさりと切り捨てた。

「アバウトに見えて内角のコントロールはいい。自信があるんだろう。単に驚かせてるだけだ。避けるのはいいが、次の球では必ず通常スタンスより一歩ホームベース寄りに立つようにしろ。あれの後は必ず外角に来るから、そうすりゃほぼ打てる」

口調は穏やかだが、確信している響きがあった。

一同はぽかんとして、安斎を見つめた。まるで相手投手のことを知り抜いているかのような彼の言葉に驚いただけではない。安斎は昨日合流した際に挨拶をしたきり、ほとんど口をきかなかった。他はみな、日本野球界のエリートである。それぞれが顔見知りだったり名前は知っていたりで和気藹々とする中、中等学校に入ってすぐにアメリカへ渡った彼は全く接点がなく、黙られては親しくなりようがなかった。しかもいざピッチング練習をさせてみれば、フォームは美しいものの、球は予想よりずいぶんと遅かった。神住の話を聞いて期待していた仲間たちも、失望を顔に出さぬようにするのに苦労しているようで、積極的に関わろうとはしなかった。

それがいきなり、立て板に水のごとく喋りだしたのだ。驚くなというほうが無理だ。

その中でいちはやく立ち直ったのは、神住だった。なるほど、当時、安斎は球が速かったそうだが、エヴァンスらアメリカの高校生が歯が立たなかったのはそれだけではない。すぐさま相手の癖を見切るこの目のよさ、頭のよさだ。

「そうですね。外のはあれ、スライダーか？　たいしてようない。ストレートが来ても、そんなに威力はなさそうやった」

神住が同意を示すと、いくつかの視線が驚いたようにこちらを見た。ここにいる大半の者にとっては調子のいい新聞記者なのだろうが、俺も甲子園でそれなりに名が売れた投手なんだよ、と心の中で喚いた。もっとも、最後は炎上したが。

「ああ。あとの持ち球はカーブ。あれも精度はよくないから狙い目だが、わかっているのかあまり投げてはこない。やはり内角の後の、外だ」

「ようわかるな」

「昔の俺とそっくりなんでな。それと、久賀くんには申し訳ないが」

　安斎は、打ち込まれた先発に目を向けた。久賀はかわいそうなぐらい大きく肩を震わせる。

「たしかに球は速いが、アメリカ人にとっては一番打ちごろのスピードだ。逆にスローカーブとか、縦に揺さぶる投球をすれば打ち取れると思う」

「……それは……俺は、無理です」

　救いを求めるように、久賀は周囲を見回す。投手は他に二人いるが、どちらも気まずそうに目を逸らした。一人は久賀と同じ速球派、もう一人は左の変則だが、抑えられる要素が正直ない。

「あ、安斎さん」

　それまで鉛を飲み込んだような顔で黙りこんでいた捕手が、何かを思いついたように、勢いよく頭をあげた。

「なんだ」

「昨日のあれ、ドロップですよね。凄く落ちてた」

「ああ」

「あれ、いけるんじゃ？」

捕手は顔色をうかがうように神住を見た。いやなんでこっち見るんや、そこは安斎さんに訊けよ、と思ったが、神住は品定めをするように安斎を見た。

「いけますか」

「ああ」

安斎の返答は簡潔だった。

その瞬間、神住は確信した。今まで何十人、いや何百人も投手を見てきたからわかる。

これは、必ず勝つ投手の顔だ。


日本チームの投手が交代した途端、米軍ベンチではエヴァンスが立ち上がった。それまでのつまらなそうなそぶりは一変し、大きく瞠った目は、マウンド上から動かない。

「あれが君のジョーかい、クリス」

ベンチ後方で腕組みをしていたマーカットが、同じように投手に目を向けたまま訊いた。エヴァンスの肩が、かすかに動く。

「はい。間違いありません」

「ミスター・カスミはちゃんと君の意を汲んでくれたんだねえ」

マーカットはにやりと笑い、エヴァンスの肩を親しげに抱いた。

「君が急に、日本チームと試合をしてくれないかと言い出した時はなにごとかと思ったもんだが。ま、こういうサプライズは私も大好きだよ」

「私はべつに、ジョーと対戦したかったわけではありません。ただ……」

「ああ、わかっているとも。夏のコウシエンだろ。いや、今年はニシノミヤなんだったか。でもまあ、君がまさか、日本野球に絆されるとは思わなかったから驚いたが」

「絆されてはいません。あまりにも諦めが悪いので、ベースボールがどういうものか体感すれば、大人しくなるのではないかと思ったのです」

エヴァンスの視線は相変わらず動かない。表情も変わらないが、平静を装おうとする努力を、二つの青い目が裏切っている。

「まあそういうことにしておこう。それならクリス、君はなんとしてもジョーから打たねばならないよ。日本のヤキュウに負けるなど、決して許されない」

マーカットの言葉に、エヴァンスはようやく振り向いた。

「承知しました、サー」

口許だけで笑う顔は、不敵そのものだった。

4

安斎丈二は、大柄な男である。

それが、周囲より一段高いマウンドに立つと、巌のように見えた。普段は猫背気味のせいかそれほど大きいと感じなかったが、急ごしらえのユニフォームを身に纏って構えると、堂々たる風格がある。

投球フォームは、長い手をゆったりと振るもので、足下から螺旋状に這い上がる力が、何倍にも増幅されて一気に振り下ろされるような印象だ。打席に立てばきっと、すぐ目の前で腕を振られ、ボールが飛び出してくるように感じるだろう。

米軍ベンチに苛立ちが見える。安斎が登板してから、ぴたりと打てなくなったのだから、当然だ。あっさりツーアウトになったところで、マーカットがベンチから出てきて、球審を呼び寄せた。

ネクストバッターズサークルで待機していた打者の後ろから、エヴァンスが悠然と歩いてくる。ユニフォーム姿は初めて見るが、こちらも堂々としたものだった。

「クリス、打てよ！」

「おまえの得意な内角だ！」

ベンチやスタンドからひっきりなしに飛ぶ声援を受け、エヴァンスは打席に入った。左打者だ。足を大きく開き、お世辞にも美しいとはいえない構えだが、この足の置き方はどの方向にも瞬時に対応できるものだ。青い目は、射貫くようにマウンド上に向けられている。一方、安斎はいつもの無表情でひとつ頷いた。

ツーアウト、ランナーなし。この場面で代打に出てきたということは、一発で空気を変えろということなのだろう。

安斎の左足が大きく跳ね上がる。そして全身の力をたたき込むように、大きく右腕がしなった。唸りをあげて突き進むのは、ど真ん中のストレート。エヴァンスの上半身もぐるりと回転し、バットが風を巻き起こす。ボールにかすることなく、盛大に空振りした。が、凄まじい振りだった。ベンチから見ていても、風圧を感じるほどだ。キャッチャーは生きた心地がしないだろう。

しかし、それよりも瞠目すべきは安斎だ。

「おいおい……あんな速いの、投げられたのかよ」

掠れた声は、誰のものだったろう。神住に至っては声も出なかった。

昨日の練習では相当に力を抑えていたらしい。もう三十路だし衰えていても仕方がないと思っていたが、とんでもない。今までの打者にも、ここまでの速球は投げていなかったから、すっかり騙された。前の打者までは巧みな制球力で打ちとっていたのに。

神住は、一度打席を外したエヴァンスを見やった。体のバランスを整えるように数度バットを揺らす。その横顔は静かだったが、全身から透明な炎が立ち上るのが見えるようだった。

そうか。安斎は、エヴァンスを待っていたのだ。全盛期を知る彼に、本物をたたきつけるために、調整していたのだ。

今は息子とキャッチボールしかしていないとは、よく言ったものだ。これは明らかに、日常的に鍛錬を続けている者の球だ。いつから投げているのかはわからない。だが少なくとも、スミスからエヴァンスの話を聞いた時に、その手にボールを握ったのは間違いない。

二球目も、ストレート。今度は外に大きく外れ、エヴァンスは悠然と見送った。三球目のスライダーはカットする。続くシュートはボール。ストレートとスライダーは再びファウル。内角、ボール。

フルカウントになってから、エヴァンスは粘った。安斎の持ち球とコースを仲間に全て記憶させようとでもしているのか、何度も何度もカットした。明らかにタイミングが合ってきている。

ドロップは、まだ投げていない。ひたすら続く、全身全霊のストレート勝負はいかにも甲子園で好まれそうな大勝負だ。

そして、十一球目。

「懸河のごとき」

神住がつぶやいた時には、エヴァンスは派手に空振っていた。滝が流れ落ちるかのような、凄まじい落差のドロップ。魔球と言われるのも無理はない。本当に、ふっ、と球がかき消えた。

信じられない。神住は何度も瞬きをした。こんなドロップは見たことがない。平古場も、そして沢村も、ここまではなかったのではないか。ああ、頼む、もう一度見せてくれ。灼けるように思った。

エヴァンスは珍しく、感情をあらわにして悔しがっていた。ドロップが来ることは、彼とて予想していただろう。しかし全力のストレート攻勢に体が順応していた矢先のことで、落差に全くついていけなかった。

仲間のねぎらいに頷き、マウンドからベンチへ引き揚げてくる安斎の姿に、在りし日の沢村が重なった。甲子園で目の当たりにし、神住を打ちのめした、全盛時の若々しい姿。あまりに鮮明で、神住はしばらく呼吸を奪われていた。が、遠のきかけた意識が戻った時には、沢村の幻影は消えていた。

目の前にいるのは、安斎だった。甲子園に立つことはなかったが、あの戦争を生き延びて、神宮のマウンドに立った男。

たった一人でアメリカと日本に立ち向かい、誰にも真似できない球を放る、無名の投手だった。

「後半の追い上げは、じつに見事だったよ。ミスター・カスミ」

試合後、マーカット少将はにこやかに神住の前に進み出た。

「いやまったく、日本人のしぶとさを思い出したよ。君たちがこだわる〝ヤキュウ〟を見せてもらった」

彼の大きな、肉厚の手が、神住の右手を握った。その手は温かく、硬かった。

ああ、野球をする人間の手だ、と思った。飽きるほどボールを握り、投げ、バットを振り抜いてきた者の手だ。

この男はマッカーサーの腹心で、油断ならぬＥＳＳの局長で、かつては自分と同じ新聞記者で、そして野球を愛する男なのだ。知識として知ってはいたが、この瞬間ほど、それが胸に迫ってきたことはなかった。

米軍との練習試合の最終スコアは、七対六。

四回から登板した安斎を米軍は打ちあぐね、日本側も狙い球を定めてじりじりと点を取り、九回表にはとうとう追いついた。その時の日本側の喜びようは大変なものだった。

練習試合ゆえ延長戦はなく、もう勝利はない。だが、絶対に負けてはならない試合だった。

野球でまで、負けてなるものか。

なんとしても最終回を守りきる。日本チームは気炎をあげて、最後の守備に散った。マウンドに立つのは、当然、安斎だった。

だが、すでに負けはないアメリカ側も当然ここで終われるはずはない。途中集中力を欠いていた彼らも、九回裏が始まる前にマーカットに集められ発破をかけられると目の色が変わった。

野球でだって、勝たせてなるものか。

彼らにとっては、引き分けなど意味がない。ベースボールの本場として、そして戦勝国として、ここは何がなんでも勝たねばならない場面だった。

結局、ロングリリーフを務めた安斎を、米軍が捉えた。最後に起死回生のタイムリーを放ったのは、エヴァンスだった。四回の代打の場面ではフルカウントまで粘ったものの三振に倒れ、次は四球を選んだものの点に繋がらなかったが、最後の最後で〝ジョー〟を捉えた。

四回に登板してから一人で投げ続けた安斎は、打球がライト線に抜けた瞬間、ふっと笑った。

エヴァンスもまた淡々とファーストベースを回ったが、すぐにベンチから飛び出してきた仲間たちにもみくちゃにされた。まるで大きな公式戦で優勝したかのようなはしゃぎようだった。

一方、日本側はほとんどが泣いていた。甲子園で、神宮で、数えきれぬほど見た光景である。神住はそれまで、試合に負けて身も世もなく号泣する選手たちの気持ちが理解できなかった。さすがに口に出したことはないが、大の男がみっともない、自分に酔っているのではないかと軽蔑すらしていた。

だが今、そんな思いは微塵もない。この数日で慌ててかき集め、昨日練習したきりのチームだったが、不思議と長い長い時を過ごしてきたかのような情を感じる。このチームでどうしても勝ちたかった。

選手の中で泣いていなかったのは安斎ぐらいなものだった。彼は一人、端然とマウンドに立ち、アメリカの歓喜と日本の悲憤を眺めていた。その姿も、神住には次第にぼやけて見えた。

マーカットと握手を交わす時には、まだ眼が赤かったと思う。しかしマーカットのほうも笑顔ながら、目許がうっすら染まっていた。

「ありがとうございます。やはり、アメリカのベースボールは強い。痛感しました」

彼の手を握り返し、神住も笑った。

彼らの周囲では、両軍の選手たちが同じように握手を交わし、健闘を称え合っていた。試合前の棘のような敵意も、忸怩たる思いも、そして試合中の戦場のような殺気も、今はどこにもない。

日本はアメリカの余裕をたたきつぶし、そしてアメリカはお得意の楽しむ精神とやらをかなぐり捨てて、食い下がる日本を全身全霊でたたきのめした。

「いや、彼らがここまで必死になるところを見たのは久しぶりだよ。なにせ、一番強い連中を連れてきたからね。リーグ戦でも圧勝することが多くて、最近は手を抜きがちだったんだ」

「それは光栄です。ただの練習試合の穴埋めと聞いていたのですが、進駐軍の最強部隊と戦えたのですね」

「ははは、クリスは君にそう伝えたのかい？　私に最強チームで迎え撃てと進言したのは彼なんだけどね。声をかけて回ったのも、彼なんだよ」

呵々と笑うマーカットの言葉に驚いて、神住は思わずエヴァンスのほうを見た。彼は少し離れた場所で、他の米軍兵士とともに安斎と話しこんでいた。一緒にいる米兵はたしか、アメリカ側の先発投手だった。マイナーリーグ３Ａに所属しているという彼は、真剣な面持ちで安斎を質問攻めにして、その隣でエヴァンスが笑っていた。

視線に気づいたのか、エヴァンスがこちらを向いた。神住とマーカットの表情に何かを察したのだろう、小さく目礼をした。そのまますぐ目を逸らしてしまったが、マーカットは愉快そうに笑った。

「念願叶ったりといったところだね。彼はあの投手とどうしても対戦したかったのだろうねえ」

「ご期待に添えてよかったです」

それならそうと、最初から安斎を連れてこいと言えばよかったものを。そう思わないでもなかったが、エヴァンスのつきつけた問いに正解したことは、嬉しかった。

「閣下、我々の野球は、あなたがたのベースボールと対等に渡り合えたでしょうか」

「ああ。じつに楽しかった！」

マーカットは朗らかに言った。その目を見据え、神住は息を整える。

「では、我々が愛した日本の野球を認めてくださるでしょうか」

マーカットの笑みはますます深くなった。

「もちろんだよ、ミスター・カスミ。我々はたしかに、〝ヤキュウ〟をしたよ」

終章

陽光がじりじりと皮膚を刺す。

グラウンドに集まった生徒たちは、みな真っ黒に焼けていた。練習着も土にまみれ、まるで泥でもかぶったような風体の中、双眸だけは明るくきらめいている。

彼らの視線は、神住の手元に集中していた。彼が袋をもって校庭に現れると、監督は猛烈な練習を一度止め、生徒たちを呼び集めた。いくつもの目に見つめられる中、神住は丁寧に袋を開けた。途端に歓声があがる。

「白い！」

「なんてきれいなんだ」

とびきりの宝物を目にしたように、選手たちは口々に褒めそやす。たしかにこれは宝だろう。袋には白いボールが詰められていた。

ああ、来てよかった。しみじみと喜びを噛みしめる。以前この学校を訪れたのは、晩秋だった。関西育ちの神住にとって、晩秋の盛岡は体感としてはほとんど真冬で、寒さと空腹に悩まされた記憶がある。今立っている校庭も蕎麦畑で、生徒たちもずいぶんと痩せていた。彼らの体つきはさして変わっていないが、表情は段違いである。服装は着物のままの者もいれば運動着姿の者もいる。靴を履いている者は一人もいない。みな地下足袋だ。グラブをもっている者は二人だけで、他はみな軍手をつけている。

「こんなきれいなボール、本当に頂いていいんでしょうか。試合にとっておいたほうがよくないですか」

監督を務める教師は、神住が差しだす袋を困惑ぎみに見下ろした。年は神住より若い。昨年末に戦地から戻ってきたという彼は、十年前にはこの野球部に在籍していたという。教師ではないが、野球部復活の知らせを聞いて、指導を願い出たと言っていた。

「これは使用済みなんです。試合では新品を使うので、のちほど連盟に送ります」

神住は笑い、手を伸ばしたくてうずうずしている生徒たちに「どうぞ」と差しだした。少年たちはぱっと顔を輝かせ、我先にと手を伸ばす。

「うわっ硬い」

「石かこりゃ！」

生徒たちは一様に驚きの声をあげた。この学校の生徒は、硬球に触れたことのある者がほとんどいない。いたとしても覚えていないだろう。かつて野球部の備品であったボールやバットは全て焼かれている。彼らが今練習に使っているのは軟球だ。

「これが硬球だ。全国大会はもちろん地方大会からこれだからな。今から慣れてほしい」

神住の言葉に、選手たちは顔を見合わせた。

「こりゃ当たったら痛いなぁ」

「やっぱり硬球は軟球より断然痛いんですか？」

こわごわと訊いてはいるが、目の輝きは変わらない。

「ああ、撃たれたみたいなもんだ。だから死ぬ気で避ける練習もしておけよ」

「じゃあ死ぬじゃないですか！」

「記者さん、撃たれたことあるんですか」

「甲子園で打たれたぞ、でっかいのをな。君らと同じ年だった、あれは死んだよ」

どっと笑いが起きる。

青空に相応しい、明るい声だ。ひときわ背の高い、おそらく投手であろう選手がボールを手にし、空に掲げる。陽光を浴びてきらめく白球は、いつぞや重野が評した荒野の星のようだった。

ああ、来てよかった。目を細めて星を見上げ、神住は思った。

数日前——昭和二十一年七月二日、朝日新聞朝刊に、布告が掲載された。

『全国中等学校優勝野球大会　八月十五日から西宮球場で』

二面の中央で燦然と輝く太字は、よく目立った。その文字を見た時、神住は目頭が熱くなるのを感じた。

一月の新聞に社告を出してから、半年あまり。この布告を打つまでの山のような苦労がようやく報われた。一月の記事には「社会情勢の許す限り」という若干弱気な但し書きがつけられてはいたものの、七月に入ってようやく開催のめどがたったのだ。長期の大会に難色を示していた第一軍団が、とうとう折れたのである。詳細は不明だが、おそらくマーカットの口ぞえがあったのだろうと神住は見ていた。

参加希望の学校数は、七百五十校。空前の数字である。戦前の大会に参加していた朝鮮、台湾、満洲の学校は全て除外されたというのに、戦前最後の昭和十五年大会の六百十七校をはるかに上回っていた。

相変わらず食糧難は深刻で、日常生活すらままならない家庭も多い。野球部だっていまだ満足に練習できない学校が多く、用具も足りない。それでも躊躇わず参加を表明した各校の数に、ともかく開催することが大事だと諭した妻の言葉を、神住はしみじみと嚙みしめた。

しかし、布告から地方大会までほとんど時間がない。当然、全国からボールの要求が殺到した。朝日側もこつこつと闇市ボールをためてきたとはいえ、とてもではないが全国の地方大会をまかなえる量ではない。

「おまえ、どこでこのボール手に入れたんだ」

輝くボールを見つめていると、背後でドスのきいた声がした。振り向くと、忘れようのない禿頭がボールと同じように陽光を弾いている。

「堀田さん」

帽子をとって一礼すると、近くにいた監督も同じく脱帽し、一礼した。

「監督、ご無沙汰しております」

監督に監督と呼ばれた堀田は眉根を寄せた。ご無沙汰、ということは、昨年自分で明言した通り、学校での指導はいっさいしていないらしい。ではなぜいきなりここに来たのだろう。疑問は口に出る前に、堀田によって封じられた。

「監督はおまえだろうが。で、朝日さんよ、そのボールはどうした？」

「米軍から譲ってもらったものです。本当に少なくて申し訳ないのですが、これから盛岡の参加校にも配って歩きます。硬球がなければ練習になりませんし」

「米軍からだと？」

堀田の目に剣呑な色がよぎる。

「内緒でお願いしますが、神宮で米軍のチームと試合をしたんですよ。その試合で使われたボールです」

「米軍と!?」

周囲が一気に色めき立った。その中で、堀田はひとり渋い顔のままだった。

「神宮って、あの神宮か」

「そうです」

「そんな記事は見ていないぞ」

「非公式でしたから。ちょっとした親善試合ですよ、こちらは元球児が集結しましてね」

監督は前のめりになる勢いで「勝ったんですか？」と訊いてきた。

「大勝利――と言いたいところですが、最後に逆転されました」

どうせ表にはでない試合だ、脚色してもよかったが、結局は正直に話した。案の定、監督や選手の顔には落胆が浮かんだ。一泡吹かせてやれたら、たしかにこんな痛快な話はない。昔の自分なら、相手が望むように話を盛ったかもしれないが、もうそれはやめたのだ。

「しかしね、結構善戦したんですよ。みな老体にムチ打って。それでまあ、米軍内でも評判になりまして、それから結構いろんなチームから練習試合を申し込まれるんですわ。で、ボールは先方が用意してくれましてね、試合や練習で使ったものは頂けるので」

「米軍のかぁ……」

長身のエースが思わずといった口調で零した。ただ純粋な喜びだけに満たされていた目に闘志が灯る。

「そう思うと、気合いも入るでしょう」

神住の言葉に、堀田が「ふん」と鼻を鳴らした。

「どうせならバットやグラブも奪ってこんかい」

「それは交渉したんですが、残念ながら」

「したのか！　恥ずかしいやつだな」

「どっちなんですか。いやもう、開催のためには恥ずかしいとか言ってられませんよ。ともかく、ボールだけでもと思いまして。少なくて申し訳ないんですが、残りは他の参加校に届けるつもりです」

「そのためにわざわざ来たのか。全国、渡して歩くつもりか？」

「さすがに全国というわけにはいかないのですが、自分が回った街で、ボールを手に入れにくいところにはできればお渡ししたいと思いまして」

「いやそれは本当にありがたいですよ。連盟では、地方大会は軟球で開くしかないと思っていましたから」

監督はまんざら冗談でもない顔で言った。神住は苦笑するほかなかった。実際、軟球で大会を開いていいかと問い合わせてきた連盟もある。とにかく最低限の硬球を届けねばならないという話になった。

「ふうん。米軍からね」

堀田はまじまじとボールを見つめ、それから険しい顔で年若い監督を睨みつけた。

「おう山野、ぼけっとしている暇はないだろう。大会まであと十日もないんだ、とっとと練習させんか！」

監督は直立不動で「申し訳ありません！」と返事をした。完全に条件反射だ。かつての堀田の鬼監督ぶりがわかるようだった。

「さあ諸君、本物の硬球だ！　全身に感触をたたき込め！」

「はい！」

弾けるような返事とともに、選手たちはグラウンドに散っていく。硬球の感触にいちいち叫び、はしゃぎながらキャッチボールを始める選手たちの姿に、神住は目を細めた。

「で、大会は新品がもらえるのか」

「文部省と交渉しまして、一千個の配球指令書をぶんどりました。しかしここから少々厄介でして。大阪の業者に生産を依頼したんですが、文部省の指令書だけではボールはつくれないというんですよ」

「……ああ、硬球は馬革と毛糸を使うからな。どっちも統制品だ」

「その通りです。配給権は商工省が握ってまして、彼らの指令書もないと工場は何もつくれないんですよ。しかし商工省は何かと理由をつけて指令書を出し渋ってまして」

「はあ？　またお役所どうしの争いか？」

「いえ、どうも以前、配給を担当する商工省をうちが紙面で批判したのを根に持っているようで」

堀田は絶句した。怒るかと思ったが、目を瞑り、呆れ果てた様子で首を振っただけだった。

「なんにも変わらねえな、お役所は」

「同意します」

「ついでにまたおまえらのせいじゃねえか」

「それは断固否定します」

「ふん、そんな状態でよく大会なんぞやろうと思ったもんだ。ならボールはどうするんだ。米軍からぶんどるだけではとうてい足りんぞ」

「ためこんでいる大学あたりに頭を下げて提供してもらいつつ、米軍にも交渉し、そして商工省を締め上げますよ」

「えらそうに言うようになったわ。まあでも、おきれいなお題目繰り返すばかりよりはマシかね。それでおまえ、神宮で投げたのか？」

「投げませんでしたよ。肩がイカれてるんで」

「頑張りゃあ、一人相手ぐらいはいけるだろうが」

堀田の口調にどこか惜しむような色を感じて、神住は思わず顔を見た。堀田たちの目は、選手たちを見ていた。そこにはただ、慈しみの色がある。ああこの人は、ほんまに教師なんやな。改めて理解した。そしておそらく彼にとっては、この自分もまた、見守るべき生徒の一人だったのだろう。

今日ここに神住が来ると聞きつけて、普段は近寄らないであろう学校にわざわざ来たぐらいだ。彼は心から、野球少年たちを思っている。

「いや。必ず勝ちたかったんで、俺は投げたらあかんのです。俺がすべき仕事は、野球をする場を提供することだけです」

神宮の後、試合が続いた時は、おまえも投げろと何度か言われた。安斎やエヴァンスにまで言われたぐらいだ。水を得た魚のようにマウンドで躍動する安斎を見ていると、全身の血が沸騰する。いてもたってもいられない。それは確かだ。今すぐあそこに駆けていき、自慢の速球を投げ込みたい。何度もそう思った。

しかしそのたびに、自分を諌めた。感傷のために投げたくはない。

自分は、ただ未来のために、野球を「使う」。自分にとって野球は、そういうものだ。そして若者にとってもそういうものであってほしい。そのために、万全の体制を整える。それだけだ。

「変なところで生真面目だなぁ、神住よ」

こちらを見た堀田の口許は、笑っていた。

「甲子園のマウンドで見たまんまだ。こう言っちゃあなんだが、おまえはあそこで潰れてよかったよ」

「そうですね」

神住も笑った。今は心からそう言える。

あそこで潰れたからこそ、こうして白球を繫ぐことができるのだ。


日本中が敗戦に項垂れたあの夏から、ちょうど一年が巡った。

昭和二十一年、八月十五日。

朝日新聞朝刊に『けふ展く平和の熱戦　相うつ若き精鋭の闘魂』の力強い文字が躍った日、西宮球場は超満員の観客に埋め尽くされた。

ぎっしりとスタンドを埋める人々が見守る中、『大会行進歌』の軽やかなリズムに乗って、左翼側から役員や選手たちが入場する。地方大会を勝ち抜いた十九校、約三百名の選手たちが姿を現すと、会場の熱気は頂点に達した。

グラウンドで待つ神住には、それはさながら熱帯のスコールのように感じられた。なんという激しい歓喜、興奮だろうか。

公称では、阪急西宮球場の収容人数は五万を超える。同じ西宮にある甲子園球場とは異なり、全て埋まることがほとんどなかった観客席は、この日超満員の観客に埋め尽くされ、入りきれなかった者たちが駅から列を成していた。

彼らの目に映る西宮球場は、今日この日のために新装され、その白亜の外壁は夏の陽光に照り映えていた。

大リーグにならった、内野まで全て天然芝で覆われたグラウンドには、選手が並んでいる。それぞれ揃いのユニフォームを纏った選手たちは、地方大会を勝ち抜いた中等学校の選手たちだ。

先頭に立つ主将たちの顔は、いずれも神住にとってはすでになじみ深いものだ。指導班として全国を回っていた時に知り合った者も多いが、全国大会の宿舎の世話をしている間にすっかり親しくなってしまった。

全国から集まる選手たちを宿泊させる旅館も全て罹災し、いまだ復旧のめどが立っていない。そこで、終戦まで軍が駐屯し、荒れ果ててはいるもののかろうじて空襲の被害を受けていない関西学院の寮を貸し切り、突貫工事でベニヤ板で仕切って宿舎とした。食料もとうてい用意できないので、各校に米を持ち寄ってもらうことにしたが、地方によって偏りがある上に、神住らですら音をあげかけたあの凄まじい列車に耐えて持参せねばならないため、遠方の参加者などは到着した時点で疲労困憊しており、食糧難の中で地元の者たちがかき集めてくれたせっかくの食料を道中盗まれてしまった学校もあった。しかもようやく辿りついた宿舎は荒れ果てて熱気がこもり、大挙して人が押し寄せたために異臭がし、風呂はたちまち垢で淀み、そこかしこで蚊の大群がうなっており、まだ野宿のほうがマシなのではないかという悲惨な有様。さらに、ＯＢのふりをして勝手に宿舎に入り込み荷物を盗んでいく者も後を絶たず、連絡を受けるたびに神住や後輩の松井がとんでいったために、すっかり生徒たちと親しくなってしまったのだった。

戦時中の労働よりもひどい目に遭った生徒たちは、しかし皆、健気だった。至らぬ主催者に文句ひとつ言わず、ただ、大会を復活させたことを感謝してくれた。

彼らは今、誇らしげに芝の上に並んでいる。ちょうど一年前、頭上に降り注ぐ陽光にただうんざりし、甲子園の記憶を思い出してさらにげんなりしていた自分とは正反対の顔つきである。これから、あらゆるものをその手でつかんでいく者たちだ。

その中には、平古場の姿もあった。終戦の数日後に見た時よりも、体はひと回り大きくなっている。新聞ですでに何度も取り上げてきたために、彼の名は全国に知れ渡っていた。開会式前には、他校の選手から「浪商のヒラコジョウくんって君か、握手してくれ」と囲まれているところを見た。ふりがなのない記事では読み方も正確には伝わらないが、この大会できっと、全国に「ヒラコバ」の名は轟くだろう。

会長の話に耳を傾ける彼らの姿を、同じグラウンドから眺めながら、神住は今朝の記事のことを思い浮かべていた。

『一年前のけふ、われら終戦の報にただ茫然とし、ただ泣いた、そしてけふ、われらはその眼に何をみるか――炎天のもと豪壮に樹てられるスポーツの巨峰、たぎる若き世代の闘志、相和す大観衆の鯨波、躍々として盛上る力と熱と美――新しき風とともにわれわれは再建日本へ勇躍する！』

文章は一字一句、覚えている。当然だ。ほかならぬ自分が書いたのだから。

一年前の自分が見たら、おそらく失笑するだろう。ずいぶん恥ずかしいことを。酒でも飲みながら書いたのかと。

豪壮に樹てられるスポーツの巨峰、とはよく言ったものだ。

結局、ボール一千個は大会に間に合わなかった。松井が粘りに粘ってなんとか商工省から許可印を貰ったものの、遅すぎた。どうにか関西六大学から三十ダースのボールを借り受けて、運び込むことができたが、なにもかもがその場しのぎだ。

それでも、始まるのだ。今日ここからまた、野球は始まるのだ。その喜びをどうにも抑えきれず、文章が躍ってしまった。だが部長は何も言わず載せてくれたし、重野には「ええ文や」と言われた。今まで重野に記事を褒められたことなど一度もなかったので、五秒ぐらい惚けた後、「すんません、もう一回言うてもろてええですか」としつこくついて回って怒られたほどだった。

会長の話が終わると、十九校の主将が集まり、センターポールに大きな旗が掲げられた。真紅の大三角に「全国中等学校優勝野球大会」と白地で染め抜かれた大会旗である。見慣れた、だが久しぶりに目にした美しい旗だった。

大会歌が流れ、その後は優勝旗返還となった。六年前の優勝校、海草中の主将が一人で優勝旗を返還する。硬い表情で旗を掲げる彼に、三年半前にたった一人で朝日新聞大阪本社に優勝旗を返還しにきた真田主将の姿が重なり、目頭が熱くなった。

滲む涙を零さぬように、神住は顔をあげた。目に映るのは、青空だ。一年前、そして十一年前に見たものと同じ。空は何も変わらない。だが、あのとき途方に暮れていた少年はもういない。消えてなくなりたいという思いも、激しい怒りも。

顔を仰向けたまま、ズボンのポケットに手を突っ込む。取りだしたのは、硬い硬球だった。

昨日、神住の自宅に一人の少年がやって来た。記憶よりずいぶん成長していたが、一目見てすぐ、多々良の息子だとわかった。

多々良正志と名乗った少年は深々と頭を下げて父親の犯した罪について詫びると、鞄から布に包まれたボールを取りだした。

「これを神住さんにお返しします」

汚れひとつない、真っ白なボールだった。忘れもしない、多々良に贈った闇市のボールだ。父と子を結ぶはずだった罪の象徴に立ちすくむ神住に、多々良の息子は微笑んだ。

「大会をやるのにボールが足りないと聞きました。たったひとつでは意味がないかもしれませんが、ひとつでも多いほうがいいでしょう」

思いも掛けない言葉だった。父親によく似た正志の顔とボールを交互に見やり、神住は首を振った。

「受け取れんよ。……手元に置きたくないというのなら、預かるが」

「とんでもない。俺の唯一の宝物です」

正志はきっぱりと言った。

「毎日眺めていました。だから、渡すんです。大会を復活させてくださって、ありがとうございます。俺は大阪大会で負けました。だからこれを、全国大会で使ってください」

お願いします、と彼は九十度に体を折り、ボールを差しだした。その手は、かすかに震えていた。

今こうして見ても、傷ひとつない、非常になめらかな肌をしている。唯一の宝物という言葉は嘘ではないのだろう。毎日想いを込めて磨いたボールだ。動機や経緯がどうあれ、ボールはボールだ。これがなければ野球は始まらない。

人が人にボールを投げてはじめて、野球は始まる。

神住はボールを空にかざした。個人的に渡されたボールは、試合に使うことはできない。だがここに持ってくることぐらいは許されるだろう。

正志も、この球場のどこかにいるだろうか。いてくれればいい。

野球は楽しいのだと、思ってくれればいい。

＊

「いやあ、盛況だね」

突然、背後から声をかけられ、エヴァンスはぎょっとして振り向いた。

久しぶりに見る顔がある。士官学校時代から、皮肉交じりに紳士的と言われていた爽やかな笑顔は、ここにいるはずのない人間のものだった。

「本当に来たのか、スミス」

朝鮮半島に駐屯しているはずの同期は、肩をすくめて隣に立った。

「カスミサンと約束したからね、彼らが大会を再開した暁には見に来ると」

「義理堅いことだ。せっかくの休暇をこんなことに使うとは」

「ま、それが出世の秘訣さ」

スミスは柵に手をかけ、球場をぐるりと見回した。席はどこもかしこも埋まっている。まだ開会式だというのに、観客の放つ熱気でめまいがしそうだ。

「皆、どこに隠れていたのだか。去年、米軍チームが試合をした時は、寂しいものだったけど」

「ふん、よくやるものだ。食うにも困っているだろうに」

仏頂面でグラウンドを見下ろす同期に、スミスは苦笑した。

「まったくね。まあ俺は野球のことはあまりよくわからないし、日本のこともまだまだ理解には程遠いけど」

彼は目を細め、グラウンドに並ぶ生徒たちを見下ろした。

「ただ、白いユニフォームがこれだけ揃うのは、いいもんだとは思うね。去年は本当に、寂しかったからさ。ここから見ると、まるで白い花が一気に開いたようじゃないか」

観客席の最後方にあたるこの位置からは、グラウンドははるか下方にある。鮮やかな芝の上に、たしかに白い花が群れ咲いているように見えなくもなかった。この夏空によく似合う、若い花。

エヴァンスがこの国に来た時は、あたり一面焼け野原だった。今もたいして変わっていない。貧しく、薄汚い、茶色の目立つ国だ。

ただ、ここだけはちがう。一面の緑に、白い花。その中でただ一輪、あでやかに咲き誇る、大輪の紅い花。

壇上に、GHQの将校が立った。少し背の低い、愛嬌のある姿。民間諜報局のポール・ラッシュ中佐だ。彼はとびきりにこやかに、各校が何より望むボールを生徒に贈ると、日本の復活にスポーツは欠かせぬこと、とくに日本人に親しまれた野球は最適であることを語った。

「奇しくも初めての終戦記念日に、日本の若い学徒のため、朝日新聞によって国家的な大会が行われるのを機に、再び野球が幾十万の日本の若者たちの血潮を沸かすであろうことを確信する。最善を尽くせ、そして一流であれ！」

彼の言葉が終わらぬうちに、エヴァンスの隣で囁くような声がした。

「おめでとう、ライジング・サン」

その瞬間、西宮球場上空に一機の米軍機が現れた。双発の機体は、白い煙を裳裾のようにたなびかせながら、低空を優雅に旋回した。

エヴァンスとスミスは、自軍の気障ともとれる行動を、笑って見上げた。

観客は歓声をあげ、白い花たちもいっせいに空を見上げた。

そして神住も、見た。

いつの世もかわらぬ夏空に、白い飛行機雲が鮮やかに線を描く。

道しるべのように、あるいはゴールテープのようにまっすぐ引かれた白を、どうしても潤む目に焼きつけた。

主要参考文献

『全国高等学校野球選手権大会50年史』朝日新聞社　日本高等学校野球連盟
『朝日新聞社史　昭和戦後編』朝日新聞社
『中之島三丁目三番地　大阪社会部戦後二十年史』朝日新聞大阪本社社会部
『佐伯達夫自伝』佐伯達夫　ベースボール・マガジン社
『真説　日本野球史　昭和篇その五』大和球士　ベースボール・マガジン社
『戦争9　戦没野球人』読売新聞大阪社会部編　読売新聞社
『野球と戦争』山室寛之　中公新書
『球児たちの復活』佐藤光房　あすなろ社
『甲子園への遠い道』及川和男　北上書房
『日米野球史　メジャーを追いかけた70年』波多野勝　PHP新書
『日米野球の架け橋　鈴木惣太郎の人生と正力松太郎』波多野勝　芙蓉書房出版
『太平洋のかけ橋　戦後・野球復活の裏面史』キャピー原田　ベースボール・マガジン社
『二つのホームベース　白球が知る日系二世戦争秘話』佐山和夫　河出書房新社
『二世兵士　激戦の記録　日系アメリカ人の第二次大戦』柳田由紀子　新潮新書
『日本占領史1945―1952　東京・ワシントン・沖縄』福永文夫　中公新書

『新聞と戦争』朝日新聞「新聞と戦争」取材班　朝日新聞出版
『大戦前夜のベーブ・ルース　野球と戦争と暗殺者』ロバート・K・フィッツ（著）
山田 美明（翻訳）　原書房
朝日新聞大阪版１９４５年８月14日～１９４６年８月24日

この作品は二〇一八年七月にポプラ社より刊行された作品を改稿したものです。

夏空白花

須賀しのぶ

2020年7月5日　第1刷発行

発行者　千葉 均
発行所　株式会社ポプラ社
〒102-8519　東京都千代田区麹町4-2-6
電話　03-5877-8109(営業)　03-5877-8112(編集)
ホームページ　www.poplar.co.jp
フォーマットデザイン　bookwall
校正・組版　株式会社鷗来堂
印刷・製本　中央精版印刷株式会社

N.D.C.913/398p/15cm　ISBN978-4-591-16719-9

落丁・乱丁本はお取り替えいたします。小社宛にご連絡ください。
電話番号　0120-666-553
受付時間は月～金曜日、9時～17時です(祝日・休日は除く)。

P8101408